KB266741

나의 세상

김·병·걸·의·가·요·이·야·기

노래로 연 나의 세상

김병걸 지음

새로운사람들

노래로 연 나의 세상

노래는 아편이다. 무명가수들은 돈만 마련되면 새로운 곡을 찾아 나서고 기어이 음반을 내곤 한다. 이들에게 여러 장의 음반은 결코 전력이 되거나 스펙이 되질 못한다.

그런데도 이들은 음반 경력을 무용담처럼 늘어놓으며 마치 훈장이라도 되는 양 자랑한다.

나는 그때마다 한없는 연민을 느낀다. 비록 분야가 다르고 생존 전략과 라이프스타일도 다르지만 히트곡을 내야 한다는 같은 결론을 추구하기 때문에 전우애로 함께 울고 웃는다.

가요계를 걸으면서 거품 같고 찰나인 인기라는 신기루를 잡기 위해 가수들이 벌이는 진저리나는 전쟁과 제대로 싸워보지도 못하고 널브러진 시체를 지겹도록 보았다.

작사가인들 무엇이 다르랴. 창작물이라고 다 발표되는 것도 아니며 설사 발표되었다 하더라도 타이틀이 못 되고 부른 가수와 작품자 당사자만이 아는 음반 속으로 사라지는 작품이 부지기수인데 이 또한 시체다.

압사당한 작품은 때로 새로운 주인을 만나 세상에 존재를 드러내기도 하지만 여간이 아닌 노력과 운이 닿지 않으면 백에 아흔아홉은 사장되어 작품자에게 상처로 남게 된다.

나는 세상에 나가는 법을 잘 모른다.

서야 할 줄이 어딘지를 모르니 바쳐야 할 아부가 뭔지, 내밀어야 할 배짱이 뭔지, 갈아야 할 칼이 뭔지를 모른다. 비즈니스란 용어는 낯선 영어라 그런지 하는 일마다 손해를 본다. 수작 걸 줄 모르니 모사謀事 같은 건 아예 꿈도 꾸지 않는다. 정이 많고 즉흥적이라 흥분이 앞서니 큰일은 언감생심이리라.

언제 발표될지도 모르는 가사라는 지도 한 장을 들고 걸어온 나의 인생. 그 인생과 바꿀 만한 작품을 썼는가? 세상은 내가 동의할 수 없는 방향에 나를 서게 하고 헛발질하며 막다른 골목을 만난다.

나 자신이 마음에 들지 않아 오늘도 나를 해고한다. 겨우 어섯눈을 뜨고 구차미봉苟且彌縫하게 살아온 날이 밉다. "당신 인생만 있느냐?"는 아내의 날선 항의와 "아빠는 하숙생"이라고 서운해 하는 아이들의 원망에 답을 주지 못하고 이기적으로 사는 나를 반성한다.

가정과 바꾼 작품이 식구들의 행복을 얼마만큼 펌핑할 수 있을까?

세상으로 나가는 나의 유일한 출구는 노래다. 노래만이 나를 구원하고 축복하는 종교이자 친구다. 나는 노래로 내가 꿈꾸는 세상을 이야기하고 첫 사랑 같은 내밀한 고백을 한다. 언제나 진부할 수밖에 없고 통속하여 가사를 쓰기가 싫어질 때도 많다. 하지만 어쩌랴. 발을 빼면 오갈 곳 없는 막막 세상인 걸. 오선지를 벗어나면 천 길 낭떠러지가 기다린다는 걸 나는 안다.

가난을 동의어로 날고 사는 시를 버리고 밥이 되는 작사가로 변신한 나의 35년 세월을 뭐라고 정의할까?

처음 취입하는 가수에게 녹음실 마이크가 두려움의 존재이듯 작곡가가 건네주는 악보는 언제나 무섭다. 그래도 나는 악보를 기다린다. 그래야만 가수를 만날 수 있다. 가수가 열어주는 좁은 세상만 알지만 작사가는 가수의 몸을 빌려 비로소 세상에 나간다.

노래로 연 나의 세상은 어떤 세상이라고 말할 수 있을까? 내 작품으로 전장戰場에 나가 죽어간 가수들에게 죄인이 된 심정으로 산다는 말씀을 꼭 전하고 싶다.

03. 길에서 만난 동무들

04. 이런 노래도 만들었지요

05. 노래 뒤에 숨은 이야기

06. 젊은 날의 초상

07. 오선지에 없는 풍경들

08. 뮤트 mute

노래 제목대로 서글픈 인연이 되고만 '서글픈 인연'. 가수는 버렸지만 자생적으로 살아남아 마니아^{mania}를 거느린 노래가 있었으니 2005년에 발표된 조항조의 '서글픈 인연'이다. 나는 이 노래의 1절 끝의 2마디 가사를 마무리하기 위해 청담녹음실에서 서너 시간을 헤매며 온몸이 바싹바싹 타들어 갔다. 쓰고는 지우고 쓰고는 지우고 그러기를 수십 번……

— 〈기획사에서 쫓겨난 조항조의 '서글픈 인연'〉 본문 중에서

01

날지 못한 새들의 비명

기획사에서 쫓겨난 조항조의 '서글픈 인연'

노래 제목대로 서글픈 인연이 되고만 '서글픈 인연'. 가수는 버렸지만 자생적으로 살아남아 마니아mania를 거느린 노래가 있었으니 2005년에 발표된 조항조의 '서글픈 인연'이다. 나는 이 노래의 1절 끝의 2마디 가사를 마무리하기 위해 청담녹음실에서 서너 시간을 헤매며 온몸이 바싹바싹 타들어 갔다. 쓰고는 지우고 쓰고는 지우고 그러기를 수십 번…….

옆에서 지켜보던 신촌뮤직의 장고웅 사장과 편곡을 한 이호준, 작곡가 홍성욱, 그리고 조항조를 픽업한 기획사의 직원과 조항조 등 스텝 모두는 숨소리조차 죽이고 나에게 눈길을 고정시켜 결과물이 나오기만을 학수고대하였다. 제발이지 미끈한 놈으로, 확실한 놈으로 제대로 빼달라며…

드디어 마무리가 되고 나는 흥분에 찬 목소리로 낭독했다.

"~~휴대폰 메시지에 내 이름이 뜨거든 받지 말고 그냥 끊어줘. 그건 내가 실수한 거야."

　장고웅 사장은 덩달아 흥분하며 절묘한 결구에 감탄했고 이호준 역시도 엷은 미소와 함께 엄지손가락을 서너 번이나 추켜세웠다.

　조항조는 열 번도 넘게 녹음을 거듭했다. 그러더니 갑자기 가수한테서 가사 수정 동의안이 들어왔다.

　"병걸아, 1절 마지막 줄에 '그건 내가 실수한 거야'를 '내가 지쳐 잊을 수 있게'로 하면 어떻겠니?"

　"형, 그건 뜻이 너무 알량한데, 왜 노래하는데 거북한 거야?"

　당초 내가 의도한 것과는 다소 거리가 있었지만 듣고 보니 그것도 괜찮은 결론이라 나는 기꺼이 동의했다.

대답해봐/ 날 울릴만큼/ 너 나를 사랑했는지/ 아니라고 말하지마/ 차라리 그냥 잊어줘/ 알아

이제는 알아/ 오늘이 마지막인 걸/ 휴대폰 메시지에 내 이름이 뜨거든/ 받지 말고 그냥 끊어

줘/ 내가 지쳐 잊을 수 있게

잊어줄게/ 속속들이/ 함께한 모든 것들을/ 미련 없이 버릴 꺼야/ 그리고 다시 살 꺼야/ 알아

이제는 내가/ 어떻게 해야 하는지/ 휴대폰 메모리에 네 이름을 지우고/ 두 번 다신 찾지 않을

께/ 그리움이 나를 울려도

—김병걸 작사, 홍성욱 작곡 '서글픈 인연' 2005

　다른 가수들은 하나같이 빠른 곡이지만 조항조만은 차별화하자. '남자라는 이유로'에서 '사나이 눈물'로 이어진 분위기를 계속 살려 '서글픈 인연'까지. 이 일련의 시리즈는 우리의 순진한 희망사항이었던가.

　조항조를 스카우트한 기획사 김남희 사장은 다른 그림을 그리고 있었다. 동반 취입한 빠른 템포의 '남자 반 여자 반'을 주목했고 결국 '서글픈 인연'은 '남자 반 여자 반'에 밀려 훗날을 기약해야 했다.

조항조와 함께 (작가협회 총회장) 2008

나도 허탈했지만 곡을 준 홍성욱 씨의 실망감은 말할 수 없이 컸다. 급기야 분이 안 풀린 홍성욱 씨는 내 곡을 음반에서 빼라고 요구했고 조항조는 '서글픈 인연'이 좋은데 회사에서 또 한 번 분위기 위주의 슬로우곡으로 갈 수는 없다며 고집을 꺾지 않으니 이해를 해 달라고 빌었다. 물러설 수 없는 대치국면이 한 달을 갔고, 조항조는 "그럼 가사는 놔두고 곡만 가져가라"고 맞서며 작곡가와는 돌아올 수 없는 다리를 건너고 말았다. 기획사에게 쫓겨난 '서글픈 인연'을 애도하며 홍성욱 씨와 나는 육두문자까지 써가며 기획사를 씹었다.

"우라질, 지 놈들이 뭘 알아. 지 놈들이 성인가요를 아냐고! 지깐 놈들이 조항조를 알아! 여기까지 올려놓으니까 순식간에 내동댕이치려고 용을 써. @@@ 자식들!"

우리가 고사를 지내서 그랬을까. '남자 반 여자 반'은 팬들의 냉랭한 반응으로 서둘러 막을 내렸고 공연히 '서글픈 인연'만 볼이 되고 말았다.

'서글픈 인연'은 원래 제목이 '슬픈 연가'. 그러나 기획사의 회의 결과 '서글픈 인연'으로 수정했다. 아, 그래서였을까? 제목대로 간다고 '서글픈 인연'은 우리 모두에게 서글픈 종말을 고하고 음반 쟈켓 속으로 사라져 갔다.

파도가 밀려오는 듯한 스트링이 숨을 조여오는 룸바 디스코로 편곡한 이 노래는 간주가 너무 길어 인내심을 요하는 흠이 있기는 하지만 노래 강사들의 전폭적인 성원을 업고 인기곡으로 부상했다. 비록 기획사에서는 쫓겨났지만 좋은 노래는 반드시 뜨고야

만다는 진리를 증명하면서.

꽃나비 이상번의 '어머님 편지'

나는 이상번을 '꽃나비'라고 부른다. 그가 '꽃나비 사랑'을 불러 히트하자 나는 주저 없이 이 친구를 '꽃나비'라 불렀다. 나보다는 한둘 연상인 그와 친구로 지낸지도 오랜 세월이 갔다. 영화와 연극무대를 드나들던 그가 가수를 한답시고 이 바닥을 돌아다닐 때 무척 안타까웠다.

그러던 그가 나와는 이명주의 출세작인 '짐이 된 사랑'을 콤비한 김정호의 곡인 '꽃나비 사랑'으로 무명의 설움을 씻어냈다. 이 노래가 뜨기 전 '인생은 새옹지마'로 명함을 내밀긴 하였으나 그의 갈증을 풀기엔 턱 없었고 나를 만날 때마다 꽃나비는 졸라댔다.

"김 박사, 나 좀 어떻게 해줘봐."

2012년 봄이 되자 그는 "김 박사. 왜 '어머님 편지' 있잖아, 2절 부탁해. 악보가 어디 로 증발했는데 1절밖엔 기억이 안 나서 그래."

"왜 김왕래 곡이니까 왕래 형한테 달라고 해."

"미안해. 이제서야 고백하는데 그때 가사를 바꿨었어. 역시 원 가사가 좋았다는 걸 이제야 알겠구먼."

"이 무슨 허무한 소리야…"

나는 어이가 없었지만 용서하고는 새로 쓰면 된다고 큰소리쳤다. 서재 어디엔가 있 을 거라고 여겼는데 여기저기 뒤져봐도 원고가 보이지 않았다. 가사가 듬성듬성 기억 나지만 필름이 연결되지 않았다. 속이 무척 상했다. 그러나 어쩌랴, 다시 쓸 수밖에.

글씨마저 사투리인 고향 냄새로/ 천리 길을 달려온 어머님 편지/ 눈물에 말아 먹는 객지 밥 이 서러워도/ 사나이 굳은 맹세/ 꺾지 말고 간직해라/ 사랑도 구구절절 어머님 마음/ 눈물로

읽어 봅니다

철자법도 맞지 않는 연필글씨로/ 사연마다 애달픈 어머님 편지/ 내 걱정 하지 말고/ 너 한 몸 잘 되거라/ 사나이 푸른 꿈을/ 잊지 말고 간직해라/ 사랑도 구구절절 어머님 마음/ 눈물로 읽어 봅니다

잃어버린 가사가 뭔지는 몰라도 다시 쓰길 잘했다는 생각을 했다. 맘에 들었다. 생전에 어머니께서는 당신 입은 풀칠하면서도 아들을 위해 지성으로 사셨다. 지질이도 못생긴 인생. 일흔여덟 해를 호강 한 번 못 해 보고 죽어라 일만 하시다가 돌아가셨다. 고향에 갈 때마다 낙동강을 보면서 어머니를 떠올린다. 저 강물이 어머니의 눈물이라 여긴다. 나는 어머니 그리움에 꽃나비에게 취입 날짜를 재촉했다. 한국음반녹음실이 철수하자 윤원준과 김성진 엔지니어는 신세계레코드사 장충녹음실로 자리를 옮겼고 꽃나비는 '어머님 편지'를 정성스레 취입했다.

가난을 달고 산 꽃나비. 그에게 고생을 그치게 해주는 어머니의 응원이 반드시 있을 것만 같은 좋은 예감이 든다. '어머님 편지'가 효자 노릇을 할 것 같은……

"꽃나비야, 고맙다. 더 멋진 가사를 쓰게 해줘서."

두 은숙이의 도일渡日로 날아간 히트송

계은숙과 장은숙은 1980년대 우리나라를 대표하던 인기가수다. 뛰어난 외모와 특유의 허스키로 뭇 남성들의 가슴을 설레게 만든 두 은숙이가 부른 필자의 작품은 당시 방송을 장악했다.

계은숙을 출세시킨 작곡가 김현우는 1980년대 초반 계은숙의 모든 노래를 비롯하여 김미성 '상처', 현숙 '멋쟁이', 허윤정 '관계', 허인순 '밀밭길 추억' 등 최고 인기 작곡가로 주목받고 있었다. 대한극장 옆에 있던 작곡실을 신당동으로 옮긴 그는 고교생이던

노래로 연 나의 세상

박혜성을 발굴하여 '경아'를 히트시키며 생의 절정을 누렸다.

　필자는 군에서 제대하자마자 제일 친한 친구인 작곡가 조덕상과 어울리며 신당동 '김현우작곡실'을 자주 찾게 되었고 김현우와 콤비가 되어 김미성, 김용임, 계은숙의 음반에 작사자로 참여하게 되었다. 이 인연으로 김현우 형은 필자를 오아시스레코드사로 안내해 주었고 필자가 오아시스레코드사에 취직이 되는 가교 역할까지 해 주었다.

　1987년 여름. 계은숙은 일본에서 잠시 귀국하여 필자의 가사에 김현우 작곡의 '바람은 왜 불었나요'와 '여자의 촛불'을 AB면의 타이틀로 한 음반을 내게 되었고 두 곡 모두 전파를 타며 인기곡으로 떠올랐다.

　이 무렵 필자는 당시 최고의 청취율을 자랑하는 김무인 PD가 연출하는 KBS라디오 프로그램 〈임성훈과 함께〉에 주일에 한 번씩 출연하여 신곡을 소개하기도 하였다. 그러나 필자에겐 불운하게도 계은숙은 국내활동을 접고 일본에서 아예 눌러 앉아 버렸다.

　계은숙은 서산 출신으로 161Cm의 키에 45Kg의 아담한 몸매로 1977년 럭키샴푸 CF모델로 연예계에 진출했다. 1979년 서라벌레코드사에서 가수로 데뷔하여 1980년 초 '노래하며 춤추며'로 화려하게 변신, 금세 최고의 가수로 부상했다.

　그해 연말 MBC 10대 가수 신인상을 움켜쥔 그녀는 '기다리는 여심', '다정한 눈빛으로', '나에겐 당신밖에' 등 히트곡을 내면서 KBS 제2TV의 〈밤의 스타 쇼〉 등 각종 인기

프로그램을 휘저으며 최고의 인기를 누렸다.

1985년 일본의 인기 작곡가인 하마게이스케에게 사사, '오사카의 모정'으로 일본 가요계에 데뷔하여 1세대 한류스타로서 명성을 드높였다. NHK의 간판프로인 〈홍백가합전〉에 단골로 캐스팅되어 1988년 '전일본유선방송대상'을 타며 1위로 등극하였고 같은 해 '요코하마음악제 일본엔카대상'을 수상하는 등 1990년대 중반까지 일본 가요계를 석권하였다.

세월이 지나가면 잊으리라/ 쉽게만 생각했는데/ 갈수록 깊어 가는 그대 추억이/ 나를 울렸어요/ 마른 잎이 날리는 거리를/ 찬비에 젖어 거닐면/ 쓸쓸해 비워지는 나의 가슴을/ 혼자선 채울 수 없어요/ 돌아와주오 돌아와주오/ 사랑하는 내 곁으로/ 돌아와주오 돌아와주오/ 그대 내게 돌아온다면/ 다시는 보내지 않으리라/ 이 생명 끝날 때 까지
  —김병걸 작사, 조덕상 작곡, 장은숙 노래 '사랑하는 내 곁에' 1987 오아시스레코드사

지명길 작사가가 기획한 음반의 타이틀곡인 이 노래는 발표하자마자 히트를 예약하며 방송을 휩쓸었다. 조덕상과 필자는 이 노래 외에도 "왠 일일까요/ 왠 일일까요/ 눈물을 씻어내면/ 그대 모습이 지워지련만/ 더욱 보고 싶어요/ 그대 떠난 날부터/ 난 늘 혼자였어요/ 아무리 잊으려 애써도/ 잊을 수가 없었어요/ 너무나 사랑한/ 너무나 사랑한/ 그대 흔적이었기에"란 슬로우고고의 '흔적'을 주었는데 장은숙이 환장을 하며 좋아했다.

당시 우리는 신예였는데 지명길 선생께선 당신이 작사가이면서도 자신의 작품도 아닌 우리의 작품을 기꺼이 선곡해 주는 아량과 기획자로서의 훌륭한 안목을 지닌 고마운 분이셨다.

장은숙. 피부가 까무잡잡하고 헌칠한 키에 섹시함이 돋보이는 미녀가수인 그녀는 1957년생으로 1977년 '맷돌'로 데뷔했다. 이미 17세에 〈스타탄생〉에서 대상을 타며 일찌감치 끼를 보여준 그녀는 '춤을 추어요' 외 '당신의 첫사랑', '사랑' 등을 히트시키며

노래로 연 나의 세상

인기가수로 떠올랐고, '사랑하는 내 곁에'를 발표, 인기가도를 질주했다.

그러나 필자의 운이 거기까지였던 걸까? 개인적인 사정으로 활동을 잠시 중단했던 그녀는 돌연 일본으로 건너갔다. 1995년 〈제28회 일본유선방송신인상〉을 받는 등 14년간 활동하다가 2009년 귀국, 새 노래를 발표 국내 무대로 복귀했다.

계은숙과 장은숙. 두 은숙銀淑이의 도일渡日은 본인들에게는 기회였는지 모르지만 필자에겐 불운의 순간이었고 언제나 씁쓸한 여운을 남긴다. 다시 한 번 두 은숙이의 멋진 재기를 기대한다.

반 박자 때문에 놓친 대박 '옥이'

"의송아, 그래 하나로가 옥이 잘 데리고 살더냐?"

내가 작곡가 정의송에게 던지는 원망 섞인 조크다. 노골적으로 말하자면 면박이다.

본명이 이영균인 함평 출신의 하나로. 일본을 왔다 갔다 하며 나훈아의 아류로 활동하는 하나로는 가수로서의 끼를 다분히 가진 매력 있는 삼류가수다. 대다수의 무명 가수들은 자신을 향해 이류가수라고 호칭하는 걸 가장 싫어한다. 글자 그대로 실력이 변변치 못한 이류라고 생각되기 때문이리라. 그래서 차라리 한 단계가 낮은 삼류가수란 호칭을 덜 불편해 한다.

삼류는 아직은 여건이 도래하지 않아서 그렇지 언젠가는 일류도 될 수 있다는 무한한 가능성을 가진 예비 후보 또는 스타 대기조라고 생각하나 보다. 그런 관점에서 나는 하나로 이 친구를 삼류가수라고 부르기로 한다.

내 모든 걸 다 주어도 모자랐나/ 가네 가네 떠나가네 옥이가 가네/ 연기처럼 바람처럼 내 영혼을 앗아간 여자/ 내 젊음을 꺾어 간 여자/ 어이해 남이 되고 말았나 옥아/ 아직도 내 사랑은 너 하나인데/ 사랑의 마침표를 눈물로 찍고/ 돌아서간 옥이 옥이야

-김병걸 작사, 정의송 작곡, 하나로 노래 '옥이'

2000년 여름, 오아시스 녹음실에서 정의송과 나는 반 박자 때문에 씨름하며 송대관 형에게 '옥이'를 취입시키고 있었다.

당시 최고로 잘 나가던 김명곤에게 타이틀곡이니까 특별히 신경 써서 편곡해 달라고 웃돈까지 듬뿍 얹어 준 송대관은 이 '옥이'란 곡을 대차게 한 번 밀어 당신의 또 하나 히트 넘버로 만들겠다는 의지를 다졌고 그때까지만 해도 우리는 모든 걸 안심하며 희망을 풍선처럼 띄웠다.

이 한곡을 무사히 취입시키기 위해 나는 무게가 상당히 나가는 건반악기를 낑낑 품에 안은 정의송을 데리고 당시 강남구청 옆 빌라에 살던 송대관의 집을 찾아갔고 4광룰을 포함해 족보가 어지간히도 복잡한 고스톱 판에 뛰어들어 외교를 했다. 내 비즈니스는 성공했고 정의송은 각별한 공을 들이는 나에게 연신 감격했다.

띠이이~ 부자를 누른 의송이 왈.

"송 선생님 그게 아닌데요, 반 박자 쉬고 들어가야 맞습니다."

'옥이'는 전주가 끝나고 반 박자 쉬고 노래가 들어가야 하는 박자였다. 그러나 가수

노래로 연 나의 세상

는 반복된 연습에도 불구하고 음악만 나오면 반 박자를 쉬지 않고 곧바로 슈팅했다.

"형님, 형님이 곧바로 들어가고 싶으면 그냥 쉬지 말고 들어가세요. 어차피 편곡상 상관이 없는 것 같습니다. 형님이 부르는대로 악보를 고치지요, 뭐."

나는 서둘러 진화에 나섰다. 그러나 정의송은 자기 고집을 고수했고 자꾸만 틀리는데 자존심이 상한 가수는 녹음을 중단하고 정의송을 향해 따발총을 쏴댔다.

"이봐, 자네 말이야. 상당히 건방지구면. 노래는 누가 하지? 가수가 편해야지. 아 자네가 노래해, 자네가 부르냐고. 반 박자를 쉬고 안 쉬고는 내 맘이야. 꼭 쉬어야 하는 법이라도 있냐구. 자넨 자네 악보에나 혼자 쉬든지 말든지 하라구, 쌍! 어이 김 선생, 나 이곡 안 해. 안 한다고!!"

다 잡은 행복이 날아가고 말았다. 당첨됐다고 안심하고 있던 복권이 휴지로 변하는 순간이 눈앞에 벌어진 것이다.

"형님, 어차피 저를 보고 여기까지 왔잖습니까? 진정하시고 제가 디렉터를 볼 테니까 다시 한 번 하시죠?"

그러나 나의 볼멘 애원도 허사, 송대관은 결국 밑에 깔려고 했던 '네 박자'에 눈을 돌렸고 기어이 '네 박자'로 대박을 냈다. 방송에선 DJ정부의 출범과 함께 호남 사람들의 애국가가 되어 '네 박자' 돌풍이 전국에 번졌다.

아이러니컬한 것은 그 이후 나는 송대관 형하고 한 편도 못 해 봤는데 정의송은 '사랑해서 미안해' 등 두세 편을 같이 했다. 나는 두 사람의 배신(?)에 한동안 속이 상했다.

아무튼 반 박자가 네 박자에게 무참히 박살난 이 사건은 두고두고 내 가슴에 대못으로 박혔다. 결국 '옥이'는 혼례식을 치르다 파혼당한 채 친정집 벽장 속에 있다가 일본에서 돌아온 하나로에게 시집을 갔다. 노련하지 못해 큰 히트곡 하나를 놓치게 만든 정의송에게 나는 가끔 직격탄을 날린다.

"의송아, 하나로가 옥이 잘 데리고 살던???"

'동동구루무'는 누가 팔고 다니나?

"얼굴 좀 보여 주세요. 동동구루무는 잘 팔리는데 도대체 누구예요. 가수가 어떻게 생겨먹었어요?"

노래는 떴다. 야무지게도 떴다. 노래 강사들이 히트시켰다. 할머니들은 이 노래를 부르며 눈시울을 적셨다. 추억 속으로 돌아가는 타임머신 같은 노래가 바로 '동동구루무'다. 동동구리무 또는 동동구루무라고도 불렀기 때문에 노래하기 편하게 구리무를 구루무로 했다. 구리무는 구리분이라고도 하는 크림의 일본식 영어발음이다.

70년대까지 이 동동구루무를 상인들은 전국을 돌며 특유의 방법으로 홍보하면서 직접 팔았다. 등 뒤에 동동구루무라고 쓴 큰북을 메고 카우보이 신발에 때로 피에로 복장을 하고 어떤 이는 하모니카까지 불며 1인 퍼포먼스 공연을 했다. 이 장사치가 뜨는 날이면 온 동네가 시끌벅적하고 아낙들과 아이들이 우루루 몰려들었다.

동동구루무 한 통만 사면/ 온 동네가 곱던 어머니/ 지금은 잊혀진 추억의 이름/ 어머님의 동동구루무/ 바람이 문풍지에 울고 가는 밤이면/ 내 언 손을 호호 불면서/ 눈시울 적시며 서러웠던 어머니/ 아~아~ 동동구루무
동동구루무 아끼시다가/ 다 못 쓰고 가신 어머니/ 가난한 세월이 너무 서럽던/ 추억의 동동구루무/ 달빛이 처마 끝에 울고 가는 밤이면/ 내 두 뺨을 호호 불면서/ 눈시울 적시며 울먹이던 어머니/ 아~아~ 동동구루무

대치동에서 '뮤직트랙music track'이란 기획사를 운영하던 나는 가끔 머리를 식히려 마석에서 건축 자재상을 하는 중학교 동창 권오걸의 '한양건재'로 드라이브를 했다. 영동대교를 건너 워커힐 밑으로 해서 구리시 외곽 강변도로를 달리는 코스는 환상적이다.

드라이브도 하나의 리듬. 나는 차 운전 중에 노래를 많이 만든다. 드라이브를 하다 보면 이상하게도 박자가 나오고 멜로디와 동시에 가사가 엮어진다.

노래로 연 나의 세상

　언젠가 서대문구청 옆 대림아파트 친구네서 놀다가 내려오는데 삼거리 맞은편에 자그만 화장품 가게의 간판 이름이 눈에 들어왔다. 동동구루무였다. 순간 정전기가 일듯 뇌리를 스치는 감동, 잊고 살았던 그 무언가가 나를 툭 쳤다. 그리고는 별 생각 없이 집으로 왔었다.

　그랬는데, 까맣게 잊고 살았는데 드디어 생각이 문을 열고 노래를 만들기 시작했다. 교문리를 저 만치 두고 금곡으로 가는 강변도로에서 갑자기 입에서 노래가 나오고 있었다. 나는 기보 능력이 신통치 않았기 때문에 잊어버리지 않으려고 무진장 애를 쓰며 마석에 도착하자마자 메모를 했다.

　얼마 후 안 일이지만 다섯째 소절부터 4마디는 이미 십 수 년 전 발표했던 현철의 '민들레 홀씨'였고 동일 곡으로 그보다 훨씬 먼저 취입시키기도 했던 이승아의 '검은 눈물'의 멜로디였다. 또 있었다. 역시 내 작품으로 현철의 '아낌없이 주리라'와도 닮았고 군데군데 어디선가 들은 듯한 멜로디들이 파노라마로 편집되고 있었다.

　'아하, 그랬구나.' '어쩐지 곡이 술술 나온다 했더니만… 미친놈.' 나는 실소했다.

　아무튼 나는 이 작품을 2005년 방어진이란 신인에게 주었고, 노래는 지상파 3사가 아닌 원음방송과 교통방송 등에서 간간이 흘러나왔다. 원음방송의 조은형 국장에게 나는 특별히 매달렸고 조 국장은 좋은 노래라며 지금도 심심찮게 틀어주고 있다.

노래강사들의 악보집을 만드는 이진의 씨한테 나는 CD와 악보를 건네며 노래 강사들에게 집중적으로 홍보해 달라고 떼를 썼다. 이미 태진의 질러밸과 금영전자의 노래방 반주기와 엘프의 707 및 은성전자, 미디바다, 프로폼 등의 반주기에 입력이 되어 있었기 때문에 부탁이 쉽게 이뤄졌다.

반응이 초스피드로 왔다. 노래방 여기저기서 '동동구루무'를 불렀다. 드디어 노래가 뜬 것이다. 그런데 만나는 사람마다 가수가 누구냐고 내게 물었다. 나는 PR를 접은 방어진이 야속했지만 어떤 때는 미국으로 이민 가버렸다고 거짓말했다.

탤런트 김성환 씨는 이 노래를 자기 것인 양 무대에서 즐겨 불렀고 당신께서 출연하는 일일 연속극에 삽입곡으로 추천하기도 했다. 이 노래의 열혈 팬인 김성환 씨는 급기야 '동동구루무'를 새로이 편곡하여 2007년 리메이크 음반을 내기까지 했다.

많은 가수들이 '동동구루무'를 탐내며 조르지만 오리지널 가수인 방어진이 언젠가는 제대로 홍보하리란 기대를 믿어본다. 노래는 떴는데 가수가 안 보이는 '동동구루무'.

"어이, 김병걸, 오늘 동동구루무 몇 통 팔았어?"

작곡가 정주희 선생의 인사말대로 '동동구루무'는 오늘도 잘 팔리고 있다. 누가 팔고 다니는지는 모르지만.

못다 핀 꽃 '사나이룸바'와 '위하여'

창작되어 공표한 노래는 그 권리가 법으로 보호되기 때문에 히트가 나면 엄청난 부를 안겨 준다. 방송이나 유흥주점, 노래방 공연 및 각종 행사나 가수들의 콘서트 등 무대공연에서 거둬들이는 공연 사용료와 모바일mobile과 인터넷internet streaming 및 mp3 download 등의 전송과 출판, 녹음 등의 복제에서 발생하는 복제저작료가 저작물위탁권리단체인 한국음악저작권협회(Komca) 연 예산 1,300억 원(2012년 기준)에 육박한다. 그리고 음원 가입과 동시에 그 또한 적잖은 수입이 발생한다(2012년 한국음원제작

노래로 연 나의 세상

자협회 예산 120억 원).

이렇다 보니 저작권 수입을 노리는 창작자들이 대거 늘어났고 노래만 부르던 가수들도 저작권에 눈을 돌려 내가 부르는 내 노래의 수입을 남 줄 거 뭐 있느냐며 스스로 자작하는 진화(?)를 하기 시작하였다. 이는 진정한 싱어송 라이터Singer-Song Whiter의 출발이기보다는 다분히 저작권료를 겨냥한 창작이라고 할 수 있다.

지적소유권Intellectual Property Right에 관한 보호를 위해 1952년 스위스 제네바에서는 우리나라에게도 국제협약을 따르라고 요구하였는데 유네스코가

주창하였다 하여 '유네스코조약'이라고도 한다. 1908.11.13 베를린에서 개정된 저작권기본조약인 '베른협약'은 세계저작권협약에 우선하는 법으로 1988년에 미국, 1994년엔 러시아가 가맹국으로 가입하였으며 우리나라도 저작권 개방과 보호를 위하여 88 올림픽을 계기로 회원국이 되었다.

팝 무대인 미국이나 유럽에선 대다수의 노래들이 싱어송 라이터에 의해 탄생되었고 일본이나 우리나라에서는 가수와 작품자가 따로 존재한다.

가수로서 입지를 굳혔던 한복남과 이인권이 작품자로 변신하여 주옥같은 가요를 만든 바기 있지만 이들이 동료가수에게 작품을 준 것은 가수로서의 현역 때보다는 주로 은퇴한 뒤였다.

'빈대떡 신사'로 유명한 한복남(본명 한영순)은 본인이 직접 부른 '한 많은 대동강'과 '엽전 열닷냥' 외에도 현인 '불국사의 밤', 황정자 '처녀뱃사공', '오동동타령', 손인호 '한 많은 대동강', '물새야 왜 우느냐', '짝사랑', 허민 '페르샤 왕자', '백마강', 김정애 '앵두나무처녀', 송민도 '나의 탱고' 등 많은 히트곡을 만들었다.

'귀국선'과 '꿈꾸는 백마강'의 가수인 이인권(본명 임영일)은 본인의 노래인 '미사의

노래' 외에도 현인 '꿈이여 다시 한 번', 최무룡 '외나무다리', 송민도 '카츄샤의 노래', 이미자 '살아있는 가로수', '들국화', 위키리 '미련도 후회도 없다', 나훈아 '후회', 조미미 '바다가 육지라면' 등의 히트곡을 남겼다.

이후 김용만, 신중현, 윤항기, 김준, 조영남, 나훈아, 하수영, 손정우, 조용필, 김태곤, 윤수일, 심수봉, 이 용, 최성수, 권진원 등이 노래와 작품을 겸했으며 포크 세대인 서유석, 윤형주, 송창식, 서수남, 김도향, 이장희. 이종용, 김정호, 임창제, 이정선, 오세복, 최백호, 백영규, 전영록, 김수철 등이 싱어송 라이터로 위대한 노래들을 창작하였다. 최근에는 현철, 태진아, 설운도, 배일호, 신 웅, 성민호, 김범룡, 장철웅, 추가열 등의 가수들이 성인가요 장르에서 활발히 작품 활동까지를 겸하고 있다.

유현상, 신해철 말고도 락, 메탈, 발라드, 댄스 등 소위 젊은 세대의 가요를 만드는 싱어송 라이터들이 대세를 이루며 대거 나타났고 서태지의 등장 이후 김태후 등 요즘 가수들은 본인의 노래는 가사든 멜로디든 거의 본인이 자작한다.

필자의 작품 중 싱어송 라이터의 음반에 참여하였다가 피를 본 예가 더러 있는데 그 대표적인 작품이 설운도의 '사나이룸바'와 '위하여'다. 김병걸, 이호섭 콤비의 작품이 상종가를 달리던 그 무렵 '다함께 차차차'로 우리 셋은 똘똘 뭉쳤고 후속곡으로 '사나이룸바'를 장충동녹음실에서 취입하였다.

사랑 한 잔 이별도 한 잔/ 참지 못할 눈물도 한 잔/ 오늘밤도 소리 없이 내 가슴을 울리는/ 룸바룸바 룸바룸바 룸바룸바 룸바룸바 사나이 룸바/ 이제는 두 번 다시 그런 사랑/ 만날 수는 없을 거야/ 가슴은 아파도 잊어야 할 사람/ 불빛 같은 그 추억만 그라스에 남기고/ 말 없이 말 없이 말 없이 돌아서는/ 사나이 루비루비 루비 룸바

　　　　　　　　　　　　-김병걸 작사, 이호섭 작곡, 설운도 노래 '사나이룸바' 1993

지금 들어봐도 멋진 노래다. 이호섭의 끼가 자르르한, 그리고 설운도의 탁월한 리듬감이 살아 꿈틀대는 노래다. 그러나 이 노래는 저작료에 관한 한 우리보다 앞선 생각

노래로 연 나의 세상

을 가졌던 설운도의 자작곡인 '여자 여자 여자'에 희생되고 말았다. 그러나 다행히도 '사나이룸바'는 노래가 좋아서 간간히 방송도 탔고 노래반주기에도 입력이 되었다. 이호섭과 필자는 배신자 설운도를 씹으며 다시는 작품을 주나 보자며 이태원 포장마차에서 울분을 달랬다.

이호섭은 10년이 지나 이 노래의 앞부분을 수정하여 윤희상의 '텍사스룸바'로 발표하였다. '여자 여자 여자' 세 여자와 '텍사스룸바'가 발가벗긴 '사나이룸바'는 필자의 가사만 공중에 뜨고 말았다.

해가 바뀌고 설운도는 이호섭과 나에게 '미워도 다시 한 번' 작품을 주문하였고 우리는 반신반의하면서도 마지막으로 한 번만 더 믿어보자며 디스코 리듬인 '위하여'를 주었다. 이윽고 화해의 메시지송인 '위하여'는 기타리스트 김광석의 편곡으로 한국음반녹음실에서 취입을 하게 되었다.

바람 바람 바람 부는 동네/ 비탈 비탈 산비탈 달동네/ 가난해도 아름다운 사랑/ 가슴으로 나누며 내일을 열어가는 사람들/ 저마다 가는 길이 다르다곤 하지만/ 김씨는 이씨 이씨는 박씨/ 서로 먼저 밀어주면서/ 위하여 내일을 위하여/ 손에 손을 마주잡고 부라보/ 손에 손을 마주잡고 부라보

코러스 더빙에서부터 이견을 보인 우리는 끝내 마찰을 극복하지 못하고 녹음실에서 건너지 못할 다리를 건너고 말았나. 실운도는 이미 지신의 곡인 '너만을 사랑했다'를 머리 곡으로 염두에 두고 '위하여' 취입을 처삼촌 벌초하듯 하였다. 그럴 바엔 처음부터 그럴 거였다고 말했으면 실망도 다툼도 없었을 것을. 미운 사람. 화를 참지 못한 나는 설운도에게 취입 중단을 요구했다. 그리고 이호섭과 나는 설운도와 작품의 인연을 끊었다. 지금 평가를 받아도 히트 요소가 충분한 노래 '위하여'는 그렇게 녹음실에서 사라졌고 이호섭과 나의 아픈 상처속에 악보로만 존재한다.

가수들이 계산하는 저작권료란 괴물에 희생이 되는 전문 작가들의 작품이 이 순간에

도 부지기수이며, 가수들의 저작권료란 함정에 빠져 위대한 노래들이 추방되고 조악한 노래들이 방송을 장악한 채 가요밭을 망치고 있다.

적잖은 가수들이 가요를 가수 개인의 것인 양 착각하고 가요의 질을 떨어뜨려 국민 정서를 오도하고 국민의 수준을 무시하는 무례를 저지르고 문화를 저급화시키고 있다. 이럴 바엔 필자가 가난해지더라도 가요의 발전을 위해 숫제 저작권료가 없어졌으면 좋겠다고 자학도 해본다. 이후 설운도는 화려한 날을 펼치며 실력있는 싱어송라이터로서 히트곡을 줄줄이 엮어내는 기린아로 성장했다. 그래도 나는 설운도가 좋다.

너훈아의 '명사십리'는 언제나 가보려나?

이별한 지 몇 해냐/ 두고 온 원산만아/ 해당화 곱게 피는/ 내 고향은 명사십리/ 살아생전 꼭 한 번만/ 다시 가자 소리쳐도/ 눈 감고 돌아앉은/ 바다 저 멀리/ 해당화 너만 피느냐

눈 감아도 선하다/ 옛 놀던 그 시절이/ 은조개 속삭이는/ 내 고향은 명사십리/ 죽기 전에 다시 한 번만/ 만나보자 불러봐도/ 대답할 그 날짜가/ 너무 막연해/ 물새야 너도 우느냐

－김병걸 작사, 임정호 작곡, 김갑순 노래 '명사십리' 1987 오아시스레코드사

공주 출신의 김갑순은 훗날 너훈아로 예명을 바꾸고 나훈아의 모창가수로 일반 무대에서 아성을 구축한 언더가수다. 필자가 너훈아를 만난 건 1986년 오아시스레코드사에서였고 작곡가 임정호가 픽업하여 음반을 냈다.

당시 임정호는 남영동에다 작곡실을 열어 김갑순과 최미미 등의 신인가수를 발굴하였고 친구인 작사가 조용하와 콤비로 활동하였다. 임정호는 제주 출신으로 60년대 진

노래로 연 나의 세상

철이란 가수로 가요계에 나왔다. 필자와는 김갑순 외에도 변해림에게 '애증의 그림자'
와 라디오 연속극 주제가인 '그 아픔 사랑이었네'를 주었고 최미미의 '소설 같은 내 사
랑', 경수미의 '녹음기' 등 여러 편을 함께 만들었다.

김갑순의 데뷔 음반엔 노래방 반주기에 들어가 있는 '명사십리' 외에도 한동안 방송
을 했던 '두 번 울지 않으리'가 있다. 필자와 너훈아는 지금도 가끔씩 만나 추억을 풀어
놓고 정담을 나눈다. 시골 돌쇠 같은 너훈아는 고음으로 치고 가는 힘이 압권이다. 필
자는 그가 캐리어가 쌓이면 큰 가수가 될 거라고 믿었다. 그러나 그는 더 이상 음반을
내지 않고 무대 가수로 주저앉고 말았다. 20년이 넘게 행사장을 누비며 나름대로 쏠쏠
한 재미에 안주한 것이다.

진짜 나훈아가 수염을 기르면 따라서 기르고 머리가 은발이면 같이 은발로 염색하여
제스처까지 복사판이다. 모창가수의 생존전략은 일편단심 해바라기 전법이다. 작년에
는 나훈아를 흉내 내어 TV광고를 찍었고 그 바람에 출연료가 올랐다.

'명사십리明沙十里'는 김갑순 외에도 윤다원과 조백순, 성민호가 리메이크했다. 필자와
임정호는 이 노래에 미련이 무척 많다. 가사도 절절하지만 곡이 수작이다. 제대로 홍보
하는 가수가 불렀으면 크게 히트 칠 노래다.

'명사십리'는 강원도 원산시 동남쪽 갈마반도葛麻半島에 위치한 길이 4Km의 해변으
로 천연기념물로 지정돼 있다. 송림과 모래와 해당화가 곱기로 유명한데 백사장은 폭
이 40~100m이며 저녁노을과 물빛, 그리고 달밤 경치가 아름답기로 소문난 해수욕장
이다.

지금은 갈 수 없는 땅이 되어 버렸지만 필자는 지도를 더듬어가며 이 작품을 지었다.
하루 빨리 남북통일이 되어 원산만 명사십리를 걸어보고 싶다. 이왕이면 너훈아와 함
께……

'화초'가 되고픈 전추영의 꿈

태풍이 지나고 누가 봐도 가을을 알리는 햇살임이 분명한 8월 말일. 광화문 녹음실에서 만난 전추영은 시리즈로 내는 메들리 음반 취입에 한 가닥 희망을 걸며 '화초'의 꿈을 피우고 있었다.

나는 당신이 키우는 화초/ 온실속에 피어나는 꽃/ 당신 품을 떠나서는/ 한 발짝도 못 가게/ 내 마음을 가둬놨잖아/ 화초처럼 보면서 행복했나요/ 다시 봐도 예쁘던가요/ 다른 세상 몰라도/ 바깥세상 몰라도/ 나는 행복할 수 있어요/ 사랑으로 지켜주세요/ 나는 당신의 화초랍니다

—김병걸 작사, 최진우 작곡, 전추영 노래 '화초'

2010년 최진우가 내민 악보엔 전추영이란 가수의 이름이 올려져 있었다. 최진우는 "가수가 김 선생님의 작품으로 하고 싶다"고 한다며 예쁜 가사를 주문했다. 멜로디가 아름다웠다. 장조의 곡이 흔히 그렇듯 띄우고 꺾어지는 품새가 군데군데 간드러짐을 요하며 요염한 화냥끼를 바닥에 깔고 있었다.

전추영은 '천둥소리'란 노래로 알고 있던 차라 가사 쓰기가 편했다. 아직은 만인의 화초가 못 된 가수를 우리는 무명가수라 부른다. 가수는 양귀비처럼 만인의 꽃이 되어야 하는데 이름 없이 지는 무명가수가 얼마나 부지기수인가. 나는 전추영이 만인에게 사랑받는 화초가 되라고 이 작품을 썼다.

전추영은 색깔이 있는 가수다. 색깔은 가수의 필수 성공요소다. 몇 타이틀의 메들리 음반을 낼 만큼 장삿속 있는 가수로 정평이 난 그녀는 이 '화초'에 목숨을 걸었다.

2000년 고 백영호 선생의 '메밀꽃 여인'을 평창군민 노래자랑에 들고 나가면서 제1

집 '왜 가려 합니까'로 데뷔하여 '천둥소리'에 이어 데뷔한 지 십년 만에 3집으로 '화초'를 냈다.

그간 '서울카바레', '빠담빠담', '고속도로', '화초' 등의 메들리 음반으로 볼륨을 높였다. 이제는 메들리에 시간을 쏟는 전추영이 아닌, 방송과 무대에 불티나게 불려나가는 진짜 '화초' 전추영이 되기를 간절히 염원한다.

소라가 남긴 '소라의 추억'

물결 따라 왔다가/ 돌아가지 못하는/ 소라 애길 들어봤나요/ 너무 멀리 떠나와/ 돌아가지 못하는/ 소라의 슬픈 전설을/ 사랑이란 파도에/ 내 모든 걸 맡기고/ 꿈을 꾸듯 떠나왔던 나/ 눈물 없인 못가는/ 이별이란 먼 길을/ 내게 두고 님은 떠났네/ 마음도 다 못 주고/ 남이 된 사람/ 어디쯤에서 나를 잊을까/ 소라껍질 같은 텅 빈 가슴에/ 너는 메아리로 울리고/ 나는 그리움에 지쳐서/ 다시 추억 속을 헤매다 잠드네/ 소라의 키다림을 안고 사는 나/ 너는 오지 않는 파도였나요

－김병걸 작사, 임종수 작곡 '소라의 추억'

2003년. 작곡가 임종수 선생의 노래교실 총무인 황순애는 대전 출신으로 미모와 센스를 겸비한, 그러면서 가창력도 뛰어났다. 건네받은 두 장의 악보. 나는 가수가 누군지도 모르면서 슬로우곡에는 '소라의 추억', 빠른 템포의 곡에는 '행복하세요'를 그렸다. 김용년이 편곡을 한 두 곡 모두 완성도가 높은 곡이다. 황순애는 놀라운 볼륨과 파괴력을 보이며 능란하게 곡을 소화했다. 뮤트를 아는 노련한 솜씨였다.

파도에 밀려 백사장에 온 소라는 다음 파도가 데려가지 않으면 말라 죽고 만다. 나는

이 슬픈 소라의 이야기를 노래로 만들고 싶었다. 언젠가 술집에서 들은 아가씨의 말.

"소라가 왜 불쌍해요. 그래도 소라는 1가구 1주택이잖아요!"

나는 그 말마저도 눈물 났다.

가수 이름이 정해졌다. 소라를 노래하는 '소라'. 무척 예쁜 이름 아닌가. 곡의 홍보를 위해 일부러 '소라'로 작명하고 그 효과를 노린 전략. 훗날 그녀가 운영하는 논현동의 가라오케 'J&S'는 우리들의 사랑방이었고 나는 그곳에서 나와는 다른 세상을 아프게 만났다.

임종수 선생과 홍수환·옥희 부부와 임성훈, 종합예술학교 김민성 이사장과 엄용수와 고인이 된 가수 이창용, 박만규, 김재국, 김충남, 전 세계챔피언 박찬희, 박윤성, 이윤진, 김운태 등 다양한 절친들이 나와 한데 어울리며 강남의 밤을 마셨다. 이 무렵 나는 거의 몇 년의 밤을 강북에서 도강하여 소화기를 섹스폰으로 불어가며 술과 가무를 즐겼다. 소라가 내게 남긴 소라의 추억은 어떤 빛깔일까? 지금도 귓전에 쟁쟁한 그날의 가무가 눈에 선하다.

기성곡인 '문밖에 있는 그대'와 '넌 바람 난 눈물', '부초', '상처', '그 겨울의 찻집', '나는 어떡하라구', '비가', '그대의 뜨락에서' 등 주옥같은 명가요와 함께 꾸민 음반은 두 번째 신곡으로 '행복하세요'를 실었다.

아무리 아니라고 말해도/ 사실은 끝난 거야 사실은/ 너와 난 다시 처음으로/ 돌아가고 있을 뿐이야/ 이제와 후회하고 울어도/ 변한 건 없는 거야 사실은/ 일말의 기대 기대마저/ 사라지고만 거야/ 너는 마지막 눈물마저도/ 내게 주려고 쏟아내지만/ 나는 이 아픈 이별밖에는/ 아무것도 주지 못하네/ 너의 슬픈 가난까지도 사랑했던 나/ 속살 젖도록 진짜진짜 사랑했어요/ 이 세상에서 제일 축복받고/ 행복하세요
아무리 아니라고 우겨도/ 사실은 사실이야 사실은/ 너와 난 다시 옛날처럼/ 돌아가면 안 될 뿐이야/ 이제와 매달리며 울어도/ 변한 건 없는 거야 사실은/ 일말의 기대 기대마저/ 사라지고만 거야/ 너는 마지막 눈물마저도/ 내게 주려고 쏟아내지만/ 나는 이 아픈 이별밖에는/ 아무

노래로 연 나의 세상

것도 주지 못하네/ 너의 슬픈 가난까지도 사랑했던 나/ 속살 젖도록 진짜진짜 사랑했어요/ 어

디를 가도 사랑 사랑받고/ 행복하세요

–김병걸 작사, 임종수 작곡 '행복하세요'

미애야, 너 지금 실수하는 거야

누구네 아빠하고 당신하고/ 비교를 하지 않도록/ 술 담배 끊고 일찍일찍/ 저녁은 같이 먹어요/ 백점은 안 바래요 60점만/ 60점만 하세요/ 하숙생 같은 당신 모습/ 얼굴 좀 보여주세요/ 난 사는 게 재미 없어요/ 하루가 너무 길어요/ 난 지금도 기억합니다/ 그 옛날 내게 했던 그 말/ 안아줄께 업어줄께 맨날 맨날/ 장미꽃 안 사와도 괜찮아요/ 다정한 말 한 마디면/ 난 그저 감동 눈물 나는/ 아직도 소녀랍니다

–김병걸 작사, 임종수 작곡, 나미애 노래 '60점만' 2003

임종수 선생은 악보를 먼저 내밀고 나는 뒷 가사를 붙이는 순서가 우리 사이의 공식이다. 나훈아의 '분교'가 그랬고, 문희옥의 '사랑이 남아 있을 때', 소라이 '소라의 추억'과 서주경의 '벤치'가 그랬다. '추억에 젖어', '글세', '악어의 눈물', '이모', '양수리에서', '청계천 첫사랑', '행복하세요', '자꾸 맘에 걸려', '시집가버려' 등 수십 편의 노래가 이런 공식 속에서 태어났다.

나미애는 김유진이란 이름으로 모창을 잘하는 가수다. 정주희 선생의 제자로 내가 오아시스레코드사에 있을 때 만났다. 나와 호흡을 맞춘 건 정주희 곡 '두 번 울기 싫어요'인데 이 노래도 한때 방송을 탔다. 나는 나미애에게 '60점만'과 '오디오 비디오'를 주었

다. 코러스는 '잃어버린 우산'을 노래한 우순실과 방대식이 더빙했다.

안 들어도 오디오/ 안 보아도 비디오/ 오늘은 어디서/ 또 누굴 유혹해/ 사랑의 사설을 늘어놓
나/ 질리지도 않나봐/ 캥기지도 않나봐/ 사랑이 무언지 이별이 뭔지/ 심각한 적 한 번도 없지/
나같이 순해빠진 여자 만나/ 그간 너무도 행복했겠지/ 세상이 그리도 어리숙하게/ 당신 당신
원한대로 뜻대로/ 영원하다고 믿나/ 넘어간다고 믿나/ 당신 알고 내가 알고 다 알아

-김병걸 작사, 임종수 작곡, 나미애 노래 '오디오 비디오'

바람둥이 애인을 그린 노래다. 경쾌한 샤플 리듬에 임종수 특유의 반전이 있는 곡이
다. 당초의 제목은 '안 들어도 오디오'. 나는 60점만을 PR하자고 안을 냈으나 나미애의
매니저인 박윤성은 '오디오 비디오'를 선호했고 기어이 이 노래를 방송했다. 하기사 '60
점만'은 진미령이 부르는 것으로 착각할 만치 닮았다. 이미자의 '동백아가씨'와 김추자
의 '님은 먼 곳에', 그리고 진미령, 이영화, 현숙 등 많은 가수의 노래를 복제하는 나미
애는 재주만큼 뜨지 못하고 2009년부터 김진룡 곡인 '왜 그래'로 활동한다.

'60점만'은 60점도 못 채우고 나의 아쉬움 속에 100점으로 존재한다. '60점만'을 PR
했더라면 어떻게 되었을까?

"미애야. 너 지금 실수하는 거야….''

거품빠진 김성민의 '사이다 같은 여자'

잊으려 눈 감으면/ 코끝이 찡하도록/ 내 마음을 흔들고 간/ 뿌리째 앗아간/ 사이다 같은 그 여
자/ 야윈 바람에도 날아가 버리는/ 어설픈 사랑 때문에/ 이토록 울 줄은 몰랐다/ 바보야 정말
바보야/ 철없이 사랑한 죄였다/ 헤픈 정 쥐버린 죄였다/ 사이다 같은 여자야

-김병걸 작사, 정의송 작곡 '사이다 같은 여자'

고등학교 2학년이었다. 강진의 '연하의 남자'를 작곡한 가수 장태민이 소개한 김성민은 멀대처럼 키는 컸지만 솜털이 보송보송한 애기 같았다. 1997년 여름, 구기터널 앞에서 〈장군〉이란 횟집을 하는 성민 아빠와 만나 각오를 들은 뒤 황선우 작곡가에게 성민이의 레슨을 맡겼다.

황선우 곡으로 '남자가 여자 사랑할 때'와 '스물한 살에', 그리고 정주희 작곡의 '믿었던 너' 등 7곡과 내가 쓴 정의송 작곡의 '사이다 같은 여자'와 '마지막 카드'를 실은 음반이 그해 겨울에 나왔다. 모니터링을 한 결과 '사이다 같은 여자'가 홍보 곡으로 선택되었고 박혜성에 이은 또 한 명의 하이틴 가수가 탄생했다.

설운도의 동생인 이춘섭이 매니저로 나섰고 한동안을 순항했다. 그런데 군軍 문제로 공백기를 가진 성민이는 더 이상 도약하지 못하고 주저앉았다.

아, 참으로 덧없는 게 세월이던가. 미완의 세월은 기약없이 흘렀고 성민이도 어느새 30대가 되어 버렸다. 훌쩍 가버린 저 세월 너머 청운의 꿈을 기약하던 성민이와 아들을 제2의 남진으로 키우겠다며 의지를 불태우던 성민 아빠 김종윤 형님, 그리고 욱일승천했던 나의 호시절이 보인다.

2012년 9월 8일, 거품 빠진 사이다가 된 김성민의 전화.

"삼촌, 작품 두 편만 주세요. 엄용섭 사장님이 제 일을 볼 겁니다. 내주에 찾아뵐게요."

2013년 1월 20일 정의송의 전화.

"'다희'를 김성민에게 주려고 합니다. 맞춰보니 딱이예요."

'다희'는 작년 가을에 필자가 쓴 사랑노래이다.

"그래, 그럼 그 녀석한테 또 한 번 속아보지 뭐."

국가대표 마라토너 '가타부타'는 난코스

하나마나 뻔한 얘긴 줄/ 나는 이미 알고 있는데/ 왜 자꾸 망설여/ 뜸들이지 말고 얘기해/ 주저

주저할 게 뭐 있어/ 가타부타 이젠 말해줘/ 너만 편하고 너만 유리하게/ 너무 고집을 하지 마/

우리 사랑은 너의 각본과/ 연출만 있을 뿐/ 이래도 흥 저래도 흥/ 내 주장은 필요 없지/ 이젠

내 입장도 생각해/ 하네 마네 하네 마네/ 괜히 빙빙 돌리지 마/ 이젠 가타부타 결정해

—김병걸 작사, 장원배 작곡, 이홍열 노래 '가타부타' 1996. 6. 아세아레코드사

싱싱한 새 목소리 새 얼굴의 가수가 트로트를 댄스 버전으로 들고 나와 화제라며 연일 신문과 방송에서 취재 경쟁을 했다.

국가대표 마라토너인 이홍열은 마라톤이 아닌 가수라는 새로운 코스에 도전하였다. 1985년, 양인자 – 김희갑 커플의 '유정'으로 가요계에 데뷔한 이홍열은 이듬해 장원배를 앞세워 나를 찾아왔다.

장원배는 '스잔'과 '유리창에 그린 안녕'으로 인기몰이를 한 김승진의 매니저였고 한때 가수의 꿈을 가졌던 김범룡의 친구다. 가수의 꿈을 접고 매니저로 변신한 그에게 두 번째 가수가 바로 이홍열인데 '가타부타'는 그의 처녀작이다.

노래로 연 나의 세상

나에게 내민 미디음악 테이프와 악보는 당시로선 보기 드문 세미 트로트로 김범룡의 '바람바람바람'을 연상케 했다. 나는 몇 날을 악보와 씨름하여 '가타부타'를 타이틀로 건네주었다.

이홍열은 1980년 동아마라톤 우승을 시작으로 1983년 해밀턴 우승과 1984년에는 대망의 한국 신기록을 달성한다. LA올림픽에도 한국 대표로 출전하였다. 방송에서 마라톤 해설가로도 유명한 그는 맘속에 품고 살았던 노래에 대한 미련을 떨치지 못하고 가수라는 또 다른 코스에 도전, 험난한 여정을 출발했다.

그러나 기대만큼의 성과를 거두지 못하고 이후 3집 김병걸 작사, 김수환 작곡의 '잊고 가오'를 끝으로 활동을 중단했다. 가수라는 새로운 코스를 공략하지 못하고 쓸쓸히 퇴장하는 그의 뒷모습이 나를 우울하게 했다. 강남에서 불고기 식당을 크게 운영하기도 한 그는 진돗개를 몇 마리 키우고 있으니 생각이 있으면 언제라도 말씀하라고 했다.

나는 내 바로 위의 형이 경호역전 마라톤에서 우승하는 등 마라토너였기 때문에 이홍열을 각별히 여겼고 특히 매니저이자 작곡가인 장원배의 재롱에 마음을 많이 주었다.

"홍열 씨, 지금 어디서 또 어떤 코스를 만들어 달리고 있나요? 이제는 신기록보다는 완주하는 쪽으로 가닥을 잡으시라고 귀띔해주고 싶네요."〈2008. 4. 7.〉

사람이 자기 의지대로 할 수 있는 일이 몇이나 될까? 세상에 지배당하고 세월에 떠밀려 원하지 않는 곳에 서 있는 자신을 발견하고 가슴 쓸어내린 날이 한두 번이 아니다. 잠 안 오는 밤 창문 열고 하늘을 보라. 획 획 지나가는 세월을 본다. 나이가 들수록 더 또렷이 보이는 게 세월이다. — 〈'얼굴 없는 세월'을 예약한 홍채연〉 본문 중에서

02

정글로 떠난 신예 가수들

'얼굴 없는 세월'을 예약한 홍채연

2012년 5월 홍채연은 나에게 두 번째 음반의 기획을 의뢰했다. 2007년 가수위원회의 상조위원장을 맡고 있는 염덕광 가수가 홍채연을 소개하였고 나는 류기진의 '그랬다'를 '내가 주인공'이란 제목으로 바꾼 가사와 '만나면 시가 되고 노래가 되는'이란 긴 제목의 두 곡을 주었다.

내 인생의 먹구름도 당신이 만들고/ 무지개도 당신이 만든다/ 함께해서 좋은 날에/ 꽃처럼 피는 사람아/ 살다보면 힘든 고개가/ 골백번은 나오겠지만/ 사랑으로 올라가고/ 정으로 넘어가자/ 만나면 시가 되고 노래가 되는/ 당신만이 내 사랑이야

—김병걸 작사, 이충재 작곡 '만나면 시가 되고 노래가 되는'

이미 30여 년 전인 LP 시절 한 장의 음반을 낸 바 있는 그녀는 문주란의 노래를 즐

겨했고 미성이라 장조의 곡을 잘 부르는 가수다. 간간이 국내외로 위문공연과 봉사활동도 다닌다.

나는 남자가수가 불러야 더 제격인 '얼굴 없는 세월'을 만들어놓고 누구를 줄까 고민하고 있었는데 홍채연이 이 노래를 듣더니만 극구 달라고 졸라댔다. 작품료를 미리 찔러 찜했다. 어쩌겠는가. 자랑은 내가 했고 거절할 명분이 보이질 않으니.

오라면 오고/ 가라면 갔다/ 세상이 하라는대로/ 여기까지 오면서/ 만나야 했던 꿈도/ 한도 많았다/ 인생이 무어냐고 묻지를 마라/ 창문 열고 하늘을 보니/ 발자욱 소리도 없고/ 얼굴도 없는/ 아 세월아/ 무정한 세월아/ 얼굴없는 세월아

—김병걸 작사, 작곡 '얼굴 없는 세월'

사람이 자기 의지대로 할 수 있는 일이 몇이나 될까? 세상에 지배당하고 세월에 떠밀려 원하지 않는 곳에 서 있는 자신을 발견하고 가슴 쓸어내린 날이 한두 번이 아니다. 잠 안 오는 밤 창문 열고 하늘을 보라. 휙 휙 지나가는 세월을 본다. 나이가 들수록 더 또렷이 보이는 게 세월이다.

발자국 소리도 없고 얼굴도 보이지 않지만 세월의 흔적은 몸에서부터 있다. 그래서 더 늦기 전에 더 늦기 전에 하면서 우리는 자꾸 서두른다. 홍채연이 깨달은 세월이 허망하지 않기를 빈다.

"채연 씨, 작품비를 선돈 준 건 좋은데 세월을 예약하지는 마시오. 세월 그놈 참 믿지 못할 놈이니까."

노래가 노다지인 홍인숙

경북 봉화읍 들머리에서 홍인숙은 〈풍경소리〉란 식당을 한다. 춘향전에 나오는 〈이

노래로 연 나의 세상

몽룡의 생가〉가 왼쪽으로 굽어져 9Km를 가면 된다는 이정표가 친절하게 내다붙은 삼거리에서 그녀가 식당을 한 지도 꽤 여러 해가 흘렀다.

충남 천안의 시골에서 자란 그녀는 흘러 흘러 이곳까지 들어와 정착하게 되었는데 KBS〈전국노래자랑〉에 나가 지역 예선에서 최우수상을 탄 것이 계기가 되어 음반을 내게 되었고 영주와 봉화에 사는 뜻있는 팬들의 십시일반 성원으로 '부석사의 밤'이란 타이틀의 첫 음반을 손에 쥐었다.

나는 고교 선배인 김정규란 경찰이 쓴 이 '부석사의 밤'을 듣고 시골 아낙 치고는 상당한 노래 실력에 반했는데 2005년 대치동 사무실로 그녀는 남편과 함께 찾아와 음반을 건네주고 갔다. 몇 년이 흐른 어느 날 유갑순이란 가수가 일본 오사카에서 날아와 이 '부석사의 밤'을 리바이벌하겠다며 나를 찾았다.

나는 가사 몇 군데를 선배의 허락 아래 수정하여 '부석사 연가'로 제목까지 아예 고쳐 '오빠는 내 남자'와 '나목'이란 노래와 함께 음반에 실어주었다.

홍인숙은 이를 강하게 항의하였고 나는 그 미안함을 떨치려고 그녀에게 훗날 좋은 작품을 하나 주겠노라고 약속하였다.

술술술 풀리는 그 팔자가 뭔진 몰라도/ 단 하루를 살아도 마음 맞는 당신과/ 사랑하며 살고 싶어라/ 노다지 노다지가 별 거 드냐/ 어화둥둥 내 사랑아 사랑이 노다지지/ 어화둥둥 내 사랑아 님이 바로 노다지지/ 사랑아 내 사랑아/ 변하지마라 사랑이 노다지다

2012년 손준호 작곡의 '사랑이 노다지다'란 타이틀로 홍인숙은 그예 2집을 내었다. 나는 이 작품을 무척 아끼며 짱박아 두고 있었는데 임자는 따로 있더라는 말이 맞긴 맞

나 보다. 꿈에서도 짐작하지 못한 신인한테 넘어가다니…. 이 노래는 멜로디가 쉽고 정겨운 민요풍으로 누구든 만만하게 제압할 수 있다는 대중성이 강점이다.

문연주나 이혜리를 주려고 겨냥하여 내가 반주 음악을 미리 넣어놓았었다. 그러나 그 두 가수는 박성훈이란 굳건한 성에 갇힌 가수여서 도저히 건네줄 수가 없었고 박 선배와 의가 상하고 싶지 않아 포기한 채 간직하고만 있었다.

홍인숙은 이 음악을 듣고는 얼른 덤벼들었다. 나는 썩 내키진 않았으나 약속했으니 줄 수밖에 없었다.

"인숙 씨. 노다지가 뭐 별 거 있겠소. 이 노래나 잘 가지고 놀다보면 팔자가 달라질지도 모르니까 열심히 해봐요. 이 노래가 당신 인생에 진짜 노다지가 되었으면 좋겠소……."

'우체국 앞에서' 만난 이예준

이예준은 대구 출신으로 2010년 KBS 〈전국노래자랑〉 연말 결선에서 대상을 거머쥔 단국대 뮤지컬과를 다니는 노래꾼이다. 작곡가 손준호에게 소개받은 이 끼 많은 학생은 KBS TV 〈가요무대〉 모 PD가 작곡가 윤명선에게 추천하여 디스코 리듬인 '홍콩'이란 싱글앨범을 발표했다. 그리고 윤명선은 이예준을 '처음마음'이란 기획사에 전속시켰다.

2012년 초 예준이 어머니와 상면한 나는 예준이의 2집 음반을 진행하게 되었고, 4월에 작업을 완료했다. 2집 역시도 싱글앨범으로 '우체국 앞에서'란 서정성 있는 슬로우락slow rock을 선택했다.

가을 우체국 앞에서/내 마음 닮은 단풍잎 하나 넣어/ 편지를 쓰네/ 여름바다 파도소리 한 자락 담아/ 너에게 보낸다/ 넌 궁금하지도 않나 봐/ 난 몹시 보고 싶은데/ 다시 계절이 오고/ 다시 계절이 가면/ 나는 또 바람이 되고/ 넌 창백한 울음이 되어 나부끼며/ 내 가슴에 지네/ 겨

노래로 연 나의 세상

울 가로등 아래서/ 함박눈 한 줌 담아 너에게 보낸다/ 겨울 가고 봄 오면/ 진달래 향기처럼/

너 내게 와줄까

−김병걸 작사, 손준호 작곡 '우체국 앞에서', 2012

가수의 장래를 장담할 수는 없다지만 내가 봐서 예준이는 필경 성공하는 가수가 되리라 확신한다. 그의 끼와 열정 그리고 부모님의 후원이 그 성공을 뒷받침할 것이다.

2010년대에 들어와 이미 자리를 잡은 박현빈, 박상철 외에도 구윤과 신유가 성인가요의 맥을 잇고 있는데 이예준의 가세는 신진대사를 위해 매우 반가운 일이다. 더구나 여운, 배성, 김동아 이후 가수가 배출되지 않고 있는 대구에서 나타나 그 반가움이 남다르다.

권선아의 악보엔 두 가지 가사가…

〈가요무대 가요사랑〉이란 다음 카페 회원들이 대거 이탈하여 만든 카페가 〈트로트 가요방〉이며 나는 이 카페 저 카페를 검색하다가 〈트로트 가요방〉에서 노래를 참하게

잘 부르는 권선아를 발견하였다. 권선아는 음반을 내지 않은 아마추어 가수였지만 닉네임을 〈별님〉이라 부르며 그 바닥에선 꽤나 알려진 유명 가수였다.

경북 봉화 출신의 그녀는 늦은 나이였지만 신곡을 취입하였는데 나는 손준호 작곡의 악보에다 이런저런 가사를 붙이다가 두 편을 썼다. 둘 다 맘에 들어 연습을 시켰고 권선아는 무리 없이 소화하여 결국 이 둘을 모두 음반에 싣기로 하였다. 좀처럼 없는 드문 케이스다.

내 맘도 하나 모르면서/ 남자는 무슨 남자/ 전봇대처럼 키만 컸지/ 몰라도 너무 몰라/ 오늘도 어제처럼 또 그냥 가긴가요/ 찻집 대신 공원에서/ 아니면 미니샵에서/ 우리 서로/ 일회용 커피를 마시더라도/ 마음만은 천년만년/ 사랑을/ 사랑을 맹세해요

-'미니샵에서'

바람이 살랑 부는 밤에/ 달빛도 숨은 밤에/ 오빠는 이제 안녕하고/ 자기라 불러달래/ 그 말에 수줍어서 가슴만 두근두근/ 지금부턴 오빠 아냐/ 자기라 불러야지/ 오빠 오빠/ 나만을 사랑해 울리면 안 돼/ 지금부터 나만 생각해/ 영원히/사랑을 약속해줘요

-'오빠 졸업'

응석을 부리는 발음과 청아한 보이스의 권선아는 이 두 노래를 가지고 열심히 활동한다. 주로 봉사활동에 치중하는 그녀는 기념음반으로 끝날지도 모른다는 나의 불평을 안심시키며 오늘도 동서남북으로 노래무대를 돌며 바쁘다.

노래로 연 나의 세상

박풍우가 그리는 '물무늬'는 어떤 모양일까?

누군갈 위해서 아낌없이/ 나를 던져 봤니/ 죽음도 두렵지 않을 만큼/ 사랑에 미쳐봤니/ 그 사랑 때문에 모든 걸 버려 봤니/ 버려도 버려도 못다 버린/ 이름 하나 안고 살아 봤니/ 산다는 건 잡지 못하는/ 그리움을 버리는 거야/ 안고 있으면 병이되니까/ 날마다 하나씩 버리는 거야/ 아 ~ 인생은 물무늬 같은 거니까

—김병걸 작사, 손준호 작곡 '물무늬', 2011. 9

슬로우고고Slow gogo인 '물무늬'는 애절한 곡이다. 신인답지 않게 박풍우는 터치가 강했고 작품을 깊숙이 이해했다. 2번째 음반을 내는 박풍우는 넉넉한 용모에 마음씨도 풍성한 호남이다. 육덕수가 기획한 이 음반에 필자는 2곡을 주었는데 디스코인 '물어나 볼 꺼지'가 있다.

물어나 볼 꺼지/ 물어나 볼 꺼지/ 왜 그냥 돌아서나요/ 물어나 볼 꺼지 그랬으면/ 나 마음 돌렸을 텐데/ 끝내 당신/ 끝끝내 당신/ 아무 말 안 했어요/ 우리 사이에 진실이 무언지/ 내가 무얼 바라는 건지/ 물어나 볼 꺼지/ 불어나 볼 꺼지/ 한 번쯤은 물어나 볼 꺼지

—김병걸 작사, 최강산 작곡 '물어나 볼 꺼지'

매니저인 육덕수 사장은 신길동에 사무실을 내고 탤런트 몇 명과 가수로는 미소걸스와 박풍우를 픽업했다. 연극인 김태랑 씨가 다리를 놓은 박풍우의 음반작업은 일사천리로 진행되었고 주위의 호평 속에 방송을 타고 있다. 2012년 필자의 또 하나 기대작이다.

'물무늬'. 박풍우가 그리는 물무늬는 어떤 모양과 빛깔을 띨까?

정글로 떠난 고향 후배 안동남

안동남安東男. 고향이 안동인 남자라 하여 필자는 그의 예명을 안동남이라고 지어주었다. 퇴계 이황의 후손으로 본명이 이충국李忠國인 안동남은 종로3가 단성사 뒤 보석골목에서 가게를 열어 보석에 문양을 새겨 넣는 국내에선 몇 손가락 안에 드는 세공 기술자다.

2008년 인사동에서 열린 '종로가요제'에서 입상한 것을 계기로 음반을 내보겠다며 김도현金道炫가수의 소개로 필자를 찾아왔는데 말씨가 낯익어 족보를 캐보니 고향 후배였다. 안동댐으로 수몰민이 되어 달성達城 외갓집 동네로 이사를 가서 대구에 터를 잡고 금은방을 하며 살다가 무리한 확장으로 실패하고 십 수 년 전 상경하여 다시 재기한 자수성가의 표본이다.

노래 솜씨는 그다지 출중하지 않지만 지독한 노래광狂으로, 특히 나훈아의 골수팬이다. 밥을 굶었으면 굶었지 하루라도 나훈아 노래 안 듣고는 못 배긴다. 그래서 그의 가수 데뷔 음반에 신곡인 '선택' 외 밑반찬은 나훈아의 노래로 상을 차렸고 '운명은 내 편이 아니었다'와 '예전 그대로', '너도 역시 여자였구나' 등을 취입하였다.

이 세 곡은 나훈아의 〈벗〉이란 음반에 수록된 노래들로서 나훈아가 지난날 오아시스 레코드사 전속 시절 친했던 작품자들 십여 명을 선발하여 한 편씩의 작품을 받아 음반을 냈는데 필자도 '발코니에 앉아서'를 주어 오늘날 사랑받고 있다.

이 음반엔 '고장 난 벽시계'와 '발코니에 앉아서'가 알려지기 시작했고 근자 '남자라 울지 못했다' '너도 역시 여자였구나'가 바람을 타고 있다.

♩♪♫
노래로 연 나의 세상

동남이는 잘 알려지지 않는 노래들을, 그것도 상당히 난해한 발라드를 나름대로 자기화하여 소화했다. 음반을 만드는 데 꼬박 1년이 걸렸다. 밀려드는 일 때문에 연습할 겨를이 나질 않았던 것이다. 서초동 훈녹음실에서 정경천 편곡으로 타이틀곡인 '선택'을 녹음했다.

천성이 순하고 말수가 적고 조용조용한 안동남은 자신의 분수를 잘 안다. 그래서 10대가수를 꿈꾸지는 않는다. 다만 자신의 노래가 노래방에라도 수록되어 친구들과 신나게 부르는 게 소원이다. 운 좋게 알려져 누군가가 불러주면 서울 시내를 열 바퀴 넘게 카퍼레이드라도 할 심산이다.

"선배님, 버스 옆구리에 붙이고 다니는 저 광고가 얼마면 할까요?"

뜬금없는 질문에 내가 되물었다.

"왜 너 사진이라도 넣어 '선택'을 PR해 보게?"

우리의 대화가 황당하다. 까짓것 돈만 있으면 못할 것도 없는 발상이지만.

기왕지사 선택한 '선택'이 잘 되었으면 좋겠다. 순진한 남자 안동남. 나이답지 않게 순진한 그에게 이 바닥이 얼마나 정글인지를 확인시켜 주고 싶진 않았는데 어쩌나 밀림으로 가는 차는 이미 떠났고 그 차 안에 동남이가 저렇듯 떡하니 앉아 있으니……

후포에서 대구까지 노래의 주단을 깐 이마음

2010년 10월 대구광역시 달성편 KBS 〈전국 노래자랑〉에 이마음이 초청가수로 출연하였다. 나는 심사석에 앉아 있다가 깜짝 놀랐다.

"아니 네가 어떻게 이 프로에…?"

〈전국노래자랑〉은 대단한 프로그램이고 신인이 출연하기란 하늘에 별 따기다. 나는 조마조마 마음을 조였건만 겁 없는 신인은 카메라를 의식치 않으며 무사히 노래를 마쳤다. 나는 양손에 힘을 얼마나 주었던지 땀이 흥건했다.

〈이마음〉. 이마음은 군위 출신으로 지금은 동해바닷가 후포厚浦항港에서 산다. 이마음은 대구에다 노래교실을 여러 곳에 열어 강의를 위해 후포에서 대구로 매일같이 출근한다. 여간 정성이 아니고서는 못하는 일을 그녀는 척척 해낸다.

합정동 〈뮤직트랙〉 사무실을 영등포로 옮긴 2008년 여름 그녀는 두 곡을 초이스했다. 보기에도 넉넉해 뵈는 그녀는 두터울 후자를 쓰는 후포에서 살아서 그런지 마음이 매우 후덕했다. 본명인 이임순으로 활동하고 있었는데 나는 그녀의 후덕함을 상징하여 예명을 〈이마음〉으로 지어주었다.

뽕도 따고 님도 보자고/ 노래 노래하던 님아/ 이별 말고 사랑하면서/ 천년만년 살자던 님아/ 각본 없는 드라마 같은/ 세상이란 무대에서/ 심심풀이 사랑 아니야/ 순정 바친 사랑이야/ 언제까지나 한결같은 마음으로/ 쓰다듬고 안아 주세요

−김병걸 작사, 최강산 작곡 '천년만년' 2008. 11. sol media

흥겨운 디스코 리듬에 성인들이 좋아할 수 있는 쉬운 가사와 멜로디로 그려주었다.

노래로 연 나의 세상

　그녀는 자신을 불러주는 곳이면 눈비 안 가리
고 달려갔고 무대에 오르면 최선을 다한다. 아직
은 기대만큼 방송활동을 못하고는 있지만 전국을
누비며 홍보에 열심이다. 후포에서 대구까지 노
래의 주단을 깐 그녀의 노력이 눈물겨우니 꼭 성
과가 있으리라 믿는다.

　2010년 7월 2일 큰 저수지가 있는 충남 예산
군 응봉면 등촌리 336-27 예당레이크에서 열린
〈서라벌가수단합대회〉에 참가했던 필자는 거기
까지 달려온 이마음을 보고 그 노력에 다시금 감
탄했다.

　그녀는 오늘도 어딘가에서 자신을 알리려 싹싹한 미소를 던지고 있으리라. 발품이야
나오든 말든 개의치 않고 '천년만년'과 함께 준 또 다른 곡 '점이 된 사람'을 세트로 부
르면서 히트를 위한 점 하나를 찍고 있다.

잊으라고 했잖아/ 지우라고 했잖아/ 어차피 지나버린 일인데/ 사랑했다면 빌어줘야지/ 어디
서든 행복하라고/ 가물가물 멀어져가는/ 뱃고동처럼 기적소리처럼/ 메아리 남기고 저만치 가
는 님/ 내 가슴에 점이된 사람

　　　　　　　　　　　-김병걸 작사, 최강산 작곡 '점이 된 사람' 2008. 11. 솔미디어

"마음아, 잊지 마. 무슨 일이건 처음엔 점 하나로 시작하는 거다!"

송가수와 '벙어리장갑'

멀리 광주에서 걸려온 전화.

"선생님 가사 써주실 수 있습니까? 제가 곡을 4곡 썼는데 한 번 살펴 보시고 괜찮으면 가사를 붙여주세요."

2011년 여름에 고속버스를 타고 달려온 무명 악사 송선기는 대흥동 필자의 사무실에다 자신의 꿈을 펼쳐놓았다. 다소 어설픈 데모음악 CD를 꺼내는 그의 손끝이 떨리고 있었다. 락앤롤과 삼바, 그리고 빠른 템포의 샤플 등 네 곡을 들려주고 갔다.

시간은 흘러 해를 넘긴 2012년 초 필자의 가사로 송선기는 '벙어리장갑', '원하지 않는 나', '지금부터야' 등 3곡을 남기연에게 편곡시켰다. 촌에 산다고 다 촌놈이 아니듯 그의 작품은 상당히 도회적이다. 멜로디가 다분히 공격적이다. 특히 마무리 부분이 매우 역동적이다.

> 만지면 부서질까봐/ 난 그저 바라보네/ 오 벙어리장갑/ 놓으면 달아날까봐/ 난 그저 속이 타네/ 오 벙어리장갑/ 우리 둘 사이는 언제나 같은 자리 되물어보지만/ 아무 말 안 해도 그 마음 알아듣네 벙어리장갑/ 눈도 귀도 입도 없지만은 가슴이 따스한 너/ 나의 가난과 추위까지 다정히 안아주는 너/ 우리 이렇게 오래토록 함께 하자고/ 속마음 살며시 전해보는 벙어리장갑/ 눈도 귀도 입도 없지만은 가슴이 따스한 너/ 나의 가난과 추위까지 다정히 안아주는 너
>
> —'벙어리장갑'

남진의 '둥지'를 연상케 하는 흐름이다. 작곡자가 직접 부르는 감동은 가수들과는 조금 다르다. 느낌이 참 좋다. 세 곡 중에서 필자는 '벙어리 장갑'을 타이틀로 하자고 제안했다. 허스키한 보이스와 잘 어울리는 춤곡이다.

> 옆길로 엇나지도 말고/ 빙빙빙 곁돌지도 말자/ 지금부터야 지금부터야/ 그대와 나 사랑의 시

노래로 연 나의 세상

대/ 눈물은 내 가슴에 지운다/ 이별도 내 사전에 지운다/ 지금부터야 지금부터야/ 그대와 나 사랑의 시대/ 내 눈을 봐 이 안에 니가 있다/ 내 가슴엔 한 사람 너만이 산다/ 하~ 이 기쁨 이 행복 지킬 수 있게/ 바람에 깃발처럼 살자/ 꽃잎에 향기처럼 살자/ 내 삶의 이유가 너란 말이야

—'지금부터야'

철없이 사는 건 아닌지/ 겁 없이 사는 것은 아닌지/ 언제나 자신 없는 이 물음으로/ 나 여기 여기 서 있네/ 아직도 할일이 많은데/ 여기서 주저앉긴 싫은데/ 날마다 작아지는 나를 만나네/ 원하지 않는 나를 만나네/ 아 작은 재주 하나로/ 바쁘게 걸어왔던 내 인생/ 아 운만 믿고 살기엔/ 세상은 너무 멀리 있더라/ 줄담배 무는 밤이 많다고/ 세상이 내게 오지 않는다/ 어차피 한 번뿐인 인생 아니냐/ 신발 끈 다시 매고 뛰어봐

—'원하지 않는 나'

광화문녹음실에서 가수 한명숙 선생의 조카인 한호림 실장이 레코딩하고 변성복 사장이 믹싱했다.

경전선이 지나는 아름다운 간이역이 있는 나주 남평이 고향인 송선기는 취입 때마다 중학교 동창인 문광부의 윤성천 저작권과장과 조성심이 응원하러 왔고 부평에 사는 죽마고우 김제현이 잠자리를 제공하며 응원했다. 참으로 고마운 친구들이고 부러운 우정이다.

필자는 본명이 좋으니 그냥 쓰라고 했지만 송선기는 굳이 예명을 부탁했다. 고심 끝에 송가수라고 지어 주었다. 영어로 송은 노래이고 이름이 가수이니 분명 좋은 가수 이름인 것 같다. 선기도 아주 만족해했다.

송가수는 중학교 때부터 트랜지스터 소리만 나오면 밥 먹다가도 노래 가사를 적어 외웠다. 당시 김연자가 부른 메들리테이프는 끼고 살았다. 이때부터 가수의 꿈을 남몰래 간직했다. 집안에선 대학엘 들어가라고 졸랐지만 음악에 뜻을 두었던 그는 공부 대신 음악학원에 등록했다. 아버지에게 대학등록금 대신 건반악기를 사달라고 딜deal을

제의했다.

당시 2단 BOX 올갠인 EP12와 R-2000을 산 그는 광주시에 있는 음악학원에서 4개월을 배운 뒤 직업전선으로 뛰어들었다. 기본 2년을 배워야 하는 건반악기였지만 남다른 열정과 재주로 그는 학원장의 추천을 받아 야간업소에 취직했고 보란 듯이 스스로 길을 열었다.

이제 그는 꿈에 그리던 본인의 음반을 품에 안았다. 그것도 자작곡으로. 송해, 송대관의 뒤를 이어 송가수가 송씨네 계보를 이어주길 기대한다.

음반이 나오던 날 부평 김제현의 식당 〈예미향〉에서 송가수의 남평 중학교 동기들이 음반출시 기념 만찬을 열었으며 필자도 초대되어 아름다운 우정의 자리를 함께 했다.

가슴으로 부른 윤달구의 '낙동강아'

낙동강洛東江은 내게 고향이고 정신적인 모태로 시이자 노래다. 의성義城, 예천醴泉, 안동安東 3군郡이 접경되는 지치기 나루가 있는 도금물에서 태어난 나는 강과 함께 살았다. 강을 건너 중고등학교를 다녔고 장엘 다녔다.

나룻배로 건너는 낙동강은 내 가슴의 가장자리에서 물살을 고르고 조약돌을 굴리며 흘렀고 강물 속에서 솟아오르는 집채만한 일출日出과 쌍호雙湖들을 지나 잘미산으로 굽어지는 은빛 물결에 수천, 수만 마리 물고기가 일제히 뜀박질하는 낙조落照를 보며 아침과 저녁을 배웠다. 생성과 소멸이 교차하며 반복되는 곳. 뻘과 백사장은 주기週期를 돌아 자리를 바꾼다는 걸 강마을 사람들은 안다. 나는 세월의 퇴적堆積이 섬이 된다는 걸 일찍부터 가르쳐주는 강가에 나가 강물을 베고 누워 본 날이 많다.

아버지가 건넌 강이 현해탄을 건너 왜놈들의 탄광촌에 붙들려간 눈물의 강이었다면 다섯 형들이 건넌 강은 유학遊學의 강이었고 도시로 가는 희망의 강이었다. 닷새마다 머리에 곡물을 이고 십리길 구담장九潭場을 돌아온 어머니의 낙동강은 어떤 빛이었을까?

―김병걸 작사 · 작곡, 윤달구 노래 '낙동강아' 2009. 7. 월드미디어

윤달구도 나처럼 낙동강 마을에서 자랐다. 경북 달성 옥포라는 강마을에서 얼음 쩡쩡 어는 겨울강과 진달래 꽃잎을 띄우는 봄강과 홍수로 범람하는 여름강을, 그리고 논에서 돌아온 농부의 부은 발을 씻어주던 가을강을 나처럼 지겹게 지켜보면서 살아온 강마을 사나이다. 그래서 낙동강은 윤달구와 내게는 익숙한 호흡으로 함께 달리는 세월이며 그 세월을 흐르는 언어다.

대구 동아쇼핑에서 금은방을 하는 그는 언제나 가수를 동경하며 살았다. 한국연예협회 성산지부장을 하는 작곡가 노석하의 소개로 알게 된 윤달구는 질박한 옹기를 보는 듯 수더분해서 좋다. 조선낫을 허리에 차고 강변에 나가 이미자의 '저 강은 알고 있다'와 홍세민의 '흙에 살리라'를 날 저물도록 불렀던 그가 나이 오십이 되어서야 소원했던 노래를 취입하게 되었고 자기를 길러준 낙동강을 테마로 하는 노래를 부르게 되었으니 감회가 남다르리라. 달구는 그랬다.

"저요, 이 노래 가슴으로 부를랍니다. 제 이야기를 써주셔서 너무 너무 고맙습니다. 어예 이리도 제 맘을 잘 아시는교?"

윤달구의 노래 속엔 겨울 강바람소리를 베낀 한恨이 있고 여울목을 치고 가는 물소리 같은 신명이 있다. 약간의 경상도 발음마저도 구성져서 감동의 파장을 넓혀 온다. 취입이 있기 하루 전날 상경하여 컨디션을 조절할 정도로 정성을 들이는 그를 보고 강마을에서 자라 역시 준비성이 철저하다는 걸 확인했다. 예명도 달구 이 얼마나 촌스럽고 정겨운가. 윤달구의 장도壯途에 강처럼 출렁이는 서광曙光을 기원한다.

'정 주고 마음 주고' 이수정은 어디로?

정주고 마음도 주고/ 줄 건 줄 건 모두 줘놓고/ 울리고 간 사람/ 돌아서 간 사람/ 아주 갈 줄 나는 몰랐네/ 오지 않는 휴대폰만 매만지면서/ 밤새도록 그리움을 찍었다/ 사랑은 나 혼자 했나/ 너도 나를 사랑했잖아

정주고 마음도 주고/ 줄 건 줄 건 모두 줘놓고/ 잊으라 한 사람/ 돌아서 간 사람/ 남이 될 줄 나는 몰랐네 / *후렴

–김병걸 작사, 최강산 작곡, 이수정 노래 '정 주고 마음 주고' 2008.

단조短調(minor key)의 곡으로 트로트의 모델을 보는 것 같은 수작秀作이다.

작곡가 최강산. 포항에서 올라온 최강산(본명 최수원)은 피아니스트다. 일찍이 연주자로 명성을 날렸던 그는 편곡 솜씨까지 일품이다. 그는 메들리 반주 음악의 철옹성이던 정주희 선생의 아성에 도전하여 천하를 양분한 실력파다. 2007년 합정동 필자의 사무실에 방 한 칸을 내주면서 인연이 되어 오늘까지 많은 작업을 함께 하고 있다. 작곡에도 상당한 실력을 숨기고 있던 그에게 필자는 심심찮게 가사를 먼저 주어 곡을 주문했고 그런 필자의 기대에 부응하며 주옥같은 작품을 뱉어내기 시작했다.

그는 무명으로 지냈던 그간의 설움을 씻기라도 하듯 열정적으로 작품에 임했는데 필자와 합작한 첫 작품은 차민이 부른 '갈매기 너마저'다. 우리는 만날 때마다 노래를 만

노래로 연 나의 세상

들었는데 미발표작도 '사연', '립 서비스', '나만나만', '기로에 선 여자' 등 100여 편이나 된다.

필자와 같이 만들어 발표한 작품으로는 이수정의 '정 주고 마음 주고'를 비롯하여 유해모 '내가 찾던 그 사람', 민호 '간발의 차이', 혜진 '메시지 두 줄', 강미선 '나만의 남자로', 김수옥 '지금처럼', 신혜 '나 좀 봐요', 임부희 '접시꽃', 백지현 '보고 싶어', 도우성 '카페연가', 이마음 '천년만년', '점이 된 사람', 군위 사랑 노래인 '내 사랑 군위'와 '팔공산아', 박풍우 '물어나 볼 꺼지', 김종완 '인생은 이렇게', 김수련의 '사랑 참 쉽다'와 한혜경의 '콩닥콩닥' 등이 있다.

'정 주고 마음 주고', 이 노래는 대구의 공연 이벤트사인 〈차돌기획〉의 황성수 사장이 제작하였다. 황 사장은 필자를 만날 때마다 달랑 소속가수인 이수정의 작품을 의뢰하였고 필자는 그녀의 소녀적인 이미지를 완전 성인으로 바꿔놓을 요량으로 '정 주고 마음 주고'를 추천했다.

황 사장은 너무 파격적인 변신이라며 처음엔 반대했다. 그러나 필자는 뚝심으로 밀어붙였고 편곡을 정경천과 남기연 두 사람을 쓸 만큼 정성을 들였다. 합정동 필자의 사무실이 유난히도 춥던 그해 겨울 황 사장과 이수정은 수십 번이나 대구에서 서울로 들락거리며 고생을 했다.

어느 날 가수 오은주한테서 전화가 왔다.

"선생님. '정 주고 마음 주고'를 '정 주고 미움 주고'로 해서 저를 주시면 안 돼요?"

상당히 일리 있는 주장이었다. 필자가 생각 못 한 '미움 주고'를 착안했다니 놀라운 안목이다. 그러나 어쩌랴, 이미 이수정은 PR에 들어갔고 의외로 빠르게 반응이 왔다.

우선 주부가요교실에서 난리였다. 특히 이 노래의 마지막 구절인 "사랑은 나 혼자 했나, 너도 나를 사랑했잖아"에 자지러졌다. 대구권역에선 필자의 중학교 후배인 박미영과 함께 잘 나가는 가수가 이수정이었는데 그런 이수정을 만든 건 황 사장의 부지런함과 능력이 일구어낸 결과다.

각종 TV에서 이수정은 자주 얼굴을 보여주며 입지를 굳혔고 케이블 방송의 가요 프로그램에서 사회자로 발탁되는 등 순항을 했다.

금상첨화錦上添花면 얼마나 좋을꼬. 호사다마好事多魔. 기어이 우려했던 〈머피의 법칙〉이 일어났고 현재 그녀는 가수활동을 중단하고 대전으로 내려가 집안일을 거들고 있다.

여기저기서 가수들이 그 좋은 노래를 왜 접었느냐며 자기를 줄 수 없느냐고 매달린다. 마음 같아선 당장이라도 주고 싶지만 아직은 더 기다려 볼 참이다. 그녀에게 기회를 더 주고 싶다.

"힘내요, 수정 양. 이번엔 누군가 말고 노래에게 정을 주고 마음을 줘 봐요."

〈2011. 5. 21.〉

치앙마이에서 온 풍류나그네 신송

해묵은 수첩 속에서 잠이든/ 그날의 약속처럼/ 사랑은 그렇게 멀어져 갔고/ 나는 너에게 잊혀져 갔다/ 외로워 만났던 우리의 사랑/ 우리 사랑 거기까지였었나/ 아 아 몰랐다 우리가 남이 될 줄/ 우리가 남이 될 줄은/ 어쩌다 잠 못 드는 밤이면 홀로/ 옛 생각에 눈물 젖는다

–김병걸 작사 · 작곡 '잊혀진 약속' 2011. 4.

가수가 고른 필자의 최신작이다. 저음이 너무도 매력적인 그는 자신에게 맞는 작품을 주문하면서 꼭 필자가 작곡까지 해달라는 요구였다. 그래서 필자는 장조의 곡이 더 어울리는 그였지만 역으로 분위기가 장조풍인 단조의 '잊혀진 약속'을 만들었고 필자의 의중대로 그는 기꺼이 선곡하였다.

2011년 정초. 태국에서 걸려온 전화.

"평생의 꿈이 가수였는데 기회를 많이 놓쳤습니다. 지금이라도 한 번 도전해 보고 싶습니다. 제게 작품을 줄 수 있겠습니까?"

비가 부슬부슬 오는 4월 어느 날 오전. 코끼리가 그려진 큰 부채에 정열적인 빨간색 체크무늬 넥타이와 위스키 한 병을 선물로 들고 전화의 주인공은 자신이 살고 있는 태국의 치앙마이에서 필자가 사는 서울로 날아왔다.

그리고 몇 달 후 작품여행을 간다고 하니까 동행을 자청한 치앙마이의 사나이 김재곤은 필자의 차를 운전하였으며 전라남도 순천을 지나는데 〈신송마을〉이 나왔고, 모퉁이를 돌자 〈풍류마을〉이 나왔다. 인터넷 닉네임이 〈풍류나그네〉에 예명이 〈신송〉인 김재곤은 귀신에 쒼 듯 놀랐고 필자 역시 우연치고는 너무도 기묘한 인연에 한동안 말을 잃었다.

어디 그뿐이던가. 다시 몇 굽이 모퉁이를 돌아 바닷길로 들어서자 지명이 〈화포〉라 했다. 김재곤은 믿을 수 없다는 듯 멈칫했다. 동승한 필자에게 말했다.

"김 선생. 내가 태어난 마산의 옛 이름이 합포 아닙니까. 이거 정말 묘한 인연입니다. 내가 꿈을 꾸고 있는 건 아니겠지요?"

필자는 그의 말에 이렇게 대꾸했다.

"아마도 전생에 이곳 어딘가에서 살았던 모양입니다, 그려."

오늘도 거미줄을 쳤다/ 잠자리랑 나비를 잡으러/ 좋은 자리 찾아서 거미줄 쳤다/ 명당자리 골라서 쳤다/ 윙윙 모기는 싫어/ 먹을 게 없어/ 대박치는 매미를 기다린다/ 세상은 누군가가 쳐 놓은 거미줄에 얽히고/ 나도야 거미가 되어/ 촘촘촘 줄을 친다
―김병걸 작사, 김인철 작곡 '거미줄' 2011. 5.

유지나의 '고추'를 작곡한 김인철에게 달려가 곡을 썼다. 때마침 장충예술단을 이끌고 있는 강명삼 회장의 작품인 '나도 남자다'를 연습시키러 김인철 작곡실에 갔다가 자

리 깐 김에 절 한다고 가사를 내밀었더니 곡을 금방 붙였다.

2절 허리부분은 모기 대신 "~붕붕 파리는 싫어/ 너무 지겨워/ 맛도 좋은 매미를 기다린다~"로 대체代替했다.

가사가 재미있고 그에 걸맞게 곡이 역동적이다. '거미줄'의 히트를 겨냥하여 가수는 퍼포먼스를 구상하고 있고 우리는 컨셉의 차별화를 위한 전략을 짜낼 것이다. 노랫말이 말하듯 세상은 천 갈래 만 갈래로 얽히고설킨다. 누군가가 쳐놓은 거미줄에 걸려들어 울고 웃는 인간사를 그린 작품이다.

아, 일상이 모두 거미줄 치는 일이던가. 노래라는 거미줄을 치려고 치앙마이에서 날아온 거미 김재곤은 음반이 나올 날짜만을 기다리고 있다. 캄보디아에서만 자라는 흑생강처럼 까무잡잡한 피부의 김재곤의 예명도 곧 지어 주어야 한다. 지난날 남도여행에서 인연을 확인한 〈신송〉이란 이름을 그대로 쓸까? 어쩌면 신의 계시 같기도 하였는데…….

밑에 까는 기성곡의 녹음을 위해 필자가 가지고 있는 음원 중 몇 곡을 녹음하려다 그의 노래가 너무 탐이 나서 필자는 그에게 맞는 20여 곡을 골라 뮤직페인트녹음실에서 취입하였다. 이러다가 두 장의 앨범이 동시에 나올 것 같다.

그 또한 거미줄에 걸린 매미가 아니고 무엇이랴….〈2011. 6. 6.〉

※김재곤은 결국 예명을 〈신송〉으로 음반을 냈고 현재는 필자의 가사인 '그 여인'으로 활동한다.

백형산의 '별'은 멀어서 더 그리워라

지금 보고 있는 별빛은 과거의 빛이다. 빛이 지구와 38만km 떨어진 달까지 가는 데 1초가 걸린다고 한다. 북극성까지는 800년이 걸린다. 그렇다면 지금 우리 눈에 보이는 달은 1초 전의 모습이지만 북극성은 800년 전 과거의 빛이란 말인가?

　우리가 오늘밤 보고 있는 안드로메다 은하의 빛은 인류의 조상이 지구상에 막 출현했을 때 출발했던 200만 년 전의 빛인 것이다.

　나는 사람이 죽으면 별에 간다고 믿는다. 우주에 존재하는 무수한 별 중에 어느 별에서 건 나를 데려간다. 이승에서 만나 지지고 볶던 우리가 어느 별에서 다시 만나 목 터지게 싸울 수 있을까?

　별이 자욱한 은하계는 별밭이다. 나는 날마다 별을 동경하고 별을 가지려고 안간힘을 쓴다. 어느 날 별 하나가 내게로 왔다. 작고 못 생긴 별이었다. 그러나 그 별은 아름다운 소리를 가지고 있었다. 불광동에서 호프집을 하며 마이크 대신 호프잔을 나르는 허름한 차림의 이 친구 이름은 백형산.

　'천년바위'의 박정식은 나에게 '별'이란 작품을 신인가수에게 줄 수 있느냐고 물었다. 그것도 작품비 한 푼 받지 않고 공짜로. 나는 대답했다. 별을 부를 수 있는 별이면 기꺼이 그러겠노라고.

별마다 이름을 붙여/ 천년을 사는 하늘에/ 사람은 먼 훗날 어느 별에 가는가/ 세월은 바람으로 가고/ 한 계절 피는 꽃/ 인생은 나비였던가/ 그 꽃잎 지면 별밭에 가고/ 나비도 가면 별밭에 가고/ 우리가 부르는 노래/ 그 또한 별밭에 가리

　　　　-김병걸 작사, 이충재 작곡, 백형산 노래 '별' 2007 오아시스레코드사

　예음 녹음실에서 박정식은 동생뻘인 백형산을 취입시키며 디렉터를 자처했다. 그 둘은 동향 출신으로 창과 판소리를 배운 경험 등 닮은 데가 많았다. 백형산은 잠시 삼태기 멤버로 활동하기도 하였는데 목청이 정말 좋았다. 정확한 발음과 포인트를 주는 기술 등 흠잡을 데 없는, 그야말로 흙속에 묻힌 보석이었다.

나는 이 친구의 노래에 반했고 실로 오랜만에 대리만족을 느꼈다. 이충재의 편곡도 호흡이 잘 맞았다. 방송사에서는 수준 높은 노래라며 자발적으로 선곡을 해주었다. 그러나 목구멍이 포도청인 백형산은 호프잔에다 설움을 타며 불광동을 뱅뱅 돌기만 할 뿐 자신이 별이라는 사실조차 잊고 산다.

별은 멀어서 더 빛나고 그리운 걸까. 신인가수가 별이 되기까지는 넘어야 할 산이며 고개가 너무도 높다. 백형산이 별이 되기까지는 건너야 할 강이 너무도 깊다. 오늘도 나는 '별'을 노래하며 별밭으로 간다. 멀어서 너 그리운 별이 되고자.

유해모의 '갈매기'는 못 날고 오명규의 '갈매기'만 날았다

유해모는 도시적인 분위기에 매우 센시티브Sensitive하다. 보이스에 풍만한 볼륨을 가지고 있지는 않지만 노래의 신명을 만들어 끌고 갈 줄 아는 기술을 가진 가수다. 현철의 〈아미새〉를 작곡한 나영수와 함께 짝을 맞춰 부산업소에서 풍부한 스테이지를 가진 그녀 유환경이 남편과 함께 필자를 찾은 것은 2007년 늦가을이었다. 물론 이미 몇 년 전에 필자의 홍은동 집으로 인사를 와서 아는 사이기는 했지만 가수로서 찾은 것은 그때가 처음이다.

"드디어 왔구나. 하기사 안 하면 병나지."

필자는 격려를 하며 음반작업을 위한 플랜을 제시했다.

끼룩끼룩 갈매기 나는 항구에/ 칙칙푹푹 기차가 들어오면은/ 여기는 목포 호남선의 끝/ 유달산이 저기 있다/ 뚜아뚜아 뱃고동 우는 항구에/ 칙칙푹푹 기차가 들어오면은/ 여기는 부산 경부선의 끝/ 오륙도가 저기 있다/ 정만 주면 어때서/ 눈물까지 주었나/ 미운 사람 얄미운 사람/

유해모 일가족

유해모는 필자가 지어준 예명이다. 구창모, 김건모, 조성모 등 이름 끝자가 모자면 성
공한다는 필자 나름의 통계를 믿고 본래의 성은 놔두고 해모수의 해모를 넣어 〈유해모
〉라고 작명했다. 대구 출신의 유해모는 필자의 육군 연예대의 졸병인 오명규를 만나 결
혼한 뒤 활동무대를 마산으로 옮겨 부부가 같은 업소에서 2인조로 뛰었다.

오명규는 2010년 KBS 〈전국노래자랑〉 연말 왕중왕전과 스타 총집합에서 대상을
거푸 거머쥔 만능이다. 프로급의 섹스폰 연주와 감칠맛 나는 노래에 갈매기 춤과 울음
등 표정 연기가 일품이다. 군 연예대 시절 클라리넷을 불었던 그는 사회를 보는 솜씨도
뛰어나다. 현재는 공연 이벤트 사업을 하면서 한국연예예술인협회 밀양 지회장이다.

유해모의 "끼룩끼룩 갈매기"가 훨훨 날아야 할 텐데 엉뚱하게도 남편 오명규의 〈KBS 갈매기〉만 높이 날았다. 백남봉도 박재권도 못 날아오른 높이로.

'정만 주면 어때서', 당초의 전주가 너무 길어 조금 잘라내고 다시 취입했다. 편곡에서 정만 주지 눈물까지 주었나 보다. 눈물을 잘라냈으니 제발이지 이제부턴 좋은 일만 있었으면 한다. '정만 주면 어때서'는 송대관 노래인 '고향이 남쪽이랬지' 속편으로 봐야 한다. 실제 필자는 이 가사를 롤 모델로 '정만 주면 어때서'를 착안했다. 전라도인지 경상도인지는 모르지만 고향이 남쪽인 님을 찾아서 헤매 도는 기러기 얘기다.

유해모는 복지TV와 월드TV 등에서 여러 가요프로를 진행한다. 남자 파트너가 각기 다르지만 사회 보는 솜씨가 예사 아니다.

벌써 세월이 5년이나 흘렀지만 일명 "끼룩끼룩 갈매기"로 통하는 '정만 주면 어때서'를 받기 위해 부부가 천리 길을 달려온 그날, 필자의 〈뮤직트랙〉 사무실 창밖엔 플라타너스 가로수가 마지막 잎새를 떨구고 있었다. 우리는 에너지를 피우며 기대를 키웠다. 정만 주지 눈물까지 주지는 말자는 서로의 눈빛을 교환하며. 〈2011. 5. 21.〉

지독한 연습벌레 '꽃 피고 새 울면'의 윤호만

지독한 연습벌레다. 이 자세를 유지하면 언젠가는 큰일을 내고 성공한 가수가 될 것 같다. 멀리 월곶에서 낙원동까지 하루도 빼먹지 않고 나와서 서너 시간씩 연습하는 그를 보고 사람들은 혀를 내둘렀다. 벌써 노래 녹음도 몇 번이나 거듭했는지 모른다. 그래도 성에 안 차서 연습, 연습. 한 달 후에 다시 녹음하겠단다.

기회만 나면 아무 작곡가나 붙잡고 자신의 노래를 모니터해주기를 부탁한다. 그 자세가 너무도 진지하고 가상하여 작곡가들은 한 수씩 훈수해 준다.

마치 몇 년 전 류기진이를 보는 것 같다. 그 친구도 인천에서 필자의 사무실로 날마다 출근하여 하루에 서너 시간씩 옷에 땀이 배도록 연습한 지독한 연습벌레였는데 류

노래로 연 나의 세상

기진 투(2)를 보는 것 같다.

꽃 피면 오신다더니/ 새 울면 오시다더니/ 믿었던 내가 너무 어리석었다/ 내가 너무 순진했었다/ 사랑은 이 순간에도 내 가슴에/ 내 가슴에 사랑을 맹세 하는데/ 꽃만 피네 새만 또 우네/ 그래도 나는 기다릴 꺼야/ 당신 너무 사랑하니까

2011년 초봄 이동훈 작곡의 악보에다 '꽃피고 새 울면'이란 가사를 썼다. 빨리 건너와서 가사를 붙여달라는 작곡가의 부름을 받고 이미 반주음악이 완성된 상태라 책상에 앉아 20여 분 만에 가사를 탈고했다.

본명이 윤호만이라는 잘 생긴 40대의 중소기업을 하는 사장님이 이 노래의 임자라고 했다. 음반 취입을 한 번도 한 적이 없는 아마추어로 가요방이 있는 여러 카페에 '허브'라는 닉네임과 윤상아란 예명까지도 지어놓고 뻔질나게 드나드는 열혈 가요 마니아였다.

곡을 준 이동훈 선생을 하느님 모시듯 공경하고 예우하는 그의 태도가 하도 맘에 들어 노래에 대한 이해를 돕는 데 일부러 시간을 내주었다.

"작사는 김병걸 선생님, 편곡은 정경천 선생님으로 해주세요."

윤효만은 어디서 들었는지 자신의 정보를 확신하며 작곡가에게 역할 분담을 요구했고 이동훈 선생은 흔쾌히 받아들였다.

"호만아, 너 몸살 나겠다. 그렇게 목 쓰다가 피나겠다."

필자의 사랑 섞인 농담에 윤호만은 충청도 특유의 억양으로.

"괜찮아유, 선생님. 지는 목이 엿가락이구먼유. 잘도 구부러져 안 부러지거든요."

얼마나 느물느물한지 이 친구 넉살이 보통이 아니다. 저런 자세라면 나중에 판이 나와도 어떻게든 살아남겠구나 안도하게 한다.

얼마 전 필자가 남도여행을 하는데 그는 소식을 듣고 통장에다 여비를 쏘아 주었다. 얼마나 고맙던지 싹싹한 그의 면모를 보니 그가 사업가가 맞긴 맞나 보다. 윤호만이라는 사업가로도 성공했지만 가수로서도 꽃피고 새까지 우는 호시절이 오리라 믿는다.

"호만야, 훗날 너 얘기를 몇 꼭지고 꼭 다시 쓸 수 있기를 기대한다. 윤호만 파이팅!"

〈2011. 6. 6.〉

'독도에서 만납시다' 배나성의 트로트

배 멀미 대신 설렘을 파도에 뿌리며 독도에 간다고 한다. 대구에서 활동하는 배나성은 독도사랑 노래 '독도에서 만납시다'를 발표, 독도 지키기 홍보대사로 나섰다.

2009년 5월 30일 〈울릉신문〉에 난 기사는 이렇다.

트로트 독도 가수 나성 씨의 독도사랑!

흔히들 서울 중앙에서 떠야 살아남을 수 있는 가요계 현실을 비추어볼 때 배나성 씨는 지역에서부터 기반을 차곡차곡 쌓아 올라가고 있어 화제다. 2007년 1집 음반을 내고 방송출연과 무대공연, 노인 요양시설 봉사활동 등 바쁜 일정을 보내고 있다. 어느 날 대구 동성로를 걷고 있는데 "됐나! 됐다!" 하면서 스피커를 통해 들리는 음악에 귀를 기울여 보니 바로 배나성 씨가 부른 '독도에서 만납시다'였다.

기존의 정광태가 부른 '독도는 우리 땅' 등 독도 관련 노래는 거의가 교가처럼 딱딱한 분위기였는데 이 노래는 부드럽고 트로트풍의 노래여서 의외로 귀에 쏙 들어왔다.

'독도에서 만납시다'-김병걸 작사, 노석하 · 이충재 작곡, 배나성 노래

동해바다 멀리/ 새들이 살고 태극기 날리는/ 외로운 섬 우리의 땅/ 독도를 아십니까/ 출렁출렁 바닷길에/ 갈매기 떼 벗을 삼아/ 울릉도에 내렸다가 뱃머리를 돌리면/ 아름다운 작은 섬/ 독도에서 만납시다/ 됐나! 됐다! 화끈하게/ 됐나! 됐다! 화끈하게/ 독도에서 만납시다
동해바다 멀리/ 꽃들이 피고 애국가 들리는/ 외로운 섬 우리의 땅/ 독도에 가보셨나요/ 출렁출렁 바닷길에/ 갈매기 떼 벗을 삼아/ 울릉도에 내렸다가 뱃머리를 돌리면/ 아름다운 작은 섬/ 독도에서 만납시다/ 됐나! 됐다! 화끈하게/ 됐나! 됐다! 화끈하게/ 독도에서 만납시다

부르기 쉽고 가사가 이해하기 쉬운 노래다. 그저 아득하기만 한 독도! 이 노래를 듣고 있노라면 독도사랑이 그렇게 어려운 것도 아니요, 독도가 그리 멀게만 느껴지지 않았다.

가수 나성 씨는 "최근 독도에 관하여 관심이 증폭되고 있는 이때 '독도에서 만납시다'란 노래는 독도를 쉽게 접근하기 위한 노력의 일환으로 노래를 쉽게 부를 수 있도록 했다는 데 의의가 있다"고 한다.

'독도에서 만납시다'를 취입하게 된 동기를 묻자 독도 가수라고 말하면 무슨 애국자인양 떠드는데 전 그저 가수일 뿐이라고 한다. 가수 나성 씨는 독도 가수로 알려진 후에도 아직까지 독도를 한 번도 가보지 못했다. 기회가 된다면 꼭 한 번 가보고 싶다고 말한다. 아울러 각종 사회복지시설 등 위문공연도 활발하게 전개하고 있는데 울릉도에서도 공연을 하고 싶다고 한다.

공연문의 053) 761-5358, 010-828-2904 배성복 기자

배나성은 땡전 한 닢 없는 가수다. 변죽이 좋아 각종 무대공연엔 잘도 끼지만 다른 가수들처럼 중앙방송은 엄두도 못 낸다. 대구 지역을 위주로 간헐적인 방송활동과 봉사활동에 전념한다.

나는 이 노래를 처음엔 '대구에서 만납시다'로 주었고 한동안 방송을 했다. 그러나 근자 일본의 독도 침략의 만행에 주목하고 가수와 상의 후 독도 노래로 가사를 수정했다. 독도에 관한 몇 개의 노래가 있긴 하지만 이 '독도에서 만납시다' 또한 사랑받는 노래로 알려져 독도 지킴에 보탬이 되었으면 좋겠다. 더불어 배나성이 온 국민에게 사랑받는 큰 가수로 성장하길 소망한다.

배나성 파이팅! 독도 만세!!

이름처럼 꿋꿋한 '인동초'의 김선중

시간이란 파도가/ 허물고 간 가슴에/ 모래알로 부서져가는/ 허무한 내 사랑/ 수만 번의 이별

이 와도/ 단 한 번의 사랑을 위해/ 긴긴 날 그리움을 가슴에다 안고서/ 아 이 밤도 울어야 하는/ 인동초를 아세요

세월이란 파도가/ 허물고 간 가슴에/ 모래알로 부서져버린/ 허무한 내 사랑/ 언젠가는 돌아오리라/ 어리석은 미련 때문에/ 긴긴 날 기다림을 꽃잎에 새겼다/ 아 이 밤도 울어야 하는/ 인동초를 아세요

-김병걸 작사, 박은표 작곡, 김선중 노래 '인동초'

이 노래는 현철이 제일 먼저 취입을 했다. DJ가 대통령이 된 그해 발표했는데 홍보를 할 줄 알았지만 '인동초忍冬草' 대신 '보고 싶은 여인'을 방송했다.

'인동초'는 글자 그대로 겨울을 견뎌낸 풀이다. 인동초란 꽃이 있긴 하지만 내가 그린 인동초는 그 인동초가 아니다. 모진 겨울의 추위를 이겨낸 봄보리 같은 모든 것을 일컫는다. 둘러보면 우리들 곁에 이 인동초가 얼마나 많은가. 풀꽃뿐이랴 사람도 허다하다. 열악한 환경을 딛고 꿋꿋하게 자라 성공이라는 꽃을 활짝 피워낸 입지적인 사람들이 인동초다.

나는 이들에게서 겨울을 읽고 파릇파릇한 봄 냄새를 맡는다. 저절로 향기가 나는 이런 사람들이 많아야 사회가 건강해진다.

김선중은 이 인동초를 리바이벌했다. 현철만큼의 카리스마는 없지만 최선의 노력을 기울였다. 현철의 '인동초'는 김호남 편곡이고 김선중의 노래는 정경천 편곡이다. 트로트의 리듬과 디스코의 비트가 다르기 때문에 느낌도 다르지만 원 멜로디가 너무도 견고해서 그런 걸까. 던지는 감동의 파장은 여전하다.

김선중은 경북 금릉 출신이다. 한때 백영호 선생의 휘하에 들어가 가수 수업을 쌓았다. 그는 오늘도 인동초가 되어 가요 바닥을 누빈다. 〈배호사랑기념회〉의 간부직과 가수들의 모임체인 〈초록회〉의 총무직과 〈음원제작자협회〉의 이사직 등 굵직한 직함을

갖고 가수들의 권익신장을 위해 열심히 봉사한다.

　메이저 곡의 진수인 인동초의 멜로디를 그려준 박은표 님께도 감사드린다. 노래 강사들 사이에서 인기곡으로 진작부터 손꼽힌 좋은 노래인 '인동초'가 김선중 씨의 인생을 꽃피우는 인동초가 되었으면…… 〈2008. 7〉

공주公州 들메꽃 송주란

누구한테 물어보나/ 누구한테 물어보나/ 삶의 모습이 이런 거라면/ 이건 너무 시시하구나/ 나 이제껏 무엇을 찾아/ 무얼 찾아 헤매다녔나/ 작은 재주와 운만 믿고서/ 세상을 놀리고 나를 속였구나/ 아 부끄러운 밤/ 저 바람에 나를 버린다

어디 가서 물어보나/ 어디 가서 물어보나/ 삶의 이유가 이런 거라면/ 이건 너무 쓸쓸하구나/ 나 이제껏 무엇을 찾아/ 무얼 찾아 헤매다녔나/ 작은 재주와 운만 믿고서/ 세상을 놀리고 나를 속였구나/ 아 부끄러운 밤/ 저 바람에 나를 버린다

　　　　　－김병걸 작사, 공정식 작곡 '허상'

　임자는 따로 있단 말은 운명을 가리키는 말일까? 나는 이 '허상'이란 작품을 김용임에게 주려고 썼다. 그래서 김용임과 식구처럼 한 사무실을 쓰는 공정식에게 곡을 의뢰했다.

노래로 연 나의 세상

"가지고 있다가 보면 자랑할 것이고 다행히 가수가 탐내면 히트곡 하나 나는 것이고"
나는 욕심을 피우며 기다리기로 작정했다. 낚싯줄을 던져놓은 강태공처럼.

"선생님. 가사가 환장하게 좋습니다. 곡이 절로 나오더군요. '부초 같은 인생'의 2탄
으로 차고 넘칩니다."

겸손하기로 소문 난 공정식의 큰소리에 나는 아름답게 빠진 곡의 전신을 몇 차례나
훑어보며 감탄을 연발했다. '부초 같은 인생'이나 '시계바늘'처럼 장조에다 도입부가 편
안한 순차진행으로 트로트가 요구하는 간지가 절묘하게 소절을 잇는 명작이 탄생한 것
이다.

'허상'의 임자는 김용임이 아닌 공주 사는 들메꽃 송주란이었다. 송주란은 한파가 몰
아친 눈길을 헤치고 공주에서 서울을 오가며 멜로디를 꽂았다.

송주란의 음반을 기획 맡아 나는 2곡을 주었고 두 달에 걸친 작업 끝에 녹음을 마쳤
다. 그러나 그녀는 성에 차지 않았는지 한 편을 추가로 주문했고 나는 기어이 '허상'을
내놓고 말았다.

메꽃이 들에서 피면 들메꽃이다. 흡사 나팔꽃 같은 메꽃은 야생화로 꽃말이 충성, 속
박, 수줍음이다. 잊으려고 마신 술이 어떻게 취하겠는가. 못 난 사랑을 괴로워하며 엇
난 사랑을 다시는 떠올리지 말자고 맹세만 슬픈 밤, 님을 닮은 들메꽃이 왜 그리도 무

성한지. 가슴마다 들메꽃이 무더기로, 무더기로 하얗게 피고 진다.

메꽃은 주로 빨간색이지만 나는 가슴에 지친 사랑의 피울음을 하얗게 표현했다. 다분히 남성적인 이 곡을 송주란은 무난히 자기화했다.

잊고 살기엔/잊고 살기엔/ 가슴이 메어오지만/ 돌아온단 말 안 해도 좋아/ 너만 행복하면 돼/ 그러나 그건 거짓이었네/ 나도 나를 어쩌지 못하네/ 아니라고 하면서/ 아니라고 하면서/ 왜 자꾸 뒤돌아보나/ 아, 미련만 서글픈 이 밤/ 난 또 눈물 지우네

–김병걸 작사, 김병걸 작곡 '서글픈 미련'

발라드로 애잔한 그리움을 부르는 노래이다. 팬플룻 전주가 가슴을 잡는다. 송주란은 여느 프로보다 더 맛나게 불렀다. 그녀만의 분위기를 한껏 연출하며 나의 만족을 채웠다.

늦게 출발했지만 내공 있는 그녀의 앞길이 무난하리라 기대한다. 메꽃처럼 노래에 충성하는 송주란이 미더워 보인다.

한혜경의 '콩닥콩닥'에 나까지 콩닥콩닥

"선생님 저 이번이 막차예요. 제게 더 이상 갈아탈 차는 없어요. 좋은 곡 주셨으니 올인할 거예요."

함박눈이 펑펑 쏟아지는 날 영등포 KS엔터테이먼트로 호출된 한혜경은 이번에 받는 작품이 실패하지 않는 무명 탈출의 곡이기를 빌었다.

그녀가 가수로 나선 지도 2년이 지났다. 1996년 '우리 고장 명가수 노래자랑'에 나가 최우수상을 수상하면

서 조심스럽게 가수의 꿈을 키웠던 그녀는 2002년 강원도 주부가요제 여왕상을 타면서 재능을 입증했다.

2010년 작곡가 정의송에게 픽업되어 '그대의 흔적'을 타이틀로 '백리향'과 '능소화'를 발표하면서 진짜 가수로 데뷔했다. 이듬해 2집 '한코'를 발표하고 각종 무대에서 사회자로 활동했다. 월드이벤트TV에서 '추억의 가요무대'와 '쇼쇼쇼' 프로의 MC를 맡아 화면을 넓혔다. 그런가하면 OBS에서 리포터로도 활동했다.

가슴이 두근 콩닥콩닥/ 안절부절 못하네/ 부끄러워 말 못하고/ 휴대폰만 만지네/ 기다렸어요

그때부터/ 날 사랑한다는 그 말/ 바다도 좋고 산도 좋아요/ 말씀만 하세요/ 당신과 함께라면 지금 당장/ 시냇물처럼 졸졸 따라갈께요/ 가슴이 두근 콩닥콩닥/ 사랑합니다

만나면 두근 콩닥콩닥/ 어쩔 줄을 모르네/ 부끄러워 말 못하고/ 휴대폰만 만지네/ 기다렸어요

그때부터/ 날 사랑한다는 그 말/ 기차도 좋고 버스도 좋아/ 말씀만 하세요/ 당신과 함께라면 지금 당장/ 그림자처럼 졸졸 따라갈께요/ 가슴이 두근 콩닥콩닥/ 사랑합니다

데뷔 때부터 눈여겨 본 한혜경은 비 젖은 목소리가 일품이다. 노래를 가지고 놀 만큼의 캐리어는 없어도 그녀만의 '우수憂愁'가 있다. 가수에게 있어 '우수'는 돈이 되는 달란트다. 한혜경은 발라드에 장기를 가지고 있지만 신인이 자기존재를 알리는 데는 빠른 템포가 나을 것 같아 나는 그에게 폴카 리듬의 '콩닥콩닥'을 주었다.

가사와 곡이 누구나 접근이 용이하다. 폴카의 풋 워크에 무게를 준 펑키 디스코에 가깝다. 그의 바람대로 삼세번의 도전이 힘찬 비상이기를 빈다. 덩달아 나까지 가슴이 콩닥콩닥 뛴다. 〈2013. 1. 22〉

헛것을 쫓아다니고 헛걸음을 반복하는 것이 인생인가. 삶에 베인 옹이가 살아가는 흔적일까? 상처마다 그럴 수밖에 없는 사연이 있

었다고 위로하는 건 동병상련同病相憐이리라. — 〈트로트 마니아 김종길 '히스토리'〉 본문 중에서

03

길에서 만난 동무들

아들에게 바톤 터치한 신웅

MBC 라디오의 간판 프로그램인 〈싱글벙글 쇼〉에서부터 틀기 시작한 이 노래는 신웅이란 가수를 세상에 내놓았다. 〈싱글벙글 쇼〉의 진행자인 강석과 필자는 같은 군부대 연예대의 선후배 사이였고 강석은 필자의 멘토였다.

신웅의 음반을 내밀며 "내가 제작한 음반이니 형이 죽이든 살리든 처분에 맡기겠습니다." 필자는 강석을 압박했고 신웅은 강석이 단장으로 있는 회오리축구난에 멤버로 들어가 그라운드를 함께 뒹굴며 충성을 바쳤다. 그 인연이 발단이 되어 지금의 신유를 키우는 데 한 몫을 하고 있으니 참으로 유니크한 세상이 아닌가.

당시 강석, 코미디언 김창준, 이호섭, 신웅과 필자는 가끔 어울려 술판을 벌렸다. 이호섭과 신웅은 필자의 소개로 강석과 친교하며 훗날 방송에 진출하는 교두보를 쌓게

▼

된다.

필자가 가요계에 나와 만난 가수 중에서 가창력으로 치자면 몇 손가락 안에 드는 가수가 바로 본명이 신경식인 경북 칠곡 출신의 신웅이다. 필자와는 오랜 세월을 동행하며 가까이 지낸 형이다.

1970년대 대구에서 활동하며 대구KBS의 전속가수로 나훈아를 모창, 대구에서는 잘 나가는 가수였다. 80년대 초 꿈을 안고 상경하여 예명을 신성아에서 신웅으로 바꾸고 두 장의 음반을 냈지만 빛을 보지 못했다. 필자와 다시 만날 무렵 신웅은 서초동 아파트상가에서 후배가수들의 노래지도를 하는 교습소를 열고 밤에는 야간업소를 뛰는 삼류가수로 주저앉아 있었다.

이 무렵 그의 사무실엔 젊은 나이에 고인이 된 인기 탤런트 임성민과 지금의 하동진 그리고 군에서 가수로 함께 복무한 필자의 졸병 허범정 등 여러 가수와 지망생들이 출입하며 신웅에게 노래를 사사받고 있었다. 허정범은 1986년 필자가 오아시스레코드사에 전속을 시켜 당시 동해로 작은 배에 일가족을 싣고 월남한 김만철 일가의 사연을 그린 연속극 '따뜻한 남쪽나라'의 주제가를 불렀다.

1980년대 중반부터 불어 닥친 메들리음반의 열풍은 2000년대 초까지 황금밭을 일구는 음반가의 효자종목이었다. 이 메들리 열풍은 필자에게 많은 변화를 가져다 준 운명의 모티브이기도 했다.

필자는 오아시스레코드사를 박차고 나와 창신동 네거리에 위치한 김민우 작곡실을 드나들며 작품 활동을 하고 있었는데 그곳에서 태광음반의 PD사인 아리랑음반의 손경태 사장을 소개받았다.

이미 '향수의 지루박' 등 카드리치 경음악으로 짭짤한 수입을 올리고 있던 손 사장은 제2의 문희옥을 찾고 있던 중 숭실대학교 국문과에 다니던 황정숙을 발굴하여 김민우 작곡가에게 레슨을 맡기고 메들리음반을 준비하고 있던 차였다.

1987년 여름 안양 오아시스레코드사 문예부에서 타이핑한, 필자가 쓴 '무등산수박' 등 20여 편의 신작 메들리 가사를 곁눈질로 본 김민우 작곡가는 자기에게 곡을 쓸 기회

노래로 연 나의 세상

를 달라고 졸랐고 완성된 곡들은 아리랑 손 사장에게 넘겨져 황정숙의 '여대생 팔도유랑'이란 타이틀로 제작되어 문희옥의 아성과 견주며 단숨에 히트품목으로 떠올랐다.

이런 인연으로 필자는 아리랑음반의 기획을 맡으며 당시 지구레코드사의 임정수 회장의 오아시스 떠블 페이 스카우트 제의를 거절하고 손 사장의 장자방으로 눌러 앉았다.

88서울올림픽 무렵 필자는 손 사장을 모시고 서초동 신웅의 사무실을 찾았고 이문동에 있는 채수근이 운영하는 은향녹음실(훗날 청량리녹음실)에서 정주희 올갠반주의 '타고난 가수'라는 타이틀의 디스코메들리를 첫 음반으로, 이후 밀리언셀러를 기록한 '안방메들리'까지 약 30여 종에 달하는 신웅 메들리 음반을 기획했다.

신웅을 전속시킨 손 사장은 필자에게 독집 음반 기획을 의뢰했다. 필자는 파트너 이호섭에게 작곡을 맡겨 '안녕이라 말해도', '미스로 있어주', '예나르', '남남으로 가는 당신' 등을 실은 전속기념 음반을 만들었다. '안녕이라 말해도'와 '남남으로 가는 당신'은 방송을 타며 비로소 신웅을 알리기 시작했고 신웅은 여세를 몰아 메들리 황제로 군림했다.

아, 무정한 세월이어라. 쏜살같은 세월은 어김없었으니 그로부터 20여 년이 흘러 코흘리개 아들 신유가 자라 무서운 기세로 가수가 되고 그것도 인기가수로 떠오르고 아버지인 신 웅은 뒷전으로 밀려나 아들의 뒷바라지나 하는 처지가 되고 말았으니 세월의 무상함이여.

아들의 성공에 대리만족하느냐는 필자의 질문에 신웅은 긍정도 부정도 아닌 엷은 미소로 답했지만 빗물에 흘러내리는 그의 쓸쓸함을 읽을 수 있었다.

2010년 10월 2일 구미시에서 열린 〈낙동가요제〉에 필자는 심사위원으로, 신웅은 아들 신유의 매니저로 행사장에 갔는데 그날따라 가을비가 추적추적 내렸다. 오랜만에 만난 우리 둘은 옛생각에 잠겼고 추억을 꺼내 반가움을 나눴다. 화제를 신유로 옮기자 행복해 보이는 그였지만 자신은 끝내 큰 가수로 도약하지 못한 회한을 빗물에 던지고 있었다.

아들에게 baton을 넘겨주고 무대 위에 빛나는 가수가 아닌 무대 밑에서 지켜봐야 하는 자신의 신세가 아직은 너무 이르다는 자조 섞인 그의 미소 뒤에 오버랩 되는 무심한 세월에 필자의 마음도 서글퍼졌다. 참으로 아까운 가수 하나가 퇴장하는 현장의 쓸쓸함을 아는 걸까. 비는 그칠 줄 모르고 우리 두 사람의 어깨 위로 세월처럼 흘러내렸다.

"형, 너무 속상하지 마. 아들이 있잖아. 저 잘 생긴 아들 신유가 형 대신 저기 자랑스럽게 서 있잖아. 형이 만든 '시계바늘' 잘 돌아가고 있잖아." 〈2010. 10. 7.〉

차민의 에프킬라 사건

신문에다 낼까요/ 방송에다 내줄까요/ 당신을 사랑한다고/ 사람들이 알아듣도록 광장에 가서/ 소리치며 광고할까요/ 외롭던 시절이여 이제는 안녕/ 난 다시 태어난 거야/ 신문에다 낼까요/ 대문짝만하게/ 사랑한다 사랑한다고/ 당신을 사랑한다고.

—김병걸 작사, 이충재 작곡, 차민 노래 '사랑의 광고', 2006

가수 차민은 리틀 김상배다. 김상배의 노래라면 무조건 따라 배우고 정작 김상배보다 더 많이 부른다. '노을빛 서해대교'에서 '떠날 수 없는 당신'까지 김상배는 차민에게 종교가 된 지 오래다.

2006년 여름도 다 간 어느 날 해가 서산에 걸릴 무렵 차민은 내 사무실을 노크했다. 나는 머리 곡 '사랑의 광고'를 비롯하여 '갈매기 너마저'와 '팔달산아', '진심이야' 등 4편을 주었다. 그해 겨울 음반은 무사히 출반되었고 차민은 매우 만족해하며 죽을 힘을 다해서라도 기어이 '사랑의 광고'를 히트시키고야 말겠다며 주먹까지 허공에 휘두르는 의지를 다짐했다.

세월이 흘러 해를 넘기는 동안 정말이지 차민은 신인답지 않게 나름대로 열심히 노래를 PR하고 다니며 나를 놀래키곤 했다.

2007년 5월, 봄이 온 산천에 지즐대는 어버이날. 아직 행사가 열리는 야외무대엔 서본 적이 없는 차민에게 드디어 공연 스케줄이 잡혔는데 내 고향 시골 면소지

에서 열리는 면민 경로잔치 행사였다. 대구에서도 한 시간 반은 달려가야 하는 궁벽한 곳에 자리 잡은 '고산초등학교'. 폐교가 된 교정이 이날의 무대였고 우정 출연의 찬조공연이었기 때문에 오현아, 서장원과 나는 서울에서 안사면 출향인들이 맞춘 버스로 아침밥도 거른 채 현장에 도착하였다.

시간은 흘러 어느덧 공연 시간이 다가오고 있었는데 차민 이 친구가 통 나타나질 않았다. 몇 번의 시도 끝에 통화가 이루어진 휴대폰에서는 길을 잘못 들어 한참을 돌다가 다시 찾아가고 있으니 조금만 기다리라는 보고였다. 이윽고 먼지를 잔뜩 뒤집어 쓴 차민의 애마 카니발이 운동장에 도착하였고 차민은 상기된 얼굴에 숨을 헐떡거리며 무대복을 갈아입었다.

'신문에다 낼까아요오~ 방송에다 내줄끼요오~ 당신을 사랑한다고. 사람들이~ 알아듣도록 광장에 가서 소리치며 광고할까아요~'

그리고는 반주음악 소리만 교정을 울렸고 더 이상 차민의 목소리는 들리지 않았다. 가사를 까먹은 것이다. 이윽고 1절이 끝나고 2절, 아니나 다를까 1절과 마찬가지로 전반부는 노래하고 허리 소절부터 다시 먹구통. 4소절이나 건너뛴 뒤 마무리를 하고 난 차민은 안절부절 했고 나는 핏대를 세웠다.

"얼씨구, 여기까지 와서 뭔 양산도여, 내 얼굴에 똥칠하네, 똥칠해. 야들아 쥐구멍 어디 있냐!"

공연이 끝나기 무섭게 내가 할 일은 차민, 이 어이없는 녀석을 추궁하는 일이었다. 혼을 내려고 잔뜩 벼르고 있는데 눈치 빠른 이 친구 왈.

"지옥이 따로 없어요. 신고식 한 번 제대로 치렀으니 선생님 절 너무 나무라지 마세요. 지금도 얼얼하니까요."

"아, 그러게 누가 그렇게 늦게 출발하랬어? 어젯밤 뭐 했어? 왜 너 혼자 고스톱 두 패 놓고 왔다리 갔다리 밤 샜냐? 아니면 안 떨어지는 갑오 떼기로 날밤 깠냐?"

사연을 정리하자면, 하루 먼저 대구에 내려온 차민은 대구에서 시시껄렁한 행사에 부역 나갔다가 기분이 잡치자 밤늦도록 술을 펐고 인사불성이 되어서야 숙소로 돌아와 잠에 떨어졌는데 휴대폰 모닝콜 소리를 놓치고 일어나니 '으악!' 9시가 넘었다나. 부랴부랴 샤워를 하고 머리에 스프레이를 뿌렸는데 머리끝이 영 서질 않더라나.

"씨팔! @@@ 내 살다 살다 조루증 걸린 스프레이는 처음 보네. @@@@"

한참을 궁시렁궁시렁 스프레이와 씨름하다 포기하고 그냥 모텔을 나왔는데 시간은 급하지 에라 모르겠다, 마구마구 밟자며 내비게이션 켜는 것도 잊었다나.

운전을 하면서도 자꾸만 흘러내리는 머리가 신경 쓰여 룸 밀러를 보는데 아차! 그제서야 드디어 생각이 나더라나. 오 마이 갓! 그래 그건 스프레이가 아니고 그 웬수같은 에프킬라였어, 에프킬라. 이런 @@@!!

로맨스 그레이 '기로'의 류경옥 회장

나이보다 10년은 젊어 뵈는 로맨스그레이romance grey를 만난 건 2006년. 이처럼 에너지와 끼가 많은 사람을 만나기도 흔치 않을 것이다. 경상남도 진주가 고향인 초로의 신사 류경옥 회장會長.

송파구에 위치한 당신 건물 노래방에서 오디션을 본 나는 깜짝 놀라고 말았다. 음악적 센스가 프로가수 못지않은 그를 보고 물었다.

"혹시 가수생활 하신 적이 있어요?"

밤무대 활동을 오래한 가수가 갖는 〈쿠세〉같은 긴 바이브레이션과 멋 내기의 끌고 다님, 거기다 마이크를 잡는 폼 또한 프로였다. 골프에다 춤 솜씨마저 예사가 아닌 성공한 CEO 류 회장은 자신의 사무실에다 건반악기와 노래반주기까지 설치해 놓고 세월아 네월아 노래에 빠진 열렬한 가요 마니아다. 밤이면 지인들을 가라오케 술집으로 몰고 다니며 자신의 가창력을 뽐내고 불타는 밤을 적시는 멋쟁이다.

평소에 긁적거려 놓은 노래가사를 스스럼없이 내게 선보이며 자신의 음반을 갖는 게 꿈이라고 수줍게 말하는 그를 나는 기쁜 맘으로 부추겼다.

해가 바뀌고 그의 음반이 나왔다. 이충재가 기획한 류 회장의 데뷔 음반은 내 기대를 한껏 들뜨게 했다.

'기로岐路'를 타이틀 송으로 류 회장 자신이 쓴 '봄' 등 여러 편이 실린 음반에서 그는 자신의 음악 기량을 유감없이 발휘하였다.

함께한 날 많았지만 가는 길이 달랐던/ 서글픈 우리 사랑 그것이 끝이었다/ 잊을 수 없다 해도 만나선 안 될 사람/ 못다 준 내 마음만 접고 접으며/ 돌아섰다 보내야 했다/ 이별의 기로에서 다시 만날 그 약속을 허공에 뿌리며/ 울먹이던 너와 나의 사랑은 과거였다/ 돌아서 빌던 행복 눈물로 끝난 지금/ 엇갈린 이 운명을 되돌리고 싶지만/ 가야 했다 잊어야 했다/ 사랑의 기로에서 –김병걸 작사, 이충재 작곡 '岐路'

이 노래를 듣고 있으면 가슴 한구석이 짠해 온다. 그만큼 노래를 잘 표현했다. 예순을 바라보는 아마추어의 노래라고 누가 감히 상상이나 하겠는가. 내가 만든 1천여 곡

중에서 이 노래만큼 맛깔나게 감동을 그려낸 노래도 몇 안 되리라.

한밤에 듣는 원음방송. '기로'는 조은형의 걸쭉한 멘트와 함께 밤하늘을 수놓았다.

아……티가 있어 옥이라 했던가. 경상도 발음은 어쩔 수가 없는 건가? 속상해라, 안타까워라. 그가 진주에서 태어나지 않았다면 아마도 큰 가수로 도약할 수도 있을 텐데, 이 무슨 고약한 운명이던고.

필자가 그를 아까워하는 지금 2011년 그의 2집 음반인 '당신의 향기'를 들어보면 그는 발음을 극복하여 레코딩했다.

고향이 남쪽이라서 가수란 날개를 접으려고 했던 류경옥. 자칫 세상에 묻혀버릴 뻔했던 류경옥의 노래. 발음의 한계에도 불구하고 노래의 참맛이 듬뿍 나는 '기로'가 히트할 날도 머잖은 것 같다.

티 없는 돌들의 건조한 노래가 판치는 요즈음 '옥玉에 티'를 가진 류경옥의 가슴 울리는 노래가 이 나라 방방곡곡에 메아리칠 그날이 저만치 보인다. 〈2011. 9. 16〉

작은 콘서트의 감동, '사랑나귀' 류두열

예순을 넘긴 나이에 아담하게 펴놓은 그의 공연은 잔잔한 감동을 던지며 자신의 타이틀 송인 나귀가 되어 관객들에게 다가왔다. 2011년 5월 7일 5시 종로3가 국일관 뒤 둘로소스 호텔 지하 소극장에서 펼친 〈류두열柳斗烈 콘서트〉는 장장 3시간 30분에 걸쳐 펼쳐졌고 쓰나미로 고생하는 일본 지진 피해 돕기 모금함에 너도 나도 십시일반의 사랑을 담았다. 필자는 작곡가 방기남과 함께 이날 행사에 초청받아 앞자리에 앉았고 그는 우리를 객석에 소개시켰다.

음악권리출판사인 태진미디어의 방기남 사장이 기획한 류두열의 음반은 한일 양국에서 동시에 발매되었고 필자의 작품인 '사랑나귀'는 타이틀이 되어 양국의 언어로 취입했다.

노래로 연 나의 세상

류두열 가수는 1970년 오아시스레코드
사에 전속가수로 데뷔하였다. 그러나 부모
님의 바람대로 가수의 꿈을 접고 공무원이
되어 1986년 8월, 주일駐日 한국대사관으
로 발령나 도일했다.

공직을 수행하면서도 노래의 끈을 놓지
않고 살았던 그는 늦은 나이에도 여러 음
반을 발표하였는데 1989년 〈한국의 마음

1〉이 있으며, 1991년 〈한일연가교류〉와 1996년 〈일본엔카베스트10〉, 1997년 〈한국
의 마음2〉가 있다. 음반 수입금 전액을 한일 노인복지시설을 위한 기금으로 기부한 그
는 2007년 '겨울역'과 '망향천리', 2008년 '미래에 놓는 다리' 싱글 앨범을 출반하였다.

2001년 1월 26일 JR 신오쿠보 역에서 한국 유학생인 이수현과 일본 카라맨인 세키
네 시로가 선로에 떨어진 사람을 구하려다 희생된 사고가 있었는데 이 사고는 한일 양
국에 큰 감동을 불러일으켰고 이를 추모하기 위해 일본 시인인 후지이 노리코가 한일의
우정과 고귀한 목숨을 바친 고인의 부모님 심경을 그린 '미래에 놓는 다리'를 작사하였
다. 유명 작곡가인 난고 다카시가 곡을 붙인 이 노래는 류두열 본인이 개사한 '부산 엘
레지'라는 제목으로 한국에서도 출반되어 당시 화제를 모은 바 있다.

2005년 한국대사관을 정년퇴직한 그는 한일문화교류 사업에 힘쓰고 있다. 그는 〈국
제연합협회 히라즈카지부 창립 40주년기념 축하공연(1993. 9)〉, 〈국제전통예능페스
티벌(1999. 10)〉, 〈한일월드컵개최기념공연(2002. 5)〉 등에 출연하였고 〈도일 20주년
기념 류두열 리사이틀(2006. 7)〉과 〈주일한국대사관 한국문화원 신축 축하공연(2009.
6)〉을 개최하였다.

강달님과 에리안, 홍비가 우정 출연한 이날의 콘서트는 신곡 '사랑나귀'와 '인생역
에서' 외에도 평소 자신이 즐겨 부르는 '모정의 세월', '고향역', '사나이 눈물' 등 향수
와 추억을 적시는 노래들이 아직도 녹슬지 않은 그의 실력을 입증시키며 잔잔한 감동

의 물결로 다가왔다.

'접시꽃' 임부희 대학 강단에 서다

기어이 대학 강단에 섰다. 동국대학교 평생교육원에서 가요전문지도자 교수로 후학들을 양성한 지도 벌써 십 년째. 그녀가 배출한 가요전문지도자가 수백 명이나 되며 제자들과 주말이면 봉사 공연도 다닌다. 임부희 여사는 에너지가 넘치면서도 정숙한 이미지로 주위를 자기편으로 만드는 재주를 가지고 있다.

1991년 SBS TV 개국 가요경연대회 연말 결선에서 대상을 받으면서 가요계를 노크했다. 천성이 부지런하여 이 방송 저 무대를 뛰어다니느라 몸이 열 개라도 부족한 일정을 소화하고 있다. 노익장이랄까? 굉장한 우먼파워다.

나와의 인연은 1990년 늦은 봄. 박현진 작곡가의 소개로 시작된다. 당시 박현진과 나는 짝을 이뤄 초창기 현철의 '서울아 평양아', 김지애의 '남남북녀'와 송대관의 '큰소리 뻥뻥' 등 여러 히트곡을 함께 만들 무렵이었다. 송파에서 노래교실을 우리나라에선 선두로 열었던 박현진은 교습생 중에 노래 잘하는 임부희 여사를 내게 소개하며 메들리 음반의 기획을 부탁했다.

이때부터 부쩍 가까워진 임부희와 나는 사적으로 누님 동생하면서 지금껏 잘 지내고 있다. 임부희는 수차례 자신이 부를 멋진 작품을 달라고 졸랐지만 이상하게도 작품 연결이 되질 않았다. 세월이 한참을 흐른 2008년 여름, 나는 가곡 스타일의 서정시 같은 '접시꽃'을 주었다.

또 하루가 노을 속에/ 저무는 저녁이면/ 강변의 뚝길을 걸었답니다/ 물소리 가득 밟으며/ 바람에 하나 둘씩 꽃잎은 지고/ 세월은 말이 없는데/ 강풀이거니 노을이거니/ 그렇게 잊자 한 사람/ 아직도 내게 있었나/ 그 사람 내게 있었나/ 내 가슴에 피어나는/ 접시꽃 같은 사람아

—김병걸 작사, 최강산 작곡 '접시꽃'

'삼천포 아가씨'를 쓰신 송운선 선생님의 제자인 임부희는 작사에도 소질을 보여 한때 〈한국연협 가요창작위원회〉의 여성위원장이 되어 가요작가들의 복리증진에 나름대로 기여하기도 하였다.

유난히 정이 많아 지인들의 대소사엔 어김없이 나타난다. 1992년 박현진 작곡의 '님이여'로 데뷔, '여자의 계절', '눈물이 나는 날에는', '여자는 피리처럼'과 '높새바람', '추억의 청평호' 등 여러 곡의 음반을 내며 대학에서 가요강사를 길러내는 임부희 교수의 보람찬 일상과 밀고 있는 '접시꽃'이 만개하기를 기원한다. 〈2012. 9. 6.〉

트로트 마니아 김종길과 '히스토리'

이거다 하면 저거였고/ 저거다 하면 이거였다/ 헛짚고 사는 세상/ 그래도 어쩔 거냐/ 어쩔 것이냐/ 내 인생 내 운명인 걸/ 여기까지 오는 동안/ 삶에 베인 상처가/ 너나 나나 얼마나 많니/ 얼마나 많았니/ 땀으로도 다 못 써/ 눈물로도 다 못 써/ 내 청춘의 히스토리
여기다 하면 저기였고/ 저기다 하면 여기였다/ 속아서 사는 세상/ 그래도 어쩔 거냐/ 어쩔 것이냐/내 사랑 내 님인 것을/ 여기까지 오는 동안/ 삶에 베인 상처가/ 너나 나나 얼마나 많니/

헛것을 쫓아다니고 헛걸음을 반복하는 것이 인생인가. 삶에 베인 옹이가 살아가는 흔적일까? 상처마다 그럴 수밖에 없는 사연이 있었다고 위로하는 건 동병상련同病相憐이리라.

2011년 봄. 필자는 '고추'의 작곡가 김인철의 사무실에 갔다가 이 작품을 만들었다. 김인철은 가사가 몸에 와 닿는다며 곧바로 곡을 붙였다. 제대로 임자를 만나면 대박이라며 우리는 이 작품을 신주단지 모시듯 안고 살았다. 작품을 쓰고 하루하루가 얼마나 행복했는지 모른다. 이런저런 가수들이 가로등에 부나비처럼 덤벼들었지만 성에 차질 않았고 히든hidden할 수밖에 없었다. 제대로 홍보할 가수가 필요했다.

김종길. 아주 점잖게 생긴 중년신사가 2009년 여름 필자의 도림동 사무실을 방문했다. 자신을 '동동구루무'의 왕팬이라고 소개하며 필자를 찾은 것이다. 노래를 시켜보니까 아마추어 치고는 나름대로 숙련된 훌륭한 노래였다. 이때부터 죽이 맞은 우리는 가끔씩 어울리며 노래방으로 달려가 우정을 다지는 퍼레이드로 노래와 함께할 수 있는 인생을 사랑했다.

외국에까지 발을 뻗은 큰 사업가인 김종길 사장은 한때 즐겼던 골프마저 끊고 노래에 미쳤다. 술 담배라곤 입에도 못 대는 그였지만 노래에 대한 열정은 대단했고 짬만 나면 노래방으로 달려가 실력을 연마했다. 소화제가 곧 노래라며 필자와 만찬 후에는 으레 노래방을 코스로 못 박았다.

세월은 속절없이 흘렀고 2012년 봄이 오자 필자는 김 사장을 유혹했다.

"형님. 사치한 취미입니다만 폼 한 번 잡아보시죠! 남의 노래만 할 게 아니라 내 노래 어떻습니까?"

필자는 아끼며 짱박아 둔 '히스토리'와 '나이는 숫자에 불과하다'를 꺼냈다.

이 노래 역시 저음 가수에게 주려고 고이 모시고 있었다. 여차하면 필자가 부르리라 계산도 하면서. 이 노래를 달라고 필자에게 목을 맨 가수들이 줄을 섰다. 그러나 정작 필자가 점찍은 가수는 훗날을 약속하며 작품이나 키핑하려 했고 기동력이 약한 무명가수들이 탐을 냈지만 냉정히 거절했다.

아, 그런데 하필이면 왜? 그 많은 가수들을 제쳐두고⋯⋯아뿔사! 필자는 김종길 사장에게 이 두 작품을 들려주는 실수를 저지르고 말았으니. 김 사장은 반드시 두 곡 다 자신이 취입하겠다며 각오를 다졌고 꼼짝 못 하게 산삼까지 선물하며 필자의 마음을 납치했다.

2012년 5월 2일. 우리는 노무현 대통령이 자주 가서 더욱 유명해진 필운동 삼계탕집에서 건배로 음반 추진을 약속했다.

"김 회장님. 제가 김 회장님에게 코를 꿰이고 말았는데 안 아프게 살살 다뤄주세요."

(김 사장은 필자를 꼭 김 회장님이라 부른다.) 에이, 무슨 천만의 말씀을⋯.

"이제 죽었다고 복창하세요. 난 무서운 선생님이니까!"

이날도 우리는 낄낄대며 근처 노래방에서 띵까띵까 보너스 시간까지 1시간 30분을 목 터져라 열창하며 땀을 뺐다. 〈2011. 9. 10〉

영동 사나이 현송

구름마저 산이 되는/ 추풍령을 넘자면/ 여기까지만 합시다/ 더는 힘들어 못 가겠어요/ 바람이 돌려 세운 발길에/ 나즈막히 서 있는 황간역/ 예매할 시간도 좌석도/ 배정받지 못한 역사엔/ 살 만큼 산 노인네 서넛이/ 살면서 하고픈 말/ 어디까지 하고 살 수 있을까/ 역방향을 안고 가는/ KTX 쏜살같은데/ 후두둑/ 나그네 어깨 위에 떨어지는 빗방울/ 아무도 내리지 않는 철길이 적막하다/ 그러고 보니 아까부터/ 더 갈 곳 없는/ 너하고 나만 남았구나

－김병걸 詩 '황간역'

추풍령과 영동역 사이에 있는 황간역은 시인들의 표적이 되어 자주 시詩에 등장한다. 부산행 기차가 백두대간을 넘기 시작하는 초입이 바로 황간이다. 포도로 유명한 황간黃澗은 한적한 산골이다. 황간 물한계곡에서 태어난 탓일까. 영동 사나이 현송은 말수가 적고 톤이 낮다. 조용조용한 성품에 정이 많은 출판 인쇄업자다.

내가 이 양반을 처음 만난 건 수 년 전 최강산이 신설동 파워레코드사에 작업실을 둔 무렵이었고 워낙에 점잖은 분이시라 노래를 한다고는 상상도 못 했다. 이 책을 내라고 〈새로운사람들〉이란 출판사를 소개해 준 장본인이기도 하다.

현송은 전파를 통한 홍보는 한 적이 없지만 벌써 3집 음반을 발표하였다. 1집은 서승일과 왕준기의 곡으로 '지울 수 없는 너', '사랑의 역사', '이대로 가자', '고백' 등이며 3집은 최강산 곡이다.

수년간 연마한 노력이 결실을 맺는 걸까. 오늘따라 그의 노래가 찰지다. 급하지 않는 비브라토와 끌고 가는 호흡이 편하다는 느낌을 받았다. 이제서야 제자리를 찾는가. 기타의 카포처럼 잡혀진 안정된 음은 그가 틀림없는 가수임을 증명한다.

"죄송해요. 현 사장님도 제 작품을 받았으면 한 꼭지 넣는 건데 아쉽네요."

출판사가 있는 숙명여대 근처 곰탕집에서 나의 인사에 현 사장 왈.

"그럼 제 얘기도 한 페이지 써주세요."

"이 책에 들어가면 책을 100권은 사주셔야 되는데요?"

나의 농담 섞인 제의를 기꺼이 수락하는 마음이 영락없이 순진한 영동 사나이다.

특별히 부탁받은 원고를 위해 현 사장의 음반을 조사하다가 작곡가 이현준과 작사가 차상우란 이름을 발견하고 나는 혼잣말로 "아, 이 두 사람 운이 따라주질 않아 마음 아픈 작가들인데 어떻게 알게 되었지요?" 들은 걸까. 현 사장님은 "그래서 저도 마음이 더 쓰여요. 저라도 꼭 두 분의 이름을 알렸으면 좋겠네요."라며 악보 하나를 꺼냈다.

한 잔 술에 취했다고/ 이유를 묻지 마세요/ 두 잔 술에 울었다고/ 그 사연을 묻지 마세요/ 돌아보는 세월 속엔/ 너무나 아픈 상처/ 내 모든 걸 당신에게/ 들려주기엔/ 오늘밤은 너무 짧아요/ 하룻밤은 너무 짧아요

—차상우 작사, 이현준 작곡, 현송 노래 '하룻밤은 너무 짧아요'

뭔지 모를 알싸한 슬픔이 묻어나는 노래다. 곡조를 읊조리지 않아도 가사만 봐도 남의 얘기 같지 않은 내 얘기, 내 사연 같질 않은가.

"취미 치고는 돈이 많이 들어 주변의 반대가 만만치 않을 텐데요?"

나의 걱정에 현 사장은 씨익 웃으며 "대신 얻는 것도 있것지요?" 충청도 특유의 받아치는 재치가 황간역처럼 여유 있다. 〈2012. 10. 17.〉

소명은 이름 덕을 보는 걸까?

하늘에서 명받기를 "너는 노래로 세상을 밝히라." 그래서 소명인가?

내가 소명을 만난 것은 1986년 가을이다. 당시 소명은 수원에서 그룹사운드를 결성, 주로 팝송을 부르는 실력파 무명 가수였다. 2112년 6월 11일 광화문 레코딩 스튜디오가 있는 동평빌딩 5층, 이벤트 회사인 '건뮤직'에서 우리는 오랜만에 만나 반가움을 나누었다.

소명은 나의 작품으로 데뷔하였다. 한국연예예술총연합회 김상욱 가요창작인위원장(당시는 수원에서 작곡사무실 운영)이 데리고 왔다. 노래가 찰지고 옹골찼다. 지금도 그렇지만 예의범절이 뛰어나 어디서든 사랑받을 거라고 확신했다.

신곡을 6곡이나 주어 그의 데뷔 음반을 만들었다. 그때는 이름이 〈소명호〉였다. 타이틀송인 '어우렁동동' 외 '사랑에서 이별까지', '고독한 계절', '감출 수 없는 눈물', '오열', '프로포즈' 등 슬로우곡과 디스코로 엮었다.

황토가락 돌아가는 아리랑을 아십니까/ 동동주로 꺾어지는 지화자를 아십니까/ 사랑사랑사랑 사랑 내 사랑아/ 에라디여 상사디여/ 에루화로 넘어간다/ 한라에서 백두까지 밀고 당겨 놀아보자/ 만경벌 육자배기 굿거리에 장단맞춰/ 경상도라 쾌지나 칭칭/ 신명풀이 올라갈 제 에라디여 상사디여/ 주거니 받거니 가슴을 열고/ 니나노 난실로 돌아간다/ 어우러진 한마당에 모두 모여 신나게 한판 놀아보세

—김병걸 작사, 김상욱 작곡 '어우렁동동'

이름 탓이었을까? 소명호는 노력만큼 결과를 만들어내지 못하고 잊혀져 갔다. 원인

노래로 연 나의 세상

은 홍보 부재였다. 홍보 부재는 결코 가수를 키우거나 노래를 띄우지 못한다. 절치부심하던 그는 일단 노래를 접고 때를 기다렸다. 인천에서 가구점을 열어 5년을 죽어라 뛰었다.

그리고 2집 '살아봐'를 냈으나 이 역시도 실패했다. 지성이면 감천, 드디어 그에게 기회가 닿았다. '빠이빠이야'. 정의송의 유니크한 가사가 어필했다. 그는 이름도 아예 호자를 떼어낸 '소명'으로 바꾸고 무대가 주어지는 곳이면 어디든 달려갔다.

천리 행군이 아니라 만리 행군이었다. 방송국에서도 그의 부지런함을 인정하며 도와주기 시작했다. 청바지에 중절모를 쓴 그의 무대는 강렬했다. 연이어 '유쾌상쾌통쾌'가 터지면서 인기가수 반열에 이름을 올렸다. 멋진 성공이다.

비록 그 두 곡이 내 작품은 아니지만 나는 그의 성공이 내 일처럼 기쁘다. 이제라도 한 곡을 주어야겠다. 몇 년 전 나와 김상욱 콤비의 작품으로 음반을 내고 싶다는 부탁이 왔지만 나는 정의송에게 또 한 번의 기회를 주는 것이 도리라고 판단했다. 그래서 일부러 늑장을 피웠다. 김상욱 형님에게는 미안하다.

"너와 나의 젖은 꿈들이/ 방황하던 그 거리에/ 바람이 불고 비가 내리면/ 간이역을 지나는 먼 기적소리처럼/ 너는 또 내 가슴에 빗물로 젖어오네……"

'사랑에서 이별까지'의 가사다. 감성이 가을 화단처럼 풍부했던 시절에 쓴 작품이다. 나도 소명도 젖은 꿈을 마른 꿈으로, 방황을 정착으로 바꾼 오늘, 불러내어 술이라도 한 잔 해야겠다. 이제 더는 바람 불고 비에 젖지 말자고 서로 격려하면서.

그리고 보니 소명이란 이름이 참 좋은 것 같다. 아마도 이 이름 덕에 그는 롱런할 것이다.

향우회에서 추천한 숨은 진주 유성화

"김 선생님, 유성화란 가수가 안동 출신인데 혹 알고 계시는지요? 향우회에서 추천하는 것이니 좋은 작품 부탁드립니다."

한때 TV드라마에서 박정희 대통령 역으로 나온 바 있는 안동 출신의 탤런트 이균식 씨의 느릿느릿한 음성이었다.

'끝자리가 3'. 필자가 준 유성화의 타이틀송이다. 필자는 이 작품을 쓴 지가 벌써 20년이 넘는 것 같다. 필자가 작곡까지 한 초창기의 작품이다.

끝자리가 3/ 3이었어요/ 당신의 차도 전화도/ 내 가슴에 새록새록 새겨진 숫자/ 사랑의 번호였어요/ 이제는 만날 수가 없는 그 사람/ 그리움만 삼삼한 날에/ 눈물로 지우는 추억의 숫자/ 끝자리가 3/ 3이었어요

끝자리가 3/ 3이었어요/ 우리가 만난 그날도/ 내 가슴에 가물가물 멀어진 숫자/ 사랑의 번호였어요/ 이제는 돌이킬 수 없는 그 사랑/ 그리움만 삼삼한 날에/ 눈물로 지우는 추억의 숫자/ 끝자리가 3/ 3이었어요

참으로 오래도 갖고 있었다. 이자연에게 줄까, 주현미를 줄까 망설이고 망설이다가 타이밍을 놓친 작품이다. 유성화에게 서너 편을 들려주었는데 최종적으로 이 작품을 선택하였다. 본인의 차량번호와 휴대폰의 끝자리가 묘하게도 3이어서 더욱 끌렸다고 말했다.

"한 송이 국화꽃을 피우기 위해 봄부터 소쩍새는 그렇게 울었나 보다"란 시처럼 유성화를 기다리며 20년을 잠 잔 '끝자리가 3'은 한국음반녹음실에서 피아니스트 변성용의 어랜지arrange로 연주되었고 필자는 복잡한 구성을 명료하게 편집하여 예음스튜디오에

노래로 연 나의 세상

서 박성일과 함께 믹싱mixing하였다.

드디어 오아시스레코드사에서 2011년 4월 29일 노래를 취입하였다. 아! '끝자리가 3'은 그녀에게 딱 맞는 옷이었다.

"진즉에 만났으면 뭐가 돼도 몇 번은 됐겠다. …"

세월이 미웠다. 유성기留聲機의 꽃 유성화. 그녀는 흙속에 묻혀 있는 진주였다.

창唱을 배워서 그런지 목소리가 옹골차고 음을 차올리고 미끄러지는데 한 치의 망설임도 없는 프로였다. 곡에 대한 이해가 빠르고 가사 전달이 정확했다. 안동 출신이라 발음을 걱정하였는데 기우杞憂였다. 내공內功과 기교를 겸비한 그녀의 음반작업은 일사천리였다.

몇 번 더 연습해서 재녹음을 했으면 하고 그녀가 보챘지만 묵살했다. 농익은 것을 싫어하는 필자의 기준 탓이기도 하였지만 그녀의 노래가 이미 기대를 만족시켰기 때문에 더 이상은 의미가 없었다.

스스로 명명한 〈작은 요정〉이란 애칭의 유성화는 유지나와 이혜리가 비슷한 시기에 불러 경합하다가 유지나의 판정승으로 막을 내린 바 있는 '고추'를 제일 먼저 취입한 가수다. 벌써 십여 년이 흘렀지만 당시는 '인생고개'란 제목이었다.

이후 역시 '고추'를 쓴 작곡가 김인철의 작품인 '해당화 연정'을 발표하고 방송가수로 나섰다.

녹음실에서 마치 라디오를 듣는 것 같이 정교한 노래는 몇 번을 다시 불러도 오차가 나질 않았다. 녹음기사인 오아시스의 이훈희는 최근 몇 년 동안 취입한 가수 중에 가장 뛰어나다며 칭찬했다.

뒤늦게 만났지만 향우회에서 캐낸 진주의 새 노래가 드디어 세상에 나왔다. 오랜 날을 무명으로 보낸 분풀이를 제대로 할 태세다. 벼르고 벼른 그녀의 장도에 아침햇살이 눈부시길 염원하고 기대한다. 〈2011. 6. 8.〉

'인생은 이렇게' 김종완의 동분서주

기차 화통을 삶아 먹은 김종완 형은 비밀이 존재하지 않을 것 같은데 겉보기와는 달리 나름대로 크레믈린이다. 본인이 고백한 군인의 아들이란 사실과 기러기 아빠란 것 빼고는 아무 것도 공개된 게 없다. 도깨비같고 돈키호테같고 뚱딴지같은 그가 우리 바닥에 나타나 "대박내세요."를 외치고 다니며 동분서주한 지도 벌써 십여 년이 흘렀다.

사적으로 그와 나는 〈정두수작사교실〉의 동문이다. 그는 70년대 초 작사가를 꿈꾸며 정두수 선생의 문하생이 되었다. 본인의 노래인 '인생아'와 80년대 중반 KBS TV 일일 연속극 '서울뚝배기'의 주제가를 작사했다.

가요계의 마당발인 그는 글자 그대로 동분서주東奔西走 바쁘게 움직인다. 벌려 놓은 사업체도 여럿 있으며 오지랖이 넓어 안 가는 데 없이 다니는 부지런을 떤다.

사계절 내내 전국방송을 누비며 동에 번쩍 서에 번쩍 한다. 어찌 보면 이 형만큼 유유자적하는 인생도 흔치 않다. 즐기면서 가수생활을 하는 그가 부럽기만 하다.

어디를 가든지 필자의 홍보부장인 그는 뜬금없이 나타나서는 이것 저것을 염탐하고는 바람처럼 사라진다. 참으로 바람같은 사내다. 트로트 가수 중에 김홍조, 현당, 신송, 홍원빈, 신유 등이 키가 큰 편인데 종완이 형이 단연 크다. 키 큰 사람 싱겁다는 말처럼 그 역시도 싱겁다.

그가 필자의 사무실에 들러 챙겨간 작품이 '인생은 이렇게'다. 본인의 앨범 3집에 수록된 이 작품은 60~70년대를 주름잡은 마상원 선생이 편곡했다. 필자는 마 선생의 향수를 못 잊어 편곡을 맡겼다.

칠십을 살고/ 팔십을 살고/ 백 살을 살면 뭘 해/ 걱정 없이 살아야지/ 비단옷에 기와집 그깐

노래로 연 나의 세상

게 무슨 소용/ 사랑해줄 님이 있어야지/ 어떻게 사는 것이 정답이냐고/ 바보 질문 하지 말아요/ 유람하듯 여행하듯 산천경계 구경하면서/ 즐기면서 살아요/ 한 템포만 늦춰요/ 인생은 두 번 살 수 없으니까

마상원 선생은 오랜만에 맡은 편곡이라 열을 냈고 음반이 언제 나오느냐며 하루가 멀다 하고 대구에서 궁금해 하셨다.

세련된 창법은 아니지만 김종완의 노래는 구수한 누룽지 맛이 난다. 끝음절을 차올리는 특이한 창법을 구사하는 〈김종완 표 노래〉는 부지런한 발품 덕에 방송에서 많이 잡힌다. '인생은 이렇게'는 본격적으로 홍보하면 뜰 것도 같은데 같은 음반에 실린 본인이 작사한 '인생아'를 먼저 알리느라 차례가 늦다.

작사가로 출발하여 빛을 보지 못하고 이 바닥을 떠났다가 사업에 성공하자 가수로 돌아온 특이한 이력의 김종완. 목소리만큼 키만큼 큰 벤츠를 몰고 다니는데 노래 역시 크게 터져 온 세상이 시끌벅적하도록 파안대소破顏大笑하는 가수 김종완의 모습이 얼른 보고 싶다. '인생은 이렇게'의 정답은 바로 김종완 자신이다. 그걸 알기나 하는지….

성남시민가요제에서 만난 박혜령

휜칠한 미모의 심사위원은 누구?

"선생님 박혜령입니다."

"그럼 너가…'그대 내 인생의 시작이었네' 나 김병걸이야."

"아니 세상에 이런 인연이…."

박혜령은 감격해 했고 나도 뛸 듯이 반가웠다. 다시는

못 보는 줄 알았는데…

박혜령은 성인이 되던 1986년 지명길 작사가가 기획한 음반을 냈고 나의 작품인 '그대 내 인생의 시작이었네'가 타이틀이었다.

제목이 다소 긴 이 노래는 원래 아마추어 작사가들의 모임인 '두울가요창작연구회'에서 1985년 9월 5일 초판 발행한 가사문학동인지인 '그루터기'에 실린 작품이었는데 지명길 선생께서 가사가 맘에 든다며 당시 최고의 전성기를 구가하던 최종혁에게 곡을 맡겨 나온 노래다. 이런 인연으로 최 선생님은 내 결혼식 때 피아노를 연주해주셨다.

부는 한줄기 바람에도 난 널 생각하네/ 그대 등불 되어 내 영혼 밝힌 뒤로/ 그대 그리움 따라 나 부끼는 나/ 우린 늘 하나인 것을 확인하고 있어요/ 짐작도 없는 어느 날/ 사랑의 가슴이 되어/ 눈물로 부서지며 타오른 이 불꽃/ 어루만져 따스한 그대 품에 나를 맡기면/ 우린 언제까지 하나여서 행복한 것을/ 아, 사랑이란 외로움의 가지에 피는/ 한 떨기 아름다운 꽃/ 피어나는 꽃잎 속에 나를 묻으면/ 향기 먹고 영그는 나의 노래여/ 그대 만난 그날이었네/ 내 인생 시작이었네

박혜령은 1970년 여섯 살에 번안곡인 '검은 고양이 네로'로 선풍적인 인기를 끌었고 이후 활동을 중단했다가 나의 작품으로 컴백을 한 셈이다.

'검은 고양이 네로'는 1969년 이탈리아 동요 콘테스트인 〈제3회 제키노 도로〉에서 3위로 입상한 '검은 고양이가 갖고 싶어 Volevo un gatto nero'가 원제다. 1970년 지구레코드사에선 홍현걸 편곡으로 박혜령에게 취입시켜 당시로선 경악할 100만 장의 LP 판매고를 올렸다.

그대는 귀여운 나의 검은 고양이/ 새빨간 리본이 멋지게 어울려/ 그러나 어쩌다 토라져버리면/
얄밉게 할퀴어서 마음 상해요/ 검은 고양이 네로 네로 네로/ 귀여운 나의 친구는 검은 고양이/
검은 고양이 네로 네로 네로/ 이랬다 저랬다 장난꾸러기/ 랄랄랄 랄랄라

성남시에서는 제26회 성남시문화예술제를 열었고 성남시청 청사에서 〈시민가요제
〉를 개최했다. 나는 심사석에서 박혜령을 25년 만에 만난 것이다. 성남에 살며 김지환
곡으로 곧 새 음반을 발표한다고 한다.

너무도 멋진 아줌마 박혜령. 볼수록 아름답다.

류기진의 2집은 '사랑도 모르면서' '이겼다'

2012년 7월 6일 예음녹음실. 드디어 믹싱을 했다. 1집 음반이 나온 지도 어언 7년이
갔다. '그 사람 찾으러 간다'를 외치며 방송차트 1위를 점령한 것도 여러 해, 나는 기진
이의 2집을 날마다 고민했다. 나 혼자 기진이를 무대에 올려놓고 온갖 리허설을 해봤

다. 가장 어울리는 한 방을 찾아 여러 작품을 염탐했다.

사랑은 믿는 거라고/ 무조건 믿는 거라고/ 달콤한 말로 나를 꼬드기고/ 작별의 인사 없이 떠나버렸나/ 사랑은 통속한 잡지에/ 밑줄 치는 낙서가 아니야/ 사랑도 모르면서/ 사랑도 모르면서/ 모~르면서/ 내 이름은 왜 또 불렀소

-김병걸 작사, 이충재 작곡 '사랑도 모르면서'

거기까지만 거기까지만/ 말한다고 해놓고/ 뉘우쳐 타는 가슴 숱한 사연을/ 부엉이는 다 알고 있다/ 주기도 하고 뺏기도 하는/ 장난 같은 세상 이야기를/ 정답도 없는 물음표만 남겨놓고/ 돌아서는 당신은 누구십니까

거기까지만 거기까지만 듣는다고 해놓고/ 뉘우쳐 후회하는 숱한 날들을/ 부엉이는 다 알고 있다/ 울기도 하고 웃기도 하는/ 연극 같은 세상 이야기를/ 정답도 없는 물음표만 남겨놓고/ 돌아서는 당신은 누구십니까

-김병걸 작사, 이충재 작곡 '부엉이'

고 노무현 대통령의 서거 직전에 음악을 넣었던 작품인데 묘하게도 사고가 생기자 부득이 이 노래를 접어야 했다. 동해안 대보항에서 〈돌문어 축제〉가 열렸고 나는 '돌문어'란 노래를 만들어 주최 측으로부터 감사패를 받기 위해 행사장에 있었는데 노무현 서거라는 방송을 듣고 내가 만든 '부엉이'란 노래를 떠올렸다.

'아, 이 노래의 팔자는 어떻게 되는 걸까?'

깊은 밤 동네 뒷산에서 마을을 굽어보며 이집 저집의 사정을 꿰뚫고 있는 부엉이를 그린 노래인데 이렇게 절묘하게 맞아 떨어지다니 나 스스로 놀랐다. 주위에선 나 보고 뭘 좀 아는가본데 신령스런 혼이라도 씌었느냐고 묻곤 했다. 참으로 기막힌 타이밍이 아닌가.

이번 2집 음반은 어느 반주음악보다 풍성하게 음악을 넣었다. 현악기를 두 배로 많이

쓰면서 기진이는 열을 냈다. 편곡이 맘에 들었다. 하남에 있는 이충재의 집에서 미리 시퀀싱하여 가편곡한 스케일을 들어봤기 때문에 감동은 덜했지만 믹싱을 하고보니 압권이다. 오랜만에 제대로 된 마이너 곡을 만나는 것 같다. 같이 실은 '이겼다'와 '부엉이', '어차피 갈 거라면'도 수작이다. 무엇보다도 기진이가 노래를 잘한 것 같다.

한꺼번에 잊지 못하면/하나씩 하나씩 잊지 뭐/ 사랑했다고 말하지 마라/ 순진한 나만 또 바보
되니까/ 어차피 갈 거라면 웃으며 가라/ 눈물 따윈 보이지 마라/ 여기까지였느냐고 묻지도 마
라/ 그 말마저 눈물이 되니까
한꺼번에 잊지 못하면/ 하나씩 하나씩 잊지 뭐/ 사랑했다고 말하지 마라/ 보내는 마음만 무거
우니까/ 어차피 갈 거라면 말없이 가라/ 미련 따윈 남기지마라/ 여기까지였느냐고 묻지도 마
라/ 그 말마저 눈물이 되니까

−김병걸 작사, 이충재 작곡 '어차피 갈 거라면'

'그 사람 찾으러 간다'의 접속곡으로 브리지한 '그랬다'를 '이겼다'로 제목을 바꾸고 새로 편곡했다. 펑키디스코로 스티브 원더 스타일을 쫓았는데 엘릭 기타에 받아치는 브라스의 조화가 다이내믹하다. 크게 기대를 건다. 이 노래부터 먼저 치고 나간다.

영화에 주인공 죽는 거 봤니/ 총알이 빗발쳐도 살아남아서/ 여름에도 이기고/ 겨울에도 이기
고/ 그랬다 정말 그랬다/ 지는 법 없이 죽는 법 없이/ 우리 앞에 서 있는 당당한 그대/ 그대는
바로 나/ 그대는 바로 나/ 그리고 비로 바로 너
세상에 정의가 지는 거 봤니/ 이러쿵 저러쿵 말이 많아도/ 이리가도 이기고/ 저리가도 이기고/
그랬다 항상 그랬다/ 지는 법 없이 죽는 법 없이/ 우리 앞에 서있는 당당한 그대/ 그대는 바로
나 그대는 바로 나/ 그리고 바로 바로 너

−김병걸 작사, 이충재 작곡 '이겼다'

겨울철이면 조개탄이냐 장작불 난로가 교실에 피워지고 김이 모락모락 나는 주전자가 앉아야 할 자리에 도시락들이 몇 층씩 쌓였다.

주먹 센 친구의 도시락이 밑자릴 차지하고 힘이 없는 친구들 도시락은 위로 얹히는데 이 도시락의 배치를 보면 서열을 알 수 있었다.

— 〈'추억의 도시락'을 언제 다시 싸보나〉 본문 중에서

04

이런 노래도 만들었지요

'생활개선회가'를 만들다

    전국 부녀자들의 모임체로는 〈새마을부녀회〉와 〈전국여성생활지도자회〉가 있고 농촌여성을 회원으로 하는 〈생활개선중앙회〉가 있다. 이 셋은 명칭은 달라도 구성원은 중복성이 있다. 생활개선중앙회에서는 창립 10주년을 기념하기 위해, 2005년 수원의 농촌진흥청 내에 있는 중앙본부에서 생활개선회가를 모집하였다.

    나는 운 좋게도 당시 농촌진흥청에 근무하는 고교 동창 이학동 서기관의 주선으로 생활개선중앙회 간부들을 만났고 음반 제작에 따른 간난한 브리핑을 마치고 용역계약서에 도장을 찍었다. 나는 농촌 출신이고 특히 농림학교를 나왔기 때문에 농사를 지으며 생활환경을 개선시키자는 생활개선회의 취지와 존재 자체에 애정을 가질 수밖에 없었고 소정의 작품비와 실비로 CD와 악보 팸플릿을 제작해 드렸다.

    생활개선중앙회 지휘부는 두어 차례 대치동 내 사무실을 방문하여 작업을 독려하였고 이 당시 중앙회장은 제주지역 회장인 정순희 여사이시다.

흙 묻은 두 손을 잡으면/ 따스한 정이 흐른다/ 사랑과 행복을 가꾸어/ 살아갈 고향이란다/ 뿌린대로 거두리라/ 거둔대로 나누리라/ 사랑 지혜 함께 모아/ 희망을 열고/ 마음도 몸도 건강한/ 여성지도자/ 새역사를 만든다/ 생활개선회
초원에 있으니 행복해/ 넉넉한 자연이 있다/ 날마다 활력이 넘치는/ 풍요한 고향이란다/ 뿌린대로 거두리라/ 거둔대로 나누리라/ 우정 슬기 함께 모아/ 인정꽃 피우고/ 마음도 몸도 건강한/ 영농의 일꾼/ 참세상을 만든다/ 생활개선회

–김병걸 작사, 김병걸 작곡 '생활개선회가'

2005년 10월 13일 나는 농촌진흥청 대강당에서 전국 농촌여성지도자 1,000여 명을 모아놓고 이 노래를 지도했고 우렁찬 합창소리가 천지를 진동했다. 또한 이날 생활개선회가와 함께 헌정한 '생활개선회 응원가'도 있었는데 디스코 리듬으로 어깨춤이 절로 나온다.

혼자서 힘이 들면 여럿이/ 마음도 모우고요/ 지혜도 모아/ 동서남북 마을마다/ 영농의 일꾼/ 사랑을 나누리/ 행복도 나누리/ 여성 지도자/ 농촌의 살림꾼/ 지도자 모임/ 생활개선회/ 파이팅!
혼자서 고민 말고 여럿이/정보도 주고받고/ 기술도 배워/ 동서남북 마을마다/ 영농의 일꾼/ 사랑을 나누리/ 행복도 나누리/ 여성 지도자/ 농촌의 살림꾼/ 지도자 모임/ 생활개선회/ 파이팅!

–김병걸 작사, 정의송 작곡 '생활개선회 응원가'

※2012. 4 농촌진흥청에서 발행한 〈농촌진흥50년사〉 940쪽에 생활개선회가 악보가 실렸다.

세태를 풍자한 '삼천만도 많아요'

대한천지 삼천리에/ 개국 기초 사천여 년/ 선리건곤 오백년에 화육化育중에 이천만인/적지 않

은 인구로서/ 개명한 이 몇몇이냐……/ 우리 동포 이천만인/ 남녀노소 물론하고/ 급히 급히

문명하여/ 남의 압제 벗어나오

〈대한매일신보〉 1907년 11월 8일자에 실린 '진보가'의 일부다. 당시 대한제국의 남북한 인구가 2천만 명 조금 못 되었지만(1907년 당시는 1,600만~1750만 명으로 추산되며 1927년경에 가서야 비로소 2천만 명이 되었다), 이천만으로 부풀려 노래한 연유는 인구가 곧 국력임을 은연중에 바라고 과시한 것이리라.

2009년 6월 12일 어떤 지방자치단체에서 아기를 여섯 번째 출산하면 3천만 원의 출산장려금을 약속했다는 보도를 접한다. 한때 예비군 훈련장에 가면 정관시술을 하는 병원 차량이 대기하고 있었고 수술을 받으면 훈련에서 면제해주는 국가적인 노력이 있었다.

격세지감을 본다. 삼천만도 많다고 산아제한을 장려하던 때가 벌써 십 수 년 전이었던가? 남한 인구만 하더라도 4천 7백만 명에 육박하고 있다며 엄살을 떨었는데 작금에 와서는 저출산低出産이 심각한 국가적 위기로 대두되었다니 참으로 격세지감이 아닐 수 없다.

"덮어놓고 낳다보면 거지꼴을 못 면한다." 1963년.

"열 아들 부러워 말고 둘만 낳아 잘 기르자." 1970년대.

"낳을수록 희망 가득, 기를수록 행복 가득." 2006년.

40년 만에 가족계획 표어가 180도로 달라졌다. 신생아 출산율이 1960년대엔 6.0명 이었었지만 1970년대에 4.5명, 급기야는 2008년 1.2명으로 떨어졌다. 이러다가는 3백 년 후에 지구상에서 한국인이 완전 소멸하게 된다고 한다. 현재 인구가 유지되려면 출산율이 2.1명은 돼야 한다.(2009. 6. 19 조선일보) 저출산 고령화는 노동인구의 절대적 감소로 국력을 잃게 하는 국가적 재앙이다.

나는 1986년 발매한 '팔도유랑'이란 신곡 메들리 음반에 늘어나는 인구를 걱정하는 당시 정부의 고민에 착안하여 '삼천만도 많아요'란 작품을 끼워 넣었다. 이후 박현진 작곡의 '서울은 TO가 없어요'란 작품도 발표하였다. 노래 발표 후 보사부로부터 평가를 받은 김병걸 작사, 김민우 작곡의 '삼천만도 많아요'를 소개한다.

젊어서 배 비어 본 적이 없고/ 늙어서 등 비어 볼 날이 없이/ 뭣 땜에 줄줄이 자식농사요/ 저 먹을 것 다 가지고 온다 하지만/ 올망졸망 타래 엮듯 복잡한 세상/ 그만하면 됐어요/ 삼천만도 많아요

금줄이 안 걸린 대문이 없고/ 콩나물 시루 같은 버스 타면서/ 뭣 땜에 줄줄이 자식농사요/ 다복하단 그 말씀도 옛날 말인데/ 주렁주렁 박 열리듯 애물단지들/ 그만하면 됐어요/ 삼천만도 많아요

2012년 여름, KBS 전국노래자랑 예산편이 윤봉길의사기념관 주차장에서 열렸고 주차장 언덕에는 이런 현수막이 걸렸다. - 출산은 감동, 육아는 보람, 가족은 행복 - 아이 낳기 좋은 세상 예산운동본부에서 내다건 현수막인데 심사를 보러간 나는 이 현수막을 카메라에 담았다.

노래로 연 나의 세상

두꺼운 지역감정 벽 못 깬 김상범의 '오십보백보'

알고 보면 너나 나나/ 한 핏줄인데/ 오십 보 백 보 인생/ 고향은 왜 물어/ 당신과 나 사이에/ 삼팔선도 없으면서/ 어디 출신 꼬치꼬치 따지면 좋겠수/ 골목 하나 건너 사는 이웃네끼리/ 악수 한 번 나누고/ 훌훌 털면 그만인 걸/ 바보처럼 바보처럼/ 고향은 왜 물어/ 고향은 왜 물어 봐/ 고향은 왜 물어

알고 보면 너나 나나/ 한마음인데/ 오십 보 백 보 인생/ 고향은 왜 물어/ 당신과 나 사이에/ 삼팔선도 없으면서/ 나는 어디 너는 어디 편 가르면 좋겠수/ 골목 하나 건너 사는 이웃네끼리/ 대포 한 잔 나누고/ 훌훌 털면 그만인 걸/ 바보처럼 바보처럼/고향은 왜 물어/ 고향은 왜 물어봐/ 고향은 왜 물어

—김병걸 작사, 이동훈 작곡, 김상범 노래 〈오십보백보〉 1988 반도음반

지역감정은 동서東西 갈등의 폐해를 넘어 우리나라의 고질병 중의 하나다. 평소에는 아무 문제없다가도 선거만 시작하면 보란 듯이 고개를 쑥 내밀고 정치의 큰 변수로 작용하는 지역감정은 풀이 아니라 나무가 된 지 오래다.

나는 이 망국병을 해소하는 노래를 만들어 세상에게 호통치고 싶었다. 그리하여 88올림픽이라는 국가적인 경시를 맞아 국민의 내동난결과 농서화합을 위한 가사를 먼저 만들었고 만요조漫謠調의 노래에 일가견이 있는 김상범과 의논을 했다.

1988년 이 무렵 김상범은 창신동 김민우작곡실에 캠프를 치고 있었고 그곳에서 자주 만나는 이동훈에게 작곡을 의뢰하였다. 〈오십보백보五十步百步〉는 나와 김상범의 열망대로 방송을 자주 탔으나 성과를 거두지 못했다.

김상범과 나의 관계는 1983년부터다. 당시 정계政界에 줄이 닿던 집안 아저씨의 주선

이런 노래도 만들었지요

105

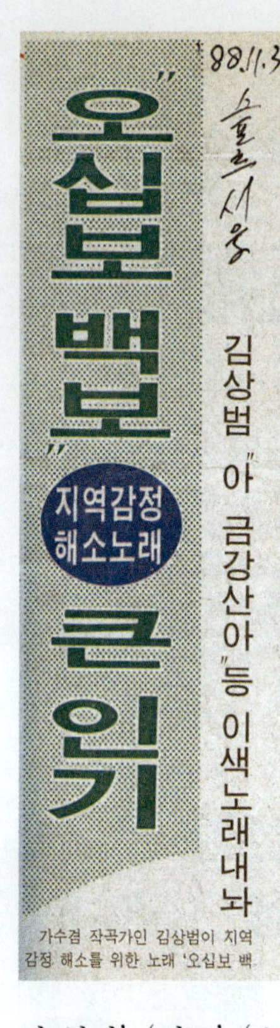

가수겸 작곡가인 김상범이 지역감정 해소를 위한 노래 '오십보 백보'를 발표해 화제. 김병걸작사 이동훈작곡의 이 노래는 '알고보면 너와나 한핏줄인데 고향은 왜 따지며 오십보 백보 다같은 처지에 도토리 키재듯 다투지 말자'는 내용인데 작년 겨울 대통령선거때 문제점으로 부각된 지역감정을 없애기 위해 만든 노래라고. 김상범은 '오뚜기인생' '중년신사'등의 히트곡 이외에 운전사를위한 노래 '두손에 가득찬 행복'과 평화의댐 건설과 관련된 노래 '아, 금강산아'를 부르기도 했다.

모델 김종훈 가수겸업 신곡 '변심'으로 재기

패션모델로 활동하고 있는 김종훈이 본격가수활동을 선언하고 나섰다. 김종훈은 인기모델로 잘 알려져 있지만 원래는 가수출신. 69년 '잊어야지'로 데뷔한 이후 '당신을 찾아' '사나이'등 여러곡을 발표했는데 최근 '변심'이라는 재기곡으로 가수활동을 재개했다.

편집 김광언기자

으로 예스위캔의 이주 사장과 김상범을 알게 되었다. 안개가 유독 자욱하던 날 나는 김상범 씨의 자택인 자양동으로 인사를 갔고 거기서 가수 현숙을 소개받기도 했다.

그 후 1987년에 이동훈 곡으로 '도회지로 간 처녀'를 김상범이 불렀고 현숙에게는 '홍도화紅桃花'를 취입시켜 내 작사인 이 두 곡을 홍보했다.

김상범은 1957년 '논산 길손'과 '해운대 야곡'으로 가요계에 나왔다. 1960년에 '꿈속의 고향'을 끝으로 가수생활을 접고 10년간 영화사의 조감독 생활을 하다가 '왔구나 타령 1971'과 '오뚜기 인생 1971'으로 화제를 낳으며 가수로 컴백했다. 이후 '암행어사', '괄세마오', '천생연분', '중년신사', '도회지로 간 처녀', '여보', '오십보백보', '섭씨 100도' 등의 노래를 불러 사랑을 받았다.

가수보다는 매니저manager로 더 활약한 김상범은 1978년 현숙을 발굴하여 2004년 1월 14일 타계할 때까지 현숙의 일을 봤다. 데뷔작인 '정답게 둘이서 1978'를 비롯하여 '포장마차', '진실해집시다', '멋쟁이', '타국에 계신 아빠께', '정말로', '홍도화', '짝', '사랑하는 영자씨', '요즘남자 요즘여자'까지를 제작하여 현숙을 인기가수로 이끌었다.

'오십보백보'로 지역감정의 골을 메우고자 김상범과 의기투합했던 1988년 그때가 그립다. 상범이 형님께서 하늘나라에서도 즐겨 부르시게 노래반주기에 누락된 이 노래를 입력시키러 〈태진음향〉과 〈금영전자〉와 〈SM부라보〉를 들러야겠다.

노래로 연 나의 세상

메기 병장 이상운과 '동작그만'

코미디언 메기 이상운을 작곡가 김충식이 내게 인사를 시켰다. 이상운은 쑥스러워하며 말을 아꼈고 열심히 하겠노라고만 대답했다. 김충식의 주장은 메기의 노래 솜씨가 여간이 아니며 특히 군인들이 좋아할 수 있는 노래를 신곡으로 제작하면 지금의 이상운의 인기로 봐서 충분히 승산이 있다고 나를 꼬드겼다.

나는 반신반의하면서 "까짓 것 내 돈 들어가는 것도 아닌데 뭘……." 의외로 일이 순조로웠다. 나는 며칠간 작사를 했고 '호랑이 조교'를 비롯한 15편을 강서구 등촌동에 있는 이상운이 소속된 프로덕션에 제출했다. 편곡까지 겸한 김충식은 오아시스녹음실에서 반주음악을 떴고 고대하던 음반이 '동작그만'이란 타이틀로 1989년 9월 LP와 카세트로 출반되었다.

이때 만든 노래 중에는 군軍에서 '영자의 노래'라고 하는 '영자송'도 있었는데 나는 중간부터 사연을 넣어 개사를 했고 '마음은 장군'이란 제목으로 당시 공연윤리위원회에서 김병걸 작사란 심의번호를 부여 받고 한국음악저작권협회에 등록했다.

영자야 영자야/ 몸 성히 성히 잘있느냐/ 여기에 있는 이 오빠는/ 장교가 아니랍니다/ 작대기 두 개뿐이지만/ 마음만은 장군이라오/ 전방하고도 철책 선에서/ 주름잡는 사나이라오
영자야 영자야/ 몸 성히 성히 잘있느냐/ 여기에 있는 이 오빠는/ 장교가 아니랍니다/ 계급은 막내 쫄병이지만/ 마음만은 장군이라오/ 해안선하고도 바다 파도 사이를/ 주름잡는 사나이라오

—김병걸 작사, 구전가요 '마음은 장군'

훗날 나는 제목을 '영자의 노래'로 바꿔 역시 공윤의 심의를 득하고 주용아의 〈노래

방24시〉란 메들리 음반에 수록했다. 세월이 흘러 태진아의 '사랑은 아무나 하나'는 이 영자송의 멜로디에다 가사를 바꾼 것이다.

작자 미상의 영자 송은 언제 누가 군에 퍼뜨렸는지는 알 수 없지만 기존의 가요와 닮은 대목이 많이 나온다. 아마도 누군가가 기존가요를 편집한 것으로 추정된다.

'사랑은 아무나 하나'가 히트하자 메들리 업자들은 개사를 의뢰했고 나는 '사랑은 나 혼자 했나'를 써서 신웅, 이명주. 최유나 등 많은 가수들이 취입을 했다. 그러나 나는 이 가사가 너무 아까워 조금 수정하여 최강산에게 작곡을 의뢰했고 2008년 이수정이 '정 주고 마음 주고'란 타이틀로 발표하여 현재 아주 좋은 반응을 얻고 있다.

1980년대 후반 군인들의 병영생활을 그린 이상운, 김한국, 이경래 등이 열연한 '동작그만'이란 코미디 프로가 매우 인기였는데 우리는 그 점에 착안하여 음반 이름을 '동작그만'으로, 부제를 〈메기병장 애창곡〉으로 지었다. 이 음반에 실린 대부분의 노래들은 그해 영화 〈쫄병수첩〉에서 주제곡들로 삽입이 되었다.

음반에는 '입영전야', '마음은 장군', '김일병', '초전박살', '메기내무반장', '생일축가', '호랑이조교', '전역가', '동작그만 원위치로', '푸른 군복 멋쟁이', '순이 생각나지만', '선착순', '신병 환영가', '전우', '전선 이상무' 등 16편의 신작과 '전선의 초병'을 실었다. 그 중 두 편을 소개한다.

틀 잡힌 어깨 위에 파란 견장 달고서/ 밤마다 취침

노래로 연 나의 세상

점호 메기 내무반장님/ 천둥치는 그 목소리 맴돌다간 귓전에/ 쏜살같은 그 눈동자 맴돌다간 눈가에/ 어디 간들 잊으리까 우리 내무반장님

—김병걸 작사, 김충식 작곡 '메기 내무반장'

적막한 능선 위에 달이 둥실 뜰 때면/ 저기 저기 저 달 속에 손짓하는 첫사랑/ 오 예!오 예! 순이 생각나지만/ 오예! 오예! 순이 생각나지만/ 너도 안녕 나도 안녕/ 이 다음 휴가 때까지

—김병걸 작사, 김충식 작곡 '순이 생각나지만'

'동해물과 백두산이' 여고생 김정례

가요계 생활 30년 세월에 이 같이 당찬 노래와 당찬 소녀는 본 적이 없다. 대구에서 올라온 여고 3년생인 김정례는 인순이의 '거위의 꿈'과 빅마마의 '체념' 등 힘 있는 발라드 곡들을 식은 죽 먹기로 잘 부른다. 그냥 잘 부르는 것이 아니라 볼륨의 조절과 감정까지를 컨트롤하는 천재다.

풍부한 성량과 곡을 다스릴 줄 아는 비범한 이 소녀의 가창력에 합정동 내 사무실 식구들은 홀딱 반했다. 서울에 있는 대학의 실용음악과에 진학하는 게 목표인 정례는 자

나 깨나 가수의 꿈을 실현시키기 위해 악기를 배우고 목소리를 다듬는다.

2007년 여름 부산에서 열린 현인가요제에 락Rock 비트의 '동해물과 백두산이'로 정례는 당당히 결선에 올랐고 언니, 오빠들과 자웅을 겨루었다. 이미 대구 지역에서 열린 각종 노래자랑에서 대상을 휩쓴 정례였지만 TV카메라까지 동원된 현장 분위기에 눌렸는지 평소 실력을 제대로 발휘하지 못하고 말았다. 결과는 본선 입상에 그치는 참담한 패배로 끝났지만 이 당찬 소녀의 노래는 해운대를 제압했다. 나는 가사가 너무 어려웠나 자책하며 정례에게 상처를 준 것 같아 지금도 맘이 편하질 않다. 특히 몇 차례나 대구서 상경하여 딸의 성취를 그토록 응원한 정례 어머니의 정성에 부응치 못해 너무너무 미안하다.

창작가요제는 대회가 요구하는 성격이나 또는 당일 심사위원들의 취향에 따라 당락과 상의 색깔이 좌우된다. 그런 면에서 정례는 노래보다 작품 선정에서 실패한 것이 아닌가 싶기도 하다. 나는 출전 작품이 있는 관계로 심사위원에서 제외되었기 때문에 대회 정보에 어두웠고 여러 가지 면에서 반성을 요하는 과제를 던져주었다.

"정례야, 미안하다. 모두 다 이 선생님 잘못이다. 우리 훗날을 기약하자."

세월이 흘러 정례는 지금 대학생이다. 가수의 꿈을 키우면서 열심히 공부하고 있다. 머잖은 날 우리 앞에 늠름한 모습으로 열창하는 큰 가수 하나를 보게 될 것이다.

무궁화는 또 핀다/ 이 강산 삼천리에/ 아이들은 자란다/ 이 동네 저 동네/ 말 안 듣는 어른 많아/ 세상 시끄러워도/ 봄 가면 여름 오고/ 겨울 가면 또 봄이다

태극기는 바람에/ 어머니는 밭에서/ 우리들은 보고 있다/ 이런 일 저런 일/ 내 주장이 너무 강해/ 세상 어지러워도/ 산 밑에 밭이 있고/ 그 산 위에 하늘 있다

애국가는 4절까지/ 동해물과 백두산/ 너도 알고 나도 안다/ 우리나라 좋은 나라/ 사랑하는 사람들아/ 세상 아름다우니/ 너 있어 내가 있고/ 내가 있어 너도 있다

―김병걸 작사, 이충재 작곡 '동해물과 백두산이'

노래로 연 나의 세상

당명은 바뀌어도 당가黨歌는 살아남아

　1990년 1월 12일 민주정의당 노태우, 민주통일당 김영삼, 신민주공화당의 김종필은 3당 합당을 선언, 2월 9일 〈민주자유당〉이 탄생되었고 김영삼을 차기 대선 후보로 선출했으며, 훗날 〈문민정부〉를 출범시킨다.

　그해 봄 여의도 당사黨舍 홍보실에 초대된 나는 민주자유당가를 만들어 달라는 제의를 받았다. 나 말고도 박건호 선배도 같은 제의를 받았는데 당에서는 박 선배와 나 우리 두 사람에게 촉탁囑託한 것이다.

　그리하여 나는 가사를 완성한 뒤 작곡가로 KBS 관현악단장인 김강섭 선생을 선택했다. 박 선배는 파트너로 이범희 작곡가를 지명하였고 네 사람은 창작에 몰두했다. 결국 나의 작품이 당가로 채택되었고 박건호·이범희 선배가 만든 노래는 이미지 송으로 밀렸다. KBS 관현악단의 반주와 합창단의 노래로 새 시대 새 역사의 문을 여는 당가는 음반으로 만들어졌고 당에서 제작한 다이어리 첫 장에 악보가 실렸다.

새 시대 새 역사의 아침을 열고/ 우리는 달린다 세계로 미래로/ 개혁의 큰 물결로 꿈과 희망을/ 민주 복지 통일의 선봉에 서서/ 세계 속의 한국을 이끌어 가자/ 아 세계로 미래로 힘차게 가는 길/ 그 길에 우뚝 선 민주자유당

새 시대 새 역사의 아침을 열고/ 우리는 뭉쳤다 하나로 뭉쳤다/ 희망의 새 정치로 더 크고 넓게/ 자유 평화 통일의 역군이 되어/ 세계 속의 한국을 드높여 보자/ 아 세계로 미래로 힘차게 가는 길/ 그 길에 우뚝 선 민주자유당

—김병걸 작사, 김강섭 작곡 '민주자유당가'

민주자유당은 김영삼 총재가 대통령에 당선하자 곧바로 당명을 〈신한국당〉으로 바꿨다. 그리고 이회창 총재가 당을 장악한 뒤 〈한나라당〉으로 다시 이름을 바꾸었다. 그러나 내가 만든 당가는 끝 소절에 있는 당명만 바뀔 뿐 그대로 사용했다. 당적을 가지지

노래로 연 나의 세상

않은 나로서는 그 후 어떻게 됐는지 알아보진 않았지만 내가 만든 당가는 끈질기게 살아남았다. 당명이 세 번을 바뀌어도 가사와 곡이 당신네들에게 절절했나 보다.

나는 이런저런 인연으로 민자당에 관여했다. 특히 삼김三金이 맞붙은 대선 때는 김영삼 후보를 위해 선거 로고송 20여 가지를 만들고 가수와 탤런트, 개그맨 등 연예인들을 30여 명 동원하여 현장 유세를 돕는 지휘탑이 되기도 했다.

이때 선거 로고송을 부른 가수는 당시로선 최고로 잘 나가던 김지애, 설운도, 김수희, 편승엽, 김국환, 코리아나, 태진아, 최진희, 남궁옥분 등 10명이 넘었으며 이들은 자신의 히트송에다 내가 개사한 로고송을 조계사 건너편 〈에이스 녹음실〉에서 레코딩하였고 당에서는 카세트테이프로 만들어 전국에 배포하였다.

여의도 당사 4층엔 '한마음연예인자원봉사단'이란 조직의 캠프가 만들어졌고 당시 연예협회 이사장이던 석현 씨와 가수 매니저인 백민 씨가 관리하였다. 특히 김영삼 후보의 당선을 기정사실화하고 이 땅에 도래할 희망의 그날을 찬미하는 노래 제작 오더order를 받은 코리아나의 매니저인 신광철 씨는 나와 이호준을 작사, 작곡 담당으로 캐스팅하였다.

그리하여 만든 노래가 '그날이 오면'이다. 이 작품은 당시 최고로 잘 나가던 세계적인 그룹 코리아나가 촌각을 다퉈 취입하였고 코리아나는 김 후보의 유세장을 함께 돌면서 사회자인 탤런트 이덕화와 함께 무대 공연을 주도했다.

이호준과 나는 많은 작품료를 받았으며 가요가 아니기 때문에 당시 자료를 챙겨놓지 못해서 안타깝다. 생전에 이호준에게 혹시 자료가 보관되어 있냐고 물었지만 고개를 저었다. 아마 신광철 씨는 보관하고 있으리라.

이때의 공로로 이덕화는 경기도 광명시에 신한국당 국회의원 후보로 공천을 받았으며 나는 그의 당선을 위해 선거 로고송을 만들어 주기도 하는 등 광명시 현장에서 한주일이 넘게 노력을 보탰지만 그는 아쉽게도 낙선하고 말았다.

당명이 〈새누리당〉으로 바뀐 오늘 당가는 무사한지 궁금하다.

'돌문어' 노래를 만들다

2009년 5월 23일 경북 포항시 대보면 대보항에서는 이틀간에 걸쳐 이곳 영일만에서 자라는 돌문어를 기리고자 '돌문어 축제'를 열어 대대적인 퍼포먼스와 다양한 레퍼토리로 행사의 흥을 돋우었다.

돌문어 잡기 대회와 장기자랑, 동춘 서커스단의 기예에 이어 22척의 배가 벌이는 독도 지키기 퍼레이드는 첫날의 하이라이트였다. 행사를 맡은 천수이벤트 측에 따르면 이틀간 약 120명의 출연진이 각종 공연을 벌인다고 한다.

나는 서울에서 KTX로 내려가 대구에서 대기 중이던 지역가수 정후 군의 차량으로 행사가 열리는 호미곶으로 달렸다. 이 땅에서 해가 제일 먼저 뜬다는 호미곶. 〈상생의 손〉이 바다에 조각된 호미곶은 아침부터 외지 손님을 맞느라 분주했다.

해저 60미터로 이곳 포항 일대는 바다가 청정하고 암반으로 지층이 형성되어 있어 세계 어느 곳에서 잡히는 문어보다 영양가나 맛이 최고라 한다. 이곳 수산협동조합과

돌문어축제

노래로 연 나의 세상

돌문어 축제 추진위원회에서는 세계 최초로 돌문어 노래를 만든 나에게 고마움을 표하며 돌문어 축제 추진위원장 이길봉 이름으로 감사패를 수여했다.

집을 나설 때부터 오던 비가 행사장에 도착하자 곧바로 멈춰 이날 행사의 흥을 깨지 않아 다행이었다. 나는 정후 가수와 함께 등대박물관과 이육사 시비 등 많은 볼거리가 있는 대보항을 거닐며 지난날 몇 차례 온 기억들을 더듬어 잠시 추억에 젖었고 싱싱한 돌문어의 쫄깃쫄깃한 육질을 실컷 맛보며 대구로 차머리를 돌렸다.

한여름을 방불케 하는 더위에 몇 걸음 족히 늘어진 아스팔트길 위로 쿵짜자 쿵짜쿵짜 들리는 '돌문어' 노래 소리가 지금도 귀에 쟁쟁하다.

걸리기만 해봐 어디 한 번/ 고래도 먹어 상어도 먹어/ 먹물 한 방 팍 쏘면 두려운 게 없어라/ 무적의 용사 우리의 돌문어/ 저 멀리 동해 바다/ 깊은 속 수초를 헤치며/ 우리의 대장군 돌문어가 나가신다/ 길을 비켜라/ 팔손을 쭉쭉 뻗으면/ 누구도 꼼짝 마라/ 무적의 용사 돌문어/ 돌문어를 만나러 가자.

−김병걸 작사, 작곡 '돌문어'

'추억의 도시락'을 언제 다시 싸보나

"형, 하나 건진 거 같아요. '추억의 도시락' 방금 취입 마쳤어요."

2011년 6월 초 한국음반 녹음실에서 날아온 작곡가 노싱곤의 흥분 어린 전화다. 노싱곤이 직접 편곡하고 시퀀싱한 반주 음악에 이명주의 목소리를 실은 '추억의 도시락'은 틀림없이 히트할 거라고 믿는다.

다음 카페 '트로트 가요방'에 6월 29일자로 이 노래를 올려놓았더니 하루 동안 1,800여 명이 클릭하였고 97명이 스크랩하였다. 상상을 초월한 반응이다.

리얼 홀 편성으로 음악을 뜨지 않고 컴퓨터로 소프트하게 만든 반주는 시골틱하고 빈

듯한 공간이 있어 정이 끌렸다.

장작불 난로 위에 얹어 놓았던/ 네모 난 양은도시락/ 어머니가 콩
고물밥 싸주시는 날이면/ 높이 들어 흔들어 먹던 추억의 도시락/
운동장도 뺏어가고 책걸상도 뺏어간/ 화살 같은 세월이 너무 미
워라/ 다시는 못 가네 그때 그 시절/ 가난했었지만 꿈이 많았다/
추억의 양은 도시락
오늘은 무슨 반찬 반겨주려나/ 네모 난 양은도시락/ 3교시도 못
돼서 몰래 먹다 들키면/ 선생님의 호통소리 추억의 도시락/ 운동
장도 뺏어가고 책걸상도 뺏어간/ 화살 같은 세월이 너무 미워라/
다시는 못 가네 그때 그 시절/ 가난했었지만 행복했었다/ 추억의 양은 도시락

—김병걸 작사, 노상곤 작곡, 이명주 노래 '추억의 도시락' 2011. 6

네모난 양은도시락. 더러 둥근 도시락도 있었지만 네모난 양은도시락을 책보자기에
돌돌 싸서 어깨나 허리춤에 질끈 동여매고 뛰어다니던 추억도 전설이 되고 말았다. 겨
울철이면 조개탄이나 장작불 난로가 교실에 피워지고 김이 모락모락 나는 주전자가 앉
아야 할 자리에 도시락들이 몇 층씩 쌓였다. 주먹 센 친구의 도시락이 밑자릴 차지하
고 힘이 없는 친구들 도시락은 위로 얹히는데 이 도시락의 배치를 보면 서열을 알 수
있었다.

성질 급한 누군가가 3교시도 못 돼서 도시락 뚜껑을 열면 너도나도 따라 한두 숟가
락씩 파먹는 그 재미 또한 쏠쏠했다. 장난치기 좋아하는 녀석이 한 성질 하는 선생님의
수업이 있는 날이면 자기 도시락의 바닥을 파서 교실 문 입구에다가 반찬 쪼가리와 함
께 흘려 놓고는 선생님이 들어오시기만을 기다렸다.

반찬 냄새와 여기저기 떨어져 있는 밥알을 발견한 선생님은 어떤 놈이냐고 족쳤지만
밥을 뒤집어 흔적을 은폐한 녀석의 재치를 이길 수는 없었고 부화가 난 선생님은 "전원

노래로 연 나의 세상

운동장 앞으로!"를 외쳤다.

　필자의 고교시절 우병식이란 녀석이 이 장난을 가끔 즐겼었다. 힘들긴 했지만 녀석 덕분에 우리는 낄낄거리며 운동장을 돌았고 공부하기 싫은 녀석들은 웬 횡재냐며 희희낙락했다. 아 다시는 그 시절로 갈 수 없는가? 도시락 까먹고 싶어라, 혼이 나도 좋으니까 도시락 까먹고 싶어라.

　나훈아의 '분교'로 시작하여 '동동구루무'에서 '검정고무신'으로, 이제 '추억의 도시락'까지 왔다. 필자는 이 향수를 팔아먹는 노래를 계속해서 만들 것이다. 가을이면 '버버리찰떡'도 나오고 '흑백텔레비'도 선보인다. 그저께는 모 가수가 물을 길어 올리던 펌프의 '마중물'을 주문했다. 하회마을에서 목석원을 운영하는 장승 제작의 1인자인 필자의 조카사위 김종흥이 〈장승〉에 대한 노래도 만들어 달라고 부탁했다.

　이명주와는 10년만의 조우다. 필자의 작품인 '짐이 된 사랑'으로 비로소 가수가 되었던 이명주. 가창력에 관해서는 설명이 필요 없는 그녀에게 또 하나의 히트곡이 나오는 것 같다.

　"명주야, 도시락 까먹고 힘내. 오빠가 계란말이 하나 얹어 줄까?"

'장충예술단가'와 강명삼

　매주 토요일과 일요일 점심나절이 되면 장충체육관 길 건너편 동대입구 지하철역 4번 출구에는 삼삼오오로 노인네들이 북새통을 이룬다. 무슨 궐기대회라도 열린 양 오해할 만하다. 그러나 자세히 지켜보면 노래가 좋아서 모인 어르신들이다. 장충교회 옆 장충뷔페 자리에서 매주 토요일과 일요일 이틀에 걸쳐 오후 1시부터 6시까지 1부와 2부로 나누어 40여 명의 무명가수들이 펼치는 가요 퍼레이드가 제법 볼 만하다.

　이 관람은 무료였고 공연을 보기 위하여 수도권 각지에서 어르신들이 모여 드는데 이 공연의 주체는 '장충예술단'이다. 십여 년 전 종로3가 종묘공원에다 무대를 차리고 '한 우리예술단'으로 출발하였으나 강명삼 회장이 단체를 이끌면서 이름을 '장충예술단'으로 바꾸고 조직을 강화했다.

주문을 받고 헌정한 '장충예술단가'다. 장충예술단은 우리나라에서 규모가 가장 큰 아마추어 공연단체다. 회원 가수와 임원이 100여 명 되고 공연장에는 최소 500여 명에서 많게는 700여 명이 모인다.

출연가수 중에는 사오십 대도 있고 젊어 한때 꿈꾸었던 가수가 되지 못하고 70을 넘긴 이들도 더러 있으며 대다수가 50살을 넘긴 고령자다. 4인조 악단에 사회자가 두 명 있으며 출연가수들은 출연료를 받지 않고 밴드비의 충당을 위해 1인당 월 10만원씩을 오히려 낸다. 필자는 이 광경이 너무도 의아해서 주변에 물어보았는데 그들은 지극히 당연하다는 듯 대답했다.

"이 예술단에 들어와 무대에 설려는 가수들이 줄을 섰어요, 줄을….”

언제나 그 얼굴이 그 얼굴인 관객들이지만 관객들 중 더러는 맘에 드는 가수가 무대에 오르면 박카스나 음료수에 만 원짜리를 돌돌 말아 사랑의 팁을 건네며 많게는 오만 원 짜리 팁을 날리기도 한다. 이 무대가 서기 전에 콜라텍이었던 이곳은 이제 아마추어들이 '실버가요무대'란 새로운 콘텐츠를 만들어낸 또 하나 가요 갤러리다.

옛날 같으면 골방 신세나 되었을, 늙어 갈 곳 없는 어르신들이 모여 추억을 꺼내 함께 공유하고 노래로 소통하는 공간을 정부도 못 마련해 주었지만 실버세대 가요 마니아들이 자생적으로 만들어낸 문화공간이 바로 장충예술단이다.

강명삼. 장충예술단을 이끌고 있는 회장이다. 중년의 나이에 노래가 좋아 멤버로 참여했다가 사재를 보태어 오늘의 멋진 무대를 탄생시킨 장본인이다. 그는 공연 1부의 사

노래로 연 나의 세상

회까지 맡아 열정을 쏟고 있다. 2시간이 넘게 서서 출
연가수를 소개하고 장내 공연을 지휘하는 힘든 자리
지만 오히려 그는 언제나 들뜬 마음으로 공연을 즐긴
다. 공연의 업그레이드를 위하여 노래 실력이 약하거
나 나이가 많이 든 가수는 물갈이 하자는 주위의 건
의에 "무대에 서고 있는 사람을 어떻게 내쫓느냐?"며
마음속 고민을 털어놓는다.

　2011년 6월 9일 예음녹음실에서 강 회장의 노래 〈나도 남자다〉가 무사히 취입되었
다. 그는 프로가수 못지않은 실력을 선보이며 주위의 기대를 채웠다.

> 속으로 멍들어도/ 겉으로는 껄껄 웃었다/ 먼지바람 앞세우고/ 비탈길을 걸어도/ 남자답게 껄
> 껄 웃었다/ 어디로 가느냐고 묻지 마라/ 정한 곳이 따로 있더냐/ 사랑하는 너와 함께/ 눌러 살
> 면 고향이지/ 사랑도 청춘도 너에게 바친다/ 후회 없다 나도 남자다
>
> 　　　　　　　　　　　　　　　　　　　　　－김병걸 작사, 김인철 작곡 '나도 남자다'

　현철을 연상케 하는 뒤집기의 혀 굴림과 용트림하는 비틀기와 꺾기 등 난이도가 높은
구성지고도 기름진 그의 노래는 언뜻 들으면 현철과 착각할 정도로 흡사하다. 사실 이
작품은 현철 형에게 주려고 썼다. 그러나 너무도 진지한 강 회장의 태도가 마음에 들어
미련 없이 내놓았고 만세를 부를 만큼 노래를 맛깔나게 불렀다.

　이처럼 노래 잘하는 아마추어를 본 적이 없다. 그의 노래는 창법이 독특하고 사람을
부르는 신명이 있다. 진작 만났더라면 큰 가수가 되었을 거라고 자신할 만큼 실력이 출
중하다. 이제 그는 더 이상 아마추어가 아니다. 어엿한 가수가 된 것이다. 사업가로 성
공한 그에게 주문했다.

　"가수를 염원했던 강명삼이가 꿈을 접고 자연인 강명삼이를 사업가로 성공시켰으니
이제 성공한 사업가 강명삼이가 가수 강명삼이를 위해 희생해야 할 때가 아닙니까?"

강 회장은 만학도가 공부에 전념하여 학위를 따듯이 늦게 출발하였지만 정상에 가는 과정을 즐기겠노라며 의욕을 불태웠다.

연습을 시키면서 그의 노래가 탐이 나서 한 곡을 더 신물했다. 이 시내 최고의 작곡가인 박성훈이 "동생, 이 작품은 반드시 히트를 내야 해. 잘 갖고 있다가 임자를 찾아봐." 하며 짱박아 둔 비장의 곡이 있었는데 과거 현철이 불렀던 '산데리아'다. 나중에 혼이 날망정 필자는 작곡가의 허락도 받지 않고 강 회장에게 주기로 작심했다.

'산데리아'는 현철 음반에는 타이틀곡이지만 손도 대지 않는 새내기였는데 기왕에 내친김이라며 필자는 가사를 수정하였다. '산데리아'가 '못 잊을 남산거리'로 바뀌었다. 녹음실에서 강 회장은 나의 바람을 흥분으로 도배하였다. 멋진 노래가 탄생하는 순간이었다.

못 잊어서 내가 또 왔네/ 외로운 남산거리를/ 가로등도 흐느끼는 밤/ 그리움이 손짓하는 밤/ 보내고 후회할 걸/ 왜 내가 잡지 못했나/ 이리 보고 저리 봐도/ 니 모습뿐이다/ 아 아 니 모습뿐이다

못 잊어서 내가 또 왔네/ 비 오는 남산거리를/ 가로등도 흐느끼는 밤/ 옛 추억이 손짓하는 밤/ 보내고 후회할 걸/ 왜 내가 잡지 못했나/ 이리 보고 저리 봐도/ 니 모습뿐이다/ 아 아 니 모습뿐이다

※장충예술단은 공연무대를 2012년 초 인사동의 〈동원뷔페〉로 옮기고 이름도 '서울예술단'으로 바꾸었다.

노래로 연 나의 세상

특명! 새로운 사단가를 만들어라

치닫는 태백줄기 영남 벌 지켜/ 감돌아 낙동강은 화랑 키웠네/ 예서 다시 모인 화랑/ 총검을 세우니/ 장하다 그 이름 제50사단/ 아, 승리의 깃발 높이/ 진격하리라/ 우리는 보병의 선봉/ 구국의 표상
젊은 피 의기 모아 배수진 치고/ 타오른 충정 빛나 성벽이 높네/ 나라 위한 일편단심/ 맹서도 새로워/ 청사에 새겼네/ 제50사단/ 아, 승리의 깃발 높이 진격하리라/ 우리는 보병의 선봉/ 구국의 표상

화랑의 정기어린 서라벌 옛터에/ 승전가 우렁차다 겨레의 빛 밝혀/ 호국의 선봉 되어 향토방위 앞서니/ 보아라 그 기상 늠름한 기백/ 승리의 진군이다 정예의 용사/ 불멸의 성벽이다 제50사단
피 끓는 애국충혼 가슴에 빛난다/ 내닫는 발길마다 사기도 드높아/ 멸공의 진두에서 물러섬이 없으니/ 떨쳐난 그 기개 의연한 모습/ 승리의 진군이다 정예의 용사/ 불멸의 성벽이다 제50사단

나는 사단 정훈부에 소속되어 아나운서 보직을 받고 일일방송의 뉴스와 진중가요를 전하는 영내방송을 담당했고 때에 따라 정훈병의 고유 업무이기도 한 극장에서 또는 내

정훈병 시절 – 정훈교육 장면

무반에서 영사기를 틀어 영화를 상영하거나 예하부대에다 새로 들어온 영화필름을 나눠주기도 하고 치사, 기념사, 준공사, 격려사, 대회사 등 사단장의 각종 훈시문 원고를 도맡아 썼다. 그런기히먼 육군연예대인 문화신전대, 줄임말로 문선대 요원으로 병영생활의 애환을 그리는 문선대 단막극의 대본을 전역할 때까지 수십 편이나 썼다.

상병 시절 배광석 장군에 이어 차성호 장군이 사단장으로 부임하자 사단에선 "와룡산 기슭에~"로 시작하는 기존의 사단가를 바꾸자고 하였고 영광스럽게도 일개 사병인 나에게 사단가를 개정하는 특명을 내렸다.

그래서 두 편을 만들었고 곡은 당시로선 파격적으로 내가 선택한 김준규 가요작곡가에게 의뢰하여 두 번째 가사로 완성된 노래를 사단에 바쳤다. 그때 군인의 신분임에도 자연인 작사자로서 받은 감사장을 지금도 보관하고 있다. 〈2009. 9. 18〉

아! 백마고지

해마다 돌아오는 6·25는 분단민족의 망령으로 되살아나고 전쟁 통에 1만 8천여 목숨을 빼앗아간 백마고지白馬高地라는 강원도 철원의 395m 야산을 떠올리게 한다.

열흘간 28만발의 포탄이 떨어지고 주인이 24번이나 바뀌었던 1952년 10월의 전투. 국군과 중공군을 합쳐 꽃 같은 청춘이 낙화한 격전지 백마고지를 나는 모 단체의 무리에 끼어 서른 초반에 찾아간 적이 있다.

북을 바라보는 우리 측의 GP를 지나면 호국영령 충혼비가 세워져 있고 일년에 두 번 설과 추석 때 군 지휘관과 병사들이 이곳에 들어와 헌화한다. '비목'을 연상하지 않아도 이 야트막한 능선에서 고향과 부모를 부르다 죽은 넋이 바람이 되어 떠돌고 있음을 우리는 안다. 까마귀 떼가 아니더라도 그 바람에 실려 호곡하는 울음을 사철 들을 수 있다.

소나기 같은 포탄이 쏟아져 고지의 높이가 1m나 낮아졌다고 하는 이 백마고지는

노래로 연 나의 세상

6·25전투에서 대표적인 고지쟁탈전이며 국군이 거둔 승리의 표상이다.

기록에 보면, 1952년 10월 6일에서 15일까지 열흘간 폭 2km, 길이 3km, 높이 395m에 불과한 강원도 철원군 묘장면 산명리 야산에 아군 21만9,954발과 공산군 5만5천발의 포탄이 떨어지고 정상엔 풀 한 포기 남지 않아 무릎까지 빠지는 모래밭이 됐다. 당시 미국 종군기자가 위에서 봤을 때 고지가 초토화된 모습이 마치 질주하는 백마를 닮았다고 한 데서 이름이 유래됐다고 전해진다.

백마고지는 남북 모두에게 전략적으로 놓칠 수 없는 요충지였다. 철의 삼각지대인 철원, 평강, 김화를 잇는 평야가 한 눈에 내려다보이는 이곳을 잃으면 병참선이 되는 주요 도로를 장악할 수 없었다.

당시 휴전협상이 진행 중인 터라 격전지에서 한 뼘이라도 땅을 더 확보하기 위해 전투는 치열할 수밖에 없었는데 국군 9사단 2만 명과 중공군 4만5천 명이 이 백마고지에

참전했다. 뺏고 뺏기기를 24번이나 거듭한 혈전 끝에 마지막엔 국군이 차지한 이 백마고지 오른쪽 뒤편 북한 고암산은 김일성이 백마고지를 잃자 여기서 사흘간 통곡했다고 해서 일명 '김일성고지'로 불린다.

　필자는 당시의 기록들을 살피며 아래의 가사를 썼다. 발표나 히트할 공산이 지극히 희박했지만.

　근자 천안함 사건과 연평도 포격사건이 터져 또 한 번 우리의 마음을 아프게 했다. 동족상잔의 비극이 장막을 거둘 날 언제일지. 경제파탄과 세습왕조의 한계, 그리고 국제사회에서의 고립과 설이 난무한 백두산 천지의 화산폭발 임박 등 북한의 멸망이 머잖은 것도 같은데…… 백마고지는 오늘도 고즈넉이 서 있다.

'구룡포 과메기' 노래로 축제를 열다

　과메기는 겨울철 청어나 꽁치를 바닷바람에 냉동과 해동을 반복하며 말린 것이다. 포항에서는 겨울이면 과메기를 비롯하여 문어와 오징어, 개복치를 대표 특산물로 선전하고 소비자와 직거래하는 축제를 연다. 2012년은 제15회 대회로 그 역사가 오래되었다.

나는 이 축제를 위해 2005년 가을 '구룡포 과메기'란 노래를 헌정했다. 포항시에서는 과메기축제를 위하여 〈포항과메기문화거리〉를 지정하고 해마다 〈아라광장〉에서 공연을 한다.

바람에 맡긴 내 몸이/ 겨울을 보내고/ 싱싱한 바다를 건지면/ 아침 해가 뜬다/ 아 과메기/ 우리가 만든 새로운 생선/ 육지의 꽁치/ 신선한 그 맛/ 구룡포 과메기/ 돌미역에 미나리/ 쑥갓 깻잎 얹어서/ 배춧잎에 쏘옥 싸먹으면/ 천하의 일미 과메기/ 내 사랑 과메기/ 과메기 과메기/ 사랑해요 좋아해요/ 구룡포 과메기

이미 지난 날 포항에다 돌문어와 고로쇠 노래도 만들어 헌정한 바 있는 나는 록 스타일의 '구룡포 과메기'를 만들었고 주위에선 재미있는 노래라며 반겼다.

광장에 모인 사람들은 과메기 노래에 반했고 노래는 과메기 홍보에 단단히 한몫을 했다.

디렉팅 스튜디오에서는 날마다 가수들이 발가벗겨진다. '도둑 숨소리' 하나도 도망갈 수 없는 디렉팅 스튜디오. 관심 가는 가수의 실력을 알아보려면 그곳에 가보라. 알몸인 그를 만날 수가 있다. 세수도 화장도 하지 않은 생얼의 맨얼굴, 옷도 액세서리도 무엇 하나 걸치지 않은 자연산 그를 만나려면 담배연기 자욱한 〈디렉팅 스튜디오〉에 가보시라.

— 〈가수를 발가벗기는 디렉팅 스튜디오〉 본문 중에서

05

노래 뒤에 숨은 이야기

작곡가의 돌림빵에 죽어나간 가사들

곡은 하나인데 가사가 여러 개인 경우를 종종 본다. 작곡가들은 곡의 완성도를 찾기 위하여 또는 가수에게 신곡으로 공급하기 위해 작사가들을 〈돌림빵〉 놓는다. 똑 같은 곡이라도 가사가 어떻게 붙느냐에 따라 인물이 달라진다. 그래서 작곡가들은 끊임없이 작사가들을 탐구하고 혹사시킨다.

A작곡가는 주로 누구누구를, B작곡가는 또 누구누구를 돌림빵 놓는지 작사가들은 다 알고 있다. 조동산, 김동찬, 장경수, 김병걸, 김순곤, 이건우, 때로는 성질 깐깐한 조운파까지 묶어서 어떤 날은 나이순으로 위에서 밑으로, 어떤 날은 그 반대로 작사가를 동원한다. 그리하여 너덜너덜 넝마가 된 악보 속에는 피 냄새가 진동한다. 나는 이 전쟁을 은근히 즐기며 희열을 느낀다. 아마도 내 몸엔 정글 속 야수의 피가 흐르나 보다.

낙점에서 탈락한 가사들은 거기서 역할이 모두 끝난 것이 아니라 작곡가의 창고에 잡힌 채 수시로 살점을 뜯기는 희생을 강요당한다. 작곡가들은 심심찮게 이들을 불러내 컨닝cunning도 하고 표절剽竊도 하며 일부는 작곡가의 이름으로 둔갑遁甲되어 기어이 몸을 뺏기고 만다. 아, 불쌍한 가사여, 작사가여.

작사가는 선비다. 설령 작곡이 맘에 들지 않아도 팔자려니 체념하며 일부종사하는

▼

노래 뒤에 숨은 이야기

순정을 지킨다.

그에 반해서 작곡가는 욕심이 많다. 가수의 비위에 거슬리지 않기 위해 서슴없이 가사를 유린한다. 이렇듯 작곡가의 횡포에 미아迷兒가 되거나 죽어나간 가사들이 이 순간에도 비일비재하다. 작사가라면 누구나 이 상처를 가지고 있다. 언제부터 그랬을까? 작사가는 작품을 갈보처럼 돌려선 안 되고 작곡가는 되는 게 이 바닥의 룰rule 아닌 룰이다.

작곡가가 작사까지 겸하면 재주가 되고 자랑이 된다. 디너 쑈 할 때 나훈아처럼 오른팔을 들면 작곡, 왼팔을 들면 작사라며 기어이 두 팔 다 들어 올려 자랑하고 내 노래는 내가 알아서 할 테니 그리 알라고 과시해도 흠이 되질 않는다.

그러나 작사가가 어쩌다가 곡이라도 한 편 발표하면 난리가 난다. 작곡이 무슨 아이 이름이냐며 엄청난 라이선스라도 도둑맞은 것처럼 기득권을 발동한다. 선배 모 작사가가 곡까지 써서 크게 히트하자 작곡가들이 벌떼처럼 일어나 "죽일 놈"을 만들며 조롱하고 성토한 기억이 아찔하다.

작곡가의 이기심에 희생이 된 나의 작품도 여럿 있다. 작사와 작곡이 만나 하나의 창작물이 완성되는데, 가요는 법적으로는 분리가 가능한 복합저작물이면서 내막으로는 결합저작물 또는 공동저작물이다.

가사를 미리 주어서 작곡이 되었다면 이미 작사가가 곡의 상당 부문을 제시하고 거들었다고 볼 수 있다. 작곡가는 가사에서 영감을 얻고 테마thema를 잡는다. 곡은 가사로 눈을 뜨고 가사로 모습을 완성하여 세상에 나간다.

반대로 작곡이 미리 되어 뒷 가사를 썼을 경우는 작곡이 작사의 모티브motive를 제공해 준다. 따라서 작사가는 작곡가에게 고마워해야 한다.

가요는 가사가 어떤 내용, 어떤 자수, 어떤 발음으로 붙느냐에 따라 곡은 부점을 옮기기도 하고 가사의 의미에 맞게 곡조가 수정되기도 한다. 특히 가수는 가사의 내용에 따라 분위기를 연출해야 하므로 곡의 감동 생성이나 전달은 가사가 더 영향력을 행사한다고 봄이 옳다.

노래로 연 나의 세상

자주 받는 질문이다. "이미 가사와 곡이 하나로 묶여져 발표된 창작물을 작곡가와 작사가 사이가 나빠졌다고 해서 작곡가 임의로 작사를 바꿀 수 있습니까?"

그 답은 NO다. 한 번 결혼하면 어느 한 쪽 맘대로 이혼이 안 되는 것과 같다. 또한 제목부터 내용이 원가사와 전혀 다르게 한 글자도 닮지 않고 180도 다르게 썼다 하더라도 맨 처음 작품을 고정시킨 작사자의 권리로 소유되며 뒤에 쓴 작사자는 원저작자 밑에 개사자로 표기되고 권리를 지정받게 된다. 단 이런 경우가 성립하려면 원저작자인 최초의 작사자에게 개사 여부를 반드시 허락받아야 가능하다.

작곡자가 작사자의 동의 없이 자행하는 이 횡포는 내 나이 아래의 작품자들은 절대로 용납하지 않으며 위에 고찰考察한 내용을 이미 너무도 잘 알고 있다. 나는 이 근거에 의거 내 권리로 회복할 수 있는 작품이 여럿 있다.

현재는 권리 지분이 작사와 작곡이 50대 50이지만 얼마든지 가변적可變的일 수도 있다. 따라서 나는 그럴 경우를 대비해서 이런 주장을 미리 해놓는다. 가요는 작품의 가치 형성에 있어서 가사와 곡이 미치는 기여도를 어떤 기준에 의해 평가할 것이며, 설령 평가를 한다 하더라도 평가자의 기준이 주관적일 수밖에 없다. 따라서 어느 한 쪽으로 이익을 기울게 해서는 안 된다는 것이 나의 지론이다.

이제 더는 가사가 작곡자의 횡포에 의해 유린蹂躪당하는 희생이 없기를 바란다.

내 '오빠'는 어디로 가라고?

어느 여자 가수가 TV에 나와 노래 부르고 있었다.

".........................."

어디서 많이 듣던 익숙한 멜로디. 이미 수년 전 이명주가 불렀던 내 작사 '오빠'였다.

'아니 이럴 수가, 거 참 묘하네.'

나는 '오빠'를 작곡한 김성유 형한테 전화를 넣었다.

"형님 혹시 오빠를 개사하여 다른 가수에게 줬습니까?"

'오빠'와 'ㅇㅇㅇ'은 엄연히 다른 작품이다. 그러나 노랫말을 중간에 한자씩 더 넣는 것 말고는 전반부 8소절 멜로디가 똑 같다.

이런 기막힌 우연은 가요의 도처에 있다. 누가 일부러 닮게 만들겠는가. 기존의 노래를 살펴보지 않은 잘못 아닌 잘못 탓이리라.

우리는 연속극이나 가요에서 표절 시비를 가끔 보는데 표절은 영어로 Plagiarism인데 라틴어에서 온 것으로 본래 〈어린아이 납치범〉을 가리켰다. 남의 지적 성과를 무단 사용하는 행위는 남의 정신적 아이를 납치하는 것과 같다는 얘기다. 그래서 글을 쓸 때는 출처 인용의 근거를 표기하게 되어 있다.

눈만 마주쳐도 가슴이 두근/ 손만 내밀어도 가슴이 철렁/ 왜 아직도 망서리나/ 폼만 잡고 내 주위를 빙빙 도는 얄미운 오빠/ 난 벌써 오래전에 선택했어요/ 오빠를 내 인생의 파트너라고/ 이렇게 내 마음이 흔들리는 것을 알고 있나요/ 이제는 내게 고백해줘요/ 남자답게 말해요/ 사랑합니다, 오빠

—김병걸 작사, 김성유 작곡, 이명주 노래 '오빠'

나는 노래방에 가면 '오빠'를 종종 부른다. 그때마다 이명耳鳴현상처럼 머릿속엔 또 다른 노래 'ㅇㅇㅇ'이 임피딩impeding하며 함께 따라 다닌다.

"아! 불쌍한 내 '오빠', 내 '오빠'는 어디로 가라고…."

가수를 발가벗기는 디렉팅 스튜디오

녹음실에서 취입을 해 놓은 가수의 노래를 반주음악은 커트하고 들려주면 가수들은 열이면 열 "저게 내 노래였나?" 하며 창피해서 얼른 쥐구멍을 찾는다.

노래로 연 나의 세상

디지털 녹음이 도입되기 이전에는 가수의 노래를 에디팅(교정)한다는 건 상상도 할 수 없었다. 그러나 최근에는 가수가 80점쯤 불러 놓으면 디렉터와 녹음기사가 컴퓨터로 나머지 목표치를 채운다. 그래서 비로소 100점이 된다.

이미 가수가 여러 채널로 노래를 불러 고정시킨 상태에서 목소리 색깔과 음정, 박자, 보이스의 길이, 호흡과 볼륨 등 노래의 테크닉과 느낌을 디렉터의 입맛에 맞게 초이스하여 교정을 한 뒤 편집하는 일련의 작업을 에디팅이라고 하며 이 에디팅을 마쳐야 반주음악과 균형을 맞추는 믹싱mixing을 한다.

물론 완성품 CD가 나오려면 마스터링이라는 또 하나의 디자인 과정과 스템퍼 작업을 거쳐야 한다. 믹싱하기 직전의 음악적 디버깅debugging을 완수해야 하는 디렉팅 스튜디오의 역할이 노래의 성패를 좌우한다고 해도 지나친 말이 아니다. 하드웨어에 소리를 넣는 작업은 어느 녹음실이든 별반의 차이가 없지만 디렉팅하는 엔지니어가 누구냐에 따라 스튜디오의 급수가 정해지는 이유도 그 때문이다.

디렉팅 스튜디오에서는 날마다 가수들이 발가벗겨진다. '도둑 숨소리' 하나도 도망갈 수 없는 디렉팅 스튜디오. 관심 가는 가수의 실력을 알아보려면 그곳에 가보라. 알몸인 그를 만날 수가 있다. 세수도 화장도 하지 않은 생얼의 맨얼굴, 옷도 액세서리도 무엇 하나 걸치지 않은 자연산 그를 만나려면 담배연기 자욱한 〈디렉팅 스튜디오〉에 가보시라.

유명가수에게 흘러간 무명가수의 PR비

방송사 PD에게 건네주는 레코드사의 홍보 리스트는 처음부터 2가지로 만들었다. 1번부터 10번까지 자사의 홍보 곡을 타이핑하여 건네주는 페이퍼는 돈을 낸 신인가수에게는 그 가수가 1번에 있는 리스트를 내밀어 안심을 시켰고, 실제적으로 PD한테 건네주는 리스트엔 자사의 자산인 유명가수의 곡으로 순위를 채웠다.

이 비리 아닌 비리는 레코드사에 근무해본 사람만이 아는 사실이다. 필자도 음반사에 근무하면서 사주의 지시에 의해 이 페이크 페이퍼를 직접 작성한 장본인이다. 이제 음반사도 사라지고 사장님들도 안 계시니까 맘 놓고 얘기할 수 있다.

우리나라를 대표하는 최고의 가수인 모모某某 씨들은 자신과 같은 시대에 활동했던 신인 또는 무명가수들에게 빚을 졌다는 걸 알아야 한다. 무명가수들이 소 팔고 논 팔아 바친 돈을 코도 안 풀고 다 빨아먹었으니……. 물론 유명가수가 직접 그런 것이 아니고 회사에서 그런 것이지만 결과적으로는 무명들의 희생 위에 히트곡과 인기가수란 자리를 만들었고 지켜낸 것이다

이 등식은 레코드사의 생존전략으로 90년대 초까지는 정글의 법칙처럼 자리했다. 오늘날에는 가수 본인들이 제작자이고 또 잘 나가는 신세대 가수들 대다수는 기획사에서 관리한다. 따라서 옛날과 같은 희생은 감수하지 않아도 된다.

레코드사에 전속이 되지 않고 독립군으로 뛰면 도저히 일류 가수가 못 되고 히트곡을 만들어낼 수 없었던 그 시절에는 레코드사의 힘이 절대적이었고 위력이 대단했다.

쪽박 차고 고향 앞으로 리턴한 가수들이 그간 얼마나 될까? 그들도 이 기막힌 사실을 뒤늦게라도 눈치 챘을까?

그리고 대다수 케이블방송이 무명가수가 내는 프로그램 진행비로 유명가수의 출연료를 충당하는 먹이사슬을 목격한다. 필자는 성공한 가수들을 보면 우스갯소리로 누군가의 희생 위에 당신의 왕국이 건설되었음을 주지시키고 무명가수들에게 잘해 주라고 충고한다.

선생님 2절 가사는 왜 안 주세요?

"선생님 2절 가사는 언제 주실 거죠?"

가수는 안달복달이다. 미리 줘야 연습이 되고 취입실에서 실수를 안 한다면서 왜 2절

노래로 연 나의 세상

가사는 안 주냐고 성화다. 그럴 때마다 나는 이렇게 대답한다.

"1절만 똑바로 알면 8절을 준들 뭐가 문제야. 오히려 처음 대면하면 얼마나 반가운데. 취입 날 인사하도록 하고 1절 그놈이나 확실하게 사겨둬요."

그렇다. 나의 이 궤변 같은 지론은 육감이나 통계에 기대는 징크스도 아니고 군림하려는 작품자의 권위도 아니고 몽니는 더더욱 아니다.

멜로디 숙지만 완벽하면 노랫말이야 아무러면 어떤가. 생경한 가사를 녹음실에서 만나는, 여행의 초행길 같은 그 설렘을 어찌 필설로 다하랴. 더구나 가수가 노래나 잘할 일이지 가사 가지고 생트집을 잡고 이래라 저래라 끼어들면 공연한 갈등만 만들 뿐 생산적이지 못하다고 보는 건 나의 편견일까?

물론 때로는 가수가 거들어준 일부 대목의 수정이나 단어의 교체 같은 긍정적 기여를 작품자의 자존심으로 거부하거나 타박하려는 생각은 추호도 없다. 나는 그런 면에서는 누구보다도 개방적이고 유연하다.

그렇지만 내가 봐선 턱도 아닌 수정을 버릇처럼 요구하는 가수가 더러 있다. 여기저기 선을 보이며 품평회를 열고 작품을 난도질하기도 한다. 그래서 나는 그럴 경우를 대비해서 대개는 2절 가사를 미리 적어주지 않고 취입 당일에 녹음실에서 건네준다.

"선생님 2절 가사는 왜 안 주세요?"

"안 주긴요. 소화불량 걸릴까 봐 나중에 주려는 거지요."

마누라 하나에 남편이 둘 셋이라

왜들 이러시는지… 멀쩡히 잘 사는 부부를 강제로 이혼시키다니. 작곡가들은 참으로 무정하다. 작사와 작곡이 만나서 노래란 가정을 이룬다. 가요는 노랫말과 멜로디가 하나로 합쳐서 형성된 예술이다. 따라서 결합저작물이다. 어떻게 보면 둘의 합성으로 이미지나 감동을 그려내므로 공동저작물이라고도 할 수 있다.

그렇기 때문에 한 번 맺어져 발표된 작품은 작사가든 작곡가든 어느 한 쪽이 일방적으로 멜로디를 바꾸거나 가사를 개작할 수 없다. 작품을 발표한다는 것은 세상에 공표하는 것이기 때문에 마치 부부가 호적신고를 하는 거나 마찬가지다.

작사자와 작곡자 둘의 사이가 나빠졌다고 해서 또는 가사든 멜로디든 어느 한 쪽이 맘에 들지 않는다 하여 바꾸고 싶을 때는 반드시 두 사람의 합의가 전제되어야 한다. 즉 혼자서는 이혼이 성립 안 되는 것과 다름없다.

특히 가사를 고치는 개작의 경우는 전체든 부분 수정이든 반드시 원저작자, 즉 최초의 말을 고정시켜 세상에 공표한 작사가의 동의를 얻어야 하며, 만약 작사가가 거부할 경우는 영원히 고칠 수가 없다. 또한 잘 몰라서 개사改詞한 뒤 새로운 노래로 발표했을 경우도 작사는 원저작자의 이름으로 표기해야 하고 저작권에 관한 일체의 권리가 원저작자에게 소유된다. 이의 경우는 번안곡에서 이미 그렇게 실현하고 있다.

왜 가사歌詞라 하는가? 뜻풀이 그대로 노랫말이기 때문이다. 말은 무엇인가? 이미 뱉어낸 소리다. 그렇다면 뱉어낸 말을 없었던 것으로 누가 거둬들일 수 있단 말인가. 뱉어낸 말의 취소와 정정도 뱉어낸 당사자만이 할 수 있는 것이다. 그래서 개사는 원작사자만이 할 수 있는 권리이며 작곡가도 제3자인 것이다.

그런데 근자에 보면 이미 공표된 멀쩡한 노래를 가사만 다르게 고쳐 새 작품인 양 발표하는 경우가 많다. 필자 역시도 이런 황당한 경우를 왕왕 겪은 바 있고 법적인 시비를 삼을까도 고려한 아픈 경험을 가지고 있다.

필자의 작품 중 작곡가의 지나친 열정으로 멀쩡한 노래가 절단이 나고 가사가 공중에 붕 뜬 여러 노래가 있는데 그 중 몇 작품만 살펴보자면 다음과 같다.

이순길의 '그대 눈물 때문에'는 필자가 노랫말 속에 흔적이란 단어를 포인트로 하여 1987년 오아시스레코드사에서 제작했는데 이후 몇 년이 지나 필자의 허락도 받지 않고 가사가 개작되어 최유나의 '흔적'으로 둔갑, 필자는 눈 뜬 장님이 되고 말았다.

1993년 발표한 임석진의 '마지막 카드'는 2005년 리화가 리바이벌하여 '뭐든지'로 제목을 바꾸어 발표하였는데 이후 개작되어 동후의 '화려한 인생'이 되고 말았다. 이명

노래로 연 나의 세상

주의 '사랑이 가네'는 한때 방송 홍보를 많이 한 노래로 이미 노래반주기에도 입력되어 있는데 가사를 바꿔 김용임의 '사랑아'로 변신했다. 필자는 이 작품이 다른 노래로 바뀐 줄도 모르고 있었는데 근자 가수의 신보 음반 준비 과정에서 그 같은 상황을 발견하게 되었고 메들리음반으로 이미 발표되었다는 기막힌 사연을 들어야 했다.

나훈아가 불러 동창회의 교가처럼 애창되는 '분교' 역시 조항조의 '정녕'으로 개작되어 발표되었다.

작사가들은 작사가 처음 작곡을 잘못 만났다 하더라도 다른 작곡가에게 다시 작곡을 맡기는 무례를 여간해서는 범하지 않는다. 작곡가의 지나친 히트 열망 때문에 지금 이 순간에도 많은 가사가 훼손이 되고 절단이 나고 있을 것이다.

같은 멜로디에 두세 가지 가사가 발표되어 한 몸처럼 붙어 다니던 작사가와 작곡가의 사이가 쫑[終] 나는 일도 더러 있어 주위를 안타깝게 하고 있다.

"소금 배 오고가는 마포 강나루"로 시작하는 '마포강나루'는 박춘석 작사·작곡이었기 때문에 "해당화 피고 지는 섬마을에"란 '섬마을 선생님'으로 이경재에게 개사를 시킬 수 있었으며, 김란영의 '살랑살랑'은 김진룡 작사·작곡이었는데 장대성이 개사하여 서주경의 '쓰러집니다'란 새로운 노래로 만들어졌다. 이 둘의 경우는 작사가가 별도로 있는 저작물이 아니므로 작곡가의 마음대로 개사가 가능했다.

이미 히트가 난 '나그네 설움'이나 '너' 또는 '아파트'란 노래의 멜로디에다 누군가가 임의대로 개사하여 새로운 노래를 만들 수 없다는 것은 불문가지不問可知다. 따라서 이 누군가 속에는 '나그네 설움'의 작곡가도 당연히 포함된다.

지난날 법을 잘못 알고 있어서 외국곡의 경우 번안 또는 개작한 작사 부분이 저작물로 인정되어 한국음악저작권협회에 소유권을 가진 권리자로 등록이 되어 발생소득의 분배를 받았다. 그러나 2000년대에 들어와 이는 위법으로 원저작인 외국 작사자의 개작 동의를 받지 않았기 때문에 저작권 무효로 권리 지정을 해주지 않고 있어 설사 원가사와 전혀 무관하게 개사하였다 하더라도 분배는 원저작자에게 100%를 지급한다.

마치 선거 로고송처럼 인격권 중 〈동일성유지권同一性維持權〉에 위반한다 하여 개작 동의를 받도록 법이 재제하고 있다.

〈인격권〉이란, 권리의 주체와 분리할 수 없는 인격적 이익을 내용으로 하는 권리, 즉 생명, 신체, 자유, 정조, 성명 등을 목적으로 하는 사권私權이다. 민법에선 타인의 신체, 자유, 명예를 침해하면 불법행위로 규정하고 있다. 따라서 노래 또한 생명체(신체)로 보았을 때 작사와 작곡을 분리할 수 없다는 결론에 다다른다.

〈동일성 유지권〉이란, 저작자가 저작물의 내용, 형식, 제호의 동일성을 유지할 권리(저작권법 제13조1항)로 저작자는 이 권리를 가진다. 따라서 저작물을 타인으로부터 무단 변경, 절삭, 개변 등을 당하지 아니 할 권리를 가지는데 이를 동일성 유지권이라 한다. 무단 변경 후에 원 저작물보다 내용, 형식 등에 개선이 되었다 할지라도 원저작자의 동의가 없을 경우 본 권리의 침해가 된다고 명시하고 있다.

선거 로고송의 경우, 가사를 몽땅 다 바꾸었다 하더라도 그 권리가 원저작자에게 있듯이 이미 발표가 된 노래는 그 어떤 경우를 막론하고 개작할 수 없으며, 개작 시는 원저작자의 명의와 권리로 소유된다.

작사가든 작곡가든 자기 작품에 대한 자부심이 대단하여 히트에 실패한 경우 파트너를 바꿔 성공시키고픈 건 당연한 욕심인지도 모른다. 그런 측면에서 보면 작곡가의 눈물겨운 노력을 십분 이해는 한다. 그러나 더는 이기심에 눈이 먼 작곡가의 횡포에 의해 희생되는 가사가 없어져야 하겠으며 작곡가들은 옛 곡에 미련을 갖기보다는 새로운 창작에 매진하기를 호소한다.

곡은 하나인데 가사가 둘 셋 다르다면 마누라는 하나인데 남편이 둘 셋이란 얘기와 뭣이 다른가. 작사가가 이제껏 일어난 무경우에 대해 원칙에 복원하는 법적조치를 할 경우 곡의 금지는 물론 그간 발생한 모든 저작료의 환수와 정신적인 피해까지도 작곡가나 제작자에게 청구할 수도 있다는 경고도 아울러 조심스럽게 전한다.

노래로 연 나의 세상

'차차차' 선풍 몰고 온 오빠가수 설운도

동아일보 1991년 11월 30일자 기사의 제목이다. 〈새 노래 '다함께 차차차' 히트〉, 〈엉거주춤한 춤으로 인기〉라는 부제도 달렸다.

"미아리로 갈까요 청량리로 갈까요…" 그의 노래에서 풍기는 분위기처럼 카바레 냄새가 나는 가수 설운도. 연상의 여인들이 좋아할 것만 같은 가수인 설운도가 요즘 오빠 소리를 듣는다. 팬들이 10대로 옮겨 갔는가. 설운도의 나이가 껑충 뛰어올랐는가.

"얼마 전 MBC TV 〈몰래카메라〉에서 언니들을 우리 집 앞에 모아 오빠를 외치며 피켓시위까지 시킨 덕분입니다."

요즘 야간업소에서 손님들이 운도 오빠를 외칠 때 오빠에 담긴 뜻을 되씹는다고.

설운도는 최근 때 아닌 차차차 선풍을 몰고 왔다. 그의 신곡 '다함께 차차차'가 올 하반기 김정수의 '당신'과 함께 범트로트계의 최대 히트곡으로 떠오르면서 복고풍인 차차차 리듬이 다시 유행하고 있기 때문이다. 60년대 "노세 노세 젊어서 놀아…"의 '노래가락 차차차' 이후 근 30년만의 일이다.

"최근 디스코가 붐을 이루지만 한계에 이른 것 같아 새로운 장르를 시도했습니다. 그리고 설운도와는 어울리지 않는 듯하지만 다소 어색해 뵈는 춤을 개발했습니다. 한 달간 거울 앞에서 엉거주춤한 춤을 연습했지요."

설운도는 10년간의 가수생활 중 아직 정점에 오른 적은 없지만 늘 정상 가까이에 머물고 있는 가수다. 잊혀질 만하면 불쑥 나타나는 가수.

"트로트 가수에게는 부침이 심하잖아요. 인간끼리의 갈등과 인생을 솔직하게 표현하고 저의 인생관을 노래 속에 담기 때문에 대중들의 마음속에 파고드나 봅니다. 가정에 충실한 것도 노래에 안정감을 얹어주는 효과가 있지 않을까요."

그의 초기 히트곡 '잃어버린 30년'은 이산가족의 아픔을 그린 것이지만 그 뒤 나온 곡들은 한 인간의 내면세계를 노래한 것이 특징이다. 예를 들어 '혼자이고 싶다'든가 '마음이 울적해서 길을 나선다'는 식의 내용이다. 설운도는 트로트도 시대에 맞게 현대화되어야 한다고 믿는다. 멜로디 편곡 창법이 모두 달라져야 한다는 주장이다.

"우리들의 어린 시절만 해도 자치기 구슬치기가 최고의 오락이었는데 요즘은 컴퓨터로 장난하는 시대입니다. 젊은이들의 입맛이 크게 바뀌었는데 구태의연한 트로트로는 소비자를 따라갈 수 없지요. 결국 트로트에도 구성과 연출이 필수적입니다."

그는 아직 더 발전할 여지가 많다고 스스로 진단하면서 돈과 인기는 별 것이 아니라는 생각으로 열심히 뛰겠다고 다짐했다. 〈洪昊杓 記者〉

노래반주기가 가요 지형을 바꾸었다

이 시대 최고의 노래는 어떤 노래일까? 작사나 곡의 수준을 말하자는 것이 아니라 대중들의 사랑을 기준으로 2011년 6월 현재 최고의 성인가요는 다음과 같다.

단조短調의 3곡과 장조長調의 3곡을 꼽자면 단조로는 '무조건', '황진이', '뿐이고'이고 장조로는 '시계바늘', '고장 난 벽시계', '동동구루무'다.

이들의 공통점은 가사가 마이너minor key 곡曲은 다 사랑 노래고, 메이저major key 곡曲은 인생 노래라는 것. 그리고 나훈아와 방어진이 활동도 하지 않음에도 이들의 노래가 압도적으로 사랑받고 있는 원인은 보다 구체화된 노랫말 때문이다.

지난 5월 22일 대구 팔공산에서는 의성군 안계중고등학교 총동문회에서 주최한 동문 산행이 있었다. 연례행사인 이 등산대회는 하산하여 스크린 야외극장이 있는 주차장에 무대를 설치하고 800여 명이 운집하여 '동문노래자랑'을 했다.

즉석으로 벌어진 이날 노래자랑에서는 총 40여 명이 출전하여 열띤 경합을 벌였는데 출전곡명을 적어보니 위의 6곡이 총 17회나 되었다. 그리고 귀경길 버스 안에서도 같은 곡들이 압도적으로 신청되어 그 인기를 증명했다.

작년까지만 하더라도 조항조의 '만약에'나 '거짓말', 그리고 유지나의 '고추'가 순위

노래로 연 나의 세상

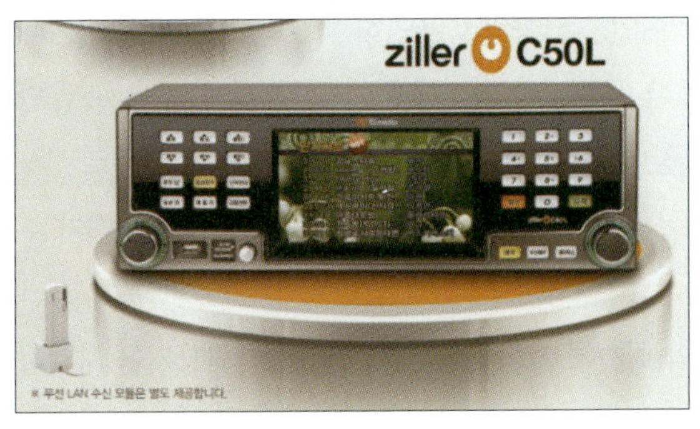

안에 었지만 어느새 그 판도는 바뀌어 있었다. 가요는 유행가다. 새 노래가 나오면 구곡은 그 인기가 식어버리는 그야말로 냄비 같은 유행가인 것이다.

대중들의 인기를 끄는 절대 요인은 우선 부르기가 쉬워야 한다. 그리고 외우기가 쉬워야 한다. 더구나 아마추어들이 어디서나 반주음악에 마이크를 잡을 수 있는 환경이 되다보니 오리지널 가수보다 더 잘 부를 수 있는 만만한 곡들이 사랑을 받는다. 따라서 폼을 잡고 목소리의 컨디션이나 주위 분위기에 좌우되는 장조의 곡보다는 부르기가 편한 단조의 곡을 우리나라 사람들은 선호한다.

이 말은 가수만의 노래일 수도 있는 화려한 기교의 노래가 장조인 데 반하여 누가 불러도 실력이 들통 나지 않는 '부르자 노래'가 바로 단조이기 때문이다. 이 시대 최고의 수입과 인기를 지속하고 있는 절대 강자 박현진의 곡들이 상위 3곡이나 차지하고 있음을 주목할 필요가 있다.

묘하게도 제목이 세 글자로 마치 과거 최성수가 '동행', '남남', '해후' 등 두 글자로 재미를 봤던 그 진로를 택한 것 같다.

고기도 먹어본 사람이 잘 먹는다고 했던가. 박현진은 선거 로고송에서 막대한 수입을 올리면서 로고송으로 쓰기 안성맞춤으로 기획된 작곡을 하는 프로 중의 프로다. 그렇다면 이 시대 최고의 작곡가는 단연 박현진이다.

노래방에서 모니터링에 히팅 되는 상위곡(2011. 6 기준)은 대체로 마이너곡인 단조가 많다. 박현진의 3곡 외에 '꽃바람 여인', '고향역', '우연히', '사랑밖엔 난 몰라', '애인 있어요', '이럴 거면', '둥지', '당돌한 여자', '상처', '거짓말', '삼각관계' 등이 모두 단조다. 장조의 곡은 마이너 곡보다 한참이나 순위에 뒤져 '누이', '남자라는 이유로', '사는 동안', '고장 난 벽시계', '사나이 눈물', '시계바늘' 등 주로 남자 가수들의 노래가 주류를 이룬다.

가수별 작품을 보면 조항조가 '만약에'까지 포함하여 무려 4곡이나 최상위를 차지하여 이 시대 최고의 가수임을 증명하고 있다.

한때 우리나라를 강타하였던 최고의 노래들은 모두 다 인기절정의 가수들에게서 나왔다기보다는 신인들에게서 쏟아졌다. 김수희의 '멍에'가 그랬고 조용필의 '돌아와요 부산항에'가 그랬고 편승엽의 '찬찬찬'이 그랬다. 현철의 '사랑은 나비인가 봐', 주현미의 '비 내리는 영동교'와 심수봉의 '그때 그 사람'도 그랬다.

이름 있는 가수들의 대다수가 데뷔 작품이 홈런을 치면서 시작되었는데 김상진 '이정표 없는 거리', 전영 '어디쯤 가고 있을까', 윤수일 '사랑만은 않겠어요', 이은하 '아직도 그대는 내 사랑', 혜은이 '당신은 모르실 꺼야', 하수영 '아내에게 바치는 노래', 김정호 '이름 모를 소녀', 한경애 '옛 시인의 노래', 계은숙 '노래하며 춤추며', 김지애 '물레야', 최백호 '내 마음 갈 곳을 잃어', 김범룡 '바람바람바람', 이선희 'J에게' 등 이루 헤아릴 수 없을 만큼 많다.

이상 위에서 등장한 노래들은 우리나라를 들었다 놓았던 대히트곡들이다. 이제 '이 시대 최고의 노래는 명곡'이란 등식을 깨고 반주기의 등장으로 명곡이란 개념이 부르기 편한 마이너 곡으로 재편되면서 우리 가요의 지형地形을 바꿔놓고 말았다. 이른바 '듣자 노래'에서 '부르자 노래'로 패러다임이 바뀌었다. 어쩔 수 없는 도도한 시대의 흐름이지만 가요 작가로서 왠지 씁쓸한 기분을 떨칠 수 없는데… 그 길로 작품자도 가수도 앞 다투어 달려가고 있으니 우리 가요 참 많이도 망가졌다. 〈2011. 6. 4.〉

노래로 연 나의 세상

'무시로'가 '남자라는 이유로'로

'무시로'에서 '바람불이'가 되었다가 '길어야 백년인데'로 바뀌고 다시 '남자라는 이유로'로 제목과 가사 내용과 가수가 서너 번은 바뀐 이 노래는 여러 사람의 희비가 교차하는 곡절이 숨어 있다.

1983년 겨울 압구정동 현대아파트 나훈아의 집에서 나훈아는 작곡가 임종수에게 말했다.

"임 선생, 메이저 곡이 터지면 마이너 곡보다 큰데 좋은 메이저 멜로디 하나 없어요?"

명일동 집으로 오는 동안 임종수는 지금의 '남자라는 이유로'의 전반부인 〈미솔라라라 도라솔미~〉를 만들고는 한동안 잊었다. 그러던 중 어느 지방 노래자랑 심사를 가는 길에 차 안에서 마저 그리지 못했던 후반부를 완성시켰고 상경하여 나훈아에게 달려갔다. 두 사람은 오선지를 펴놓고 이마를 맞댔다.

이미 와버린 이별 앞에 슬퍼도 울지 말아요/ 이미 때늦은 순간인데 미련을 두지 말아요/ 가슴 속에 흘러내리는 눈물 감추고/ 가는 님은 오죽 하겠소/ 마음이나 편하게 웃는 얼굴로/ 눈물 은 빗물에 감추어요.

나훈아 작사, 임종수 작곡의 '무시로'가 탄생했다. 제목은 '무시로'라고, 좀 생뚱했지만 기가 막히게 곡과 잘 어울렸다.

나훈아의 사촌 동생인 나진기는 가수를 열망했고 형에게 날마다 졸랐다. 원래 건축사인 나진기는 나훈아의 복제판이라고 해도 될 정도로 창법이나 음색, 제스처까지도 흡사했다. 나훈아는 가수의 길이 험난하다고 적극 만류했지만 나진기의 집요한 매달림에 항복하고 임종수에게 예의 그 〈무시로〉를 한 번 맞추어 보라고 부탁했다.

나훈아와 이자연의 매니저였던 윤중민 사무실에서 임종수는 나진기를 불러 연습을 시켜보았다. 이 무렵 이자연은 나훈아 작사·작곡의 '당신의 의미'를 연습하고 있었는데 이 '무시로'란 곡에 반해서 윤중민과 함께 탐을 내며 나진기의 '무시로'는 어떤 그림이 나올까 흥미롭게 지켜보고 있었다.

그러나 안타깝게도 나진기는 나훈아의 모창을 극복하지 못했고 마치 나훈아가 부르는 것 같았다. 피아노를 치던 작곡가는 그 자리에서 피아노 뚜껑을 덮었다.

"세상에 2등은 필요 없다. 이럴 바엔 나훈아가 불러야지, 넌 안 돼!"

그리고 한참의 세월이 흐른 어느 날, 임종수 선생은 최진희에게 작품을 비즈니스 하던 중 말미에 한 마디 툭 던졌다.

"진희야, 이 곡은 남자가 불러야 되는 노래인데 한 번 들어나 볼래?"

곡을 다 듣고 난 최진희는 흥분하며 외치듯 말했다.

"무슨 말씀이세요? 딱 제 노래인데요, 뭐."

지구레코드사에서 최진희는 이 노래를 취입하였고 제목을 '미워도 미워 말아요'로 했다. 2절에 '미워도 미워 말아요'란 구절이 나오기 때문이기도 하였지만 나훈아가 '무시로'란 제목이 너무 아까우니 그 제목은 양보해 달라며 돌려줄 것을 제의했다고 한다. 아무튼 음반은 무사히 출반되었건만 '미련 때문에'에 밀려 썩히고 있었다.

세월은 속절없이 흘렀고 김지애가 임종수 선생을 찾았다. 어느 방송 PD의 소개로 '미워도 미워 말아요'를 원했고 반주음악을 떴다. 취입 날 한국음반으로 날아간 작곡가는 실망하고 말았다. 편곡이 맘에 들지 않았다. 김이 샌 임선생은 취입에 브레이크를 걸었고 결국 '미워도 미워 말아요'는 기박한 팔자를 겪다가 기억 저 편으로 사라지고 말았다.

이래저래 일이 꼬이자 나훈아는 '미워도 미워 말아요'의 전반부 가사를 넣어 본인이 직접 작곡하여 펑키곡으로 지금의 '무시로'를 발표하여 공전의 히트를 쳤다. 가사의 절반이 잘려나간 '미워도 미워 말아요'는 반병신이 되어 작곡가를 울렸고 한때는 설운도에게 시켜 보려고 작사가 장경수에게 악보가 넘어갔다. 장경수는 '바람불이'란 제목의 새로운 가사를 붙였지만 궁합이 맞질 않아 폐기되고 말았다.

어느 날 여의도 사무실에서 임종수 선생은 나를 찾았고 내민 악보는 바로 문제의 그 곡이었다. 나는 가수가 누군지 묻지도 않고 '길어야 백년인데'란 타이틀의 가사를 넘겨

노래로 연 나의 세상

주었다. 기억이 정확하지는 않지만 대충 이런 내용이었던 같다.

길어야 백 년 사는/ 나그네 길을 와 놓고/ 가네 못 가네 길을 막고/ 매달려 울지 말아요/ 돌아
서면 내가 먼저 찾을 거면서/ 바보처럼 보내지 말아요/ 기껏해야 백년도 못 사는 인생/ 이별
은 몰라도 괜찮아요.

그리고 또 세월이 흘렀다. 광주에서 권토중래를 외치며 '천리 먼 길'의 박우철이 천리 먼 길을 달려왔다. 박우철은 작곡가 신대성 형과 나와 가까이 지냈는데 다시 가수로 활동하는 걸 반대한 형수께서 광주에서 올라와 형이 어디 있느냐고 나를 닦달하기까지 할 무렵이었다. 임종수 선생은 노랫말을 바꾸기로 결정하고 '부초'의 콤비 작사가 김순곤을 불렀다. 앞부분의 박자를 16분 음표로 쪼개서 자수를 늘인 뒤 지금의 '남자라는 이유로'가 만들어졌다. 박우철은 열심히 홍보를 하였다.

임 선생의 기억으로 박우철은 〈전국노래자랑〉은 물론이고 〈도전 주부가요 스타〉까지 TV에 열한 번은 섰다고 한다. 뭐가 안 되려고 그랬을까. 박우철은 방송을 접고 낙향했다.

IMF가 터졌다. 조항조는 그때까지도 찬불가나 부르는 한미寒微한 가수에 지나지 않았다. 조항조는 강남터미널에 있는 야간업소 〈청록〉에서 이 노래로 단단히 재미를 보자 내가 부르면 더 잘 부를 수 있겠다며 임 선생을 졸랐고 드디어 박우철이 아닌 조항조의 '남자라는 이유로'가 떠오르고 있었다. 청출어람靑出於藍에 욱일승천旭日昇天이었다.

나훈아에서 나진기로, 최진희에서 김지애로, 다시 박우철에서 조항조로 가수가 무려

여섯 명이 덤벼들었던 이 노래는 나훈아 작사에서 장경수 작사로, 다시 김병걸 작사로 갔다가 김순곤 작사가 되기까지 네 번을 바뀌면서 명곡을 다듬은 것이다.

그러나 여기서 내가 주목注目하는 사실이 있다. 이 노래는 곡이 좋았기 때문에 어느 가사가 붙었더라도 히트했을 거라는 점이다.

아! 중간에 나의 '길어야 백년인데'와 장경수의 '바람불이', 그리고 박우철만 볼이 되고 만 기막힌 사연을 마친다.

방실이의 '괜찮아요'는 방송금지곡이었다

방실이가 쓰러지기 직전까지 방송하던 노래는 2006년도에 청음녹음실에서 취입한 '괜찮아요'다. 이 노래는 이미 1993년도에 금촌에 있던 킹레코드사(박성배 사장) 녹음실에서 취입하여 그해 6월 서일음향에서 역시 김병걸 작사, 이호섭 작곡인 '슬픈 보헤미안'과 '1년만의 외출' 등 3편을 신곡으로 편집한 음반의 머리 곡이었다.

가사 내용 중 "괜찮아요 오늘밤은/ 늦어도 상관없어요"란 대목의 '늦어도 상관없다'가 풍기문란 조성죄(?)로 방송사에서 방송부적격 판정을 받은 노래는 아니었

노래로 연 나의 세상

다. 그러나 방송심의는 무사히 통과하였으나 PD들이 겁을 먹고 기피하며 퇴출시켰다. 지금 생각하면 말도 안 되는 코미디 같은 이 방송 불가 통보에 방실이는 애써 만든 음반을 버려야 했다.

요즘은 노래방, 찜질방, 휴게방 등 여관이나 호텔을 대신하는 숙박시설도 많지만 당시에는 그런 것들이 없는 시절이라서 그랬나 보다고 이해를 하려고 해도 그보다 훨씬 더 야한 영화나 연속극은 방영하면서 유독 가요만큼은 검열이 왜 그리도 까다로웠는지 아리송하다.

우리는 오기傲氣가 일었다. 세월이 바뀌었으니 그때 억울한 죽임을 당한 '괜찮아요'를 다시 살리고 싶었다. 우선 앞부분을 수정했다. 원래는 "괜찮아요 오늘밤은~"부터가 노래 도입부였는데 "오늘따라 왜 이렇게~" 8마디를 보탰다. 15년 귀양살이를 마치고 세상으로 나오는 '괜찮아요'는 제목대로 괜찮은 노래로 평가 받으며 방실이는 신나게 방송 프로를 휘저으며 다녔다.

그런데 이게 웬 날벼락!

호사다마好事多魔던가. 어느 날 방실이는 뇌졸증으로 쓰러졌고 우리들 곁에서 멀어지고 말았다. 이 노래는 방실이가 소속된 기획사에서 키우는 조아영이란 신인이 방실이를 대신하며 열심히 부르고 있다.

방실이는 강화 출신으로 나오는 서울씨스터즈 결성 때부터 알던 막역한 사이다. 서울씨스터즈로 날리던 시절 차車 시리즈인 '청춘열차'로 나를 인기 작사가의 반열에 올려 주었다. 이후 방실이와 나는 이호섭 곡의 '슬픈 보헤미안'과 방기남 곡의 '돌고 도는 돈돈돈' 등 여러 편을 함께 했다. 방실이는 일본 공연을 갔다 올 때면 언제나 잊지 않고 내게 티셔츠와 마일드세븐 담배를 선물했다.

"방실아, '괜찮아요'를 불렀으면 빨리 괜찮아져야지. 네가 옛날에 사준 그 티셔츠, 왜 파란색 얼룩무늬가 촘촘한 그 티 말이야, 지금도 말짱해. 임마, 너만 그래. 빨리 툭 털고 또 일본 가. 이번엔 얼룩무늬 말고 다른 무늬로 사다줘!"

김지애의 사고는 한국가요의 부상이다

김지애. 벌써부터 잊혀지면 안 되는 가수인데 야속하여라. 몸이 마음 같질 않으니 이를 어이할거나. 일신의 영화를 뉘라서 장담하던고. 살다보면 만나는 복병, 그 변수를 누가 알 수 있으리오. 천하에 부러울 게 없던 그 김지애가 1997년 느닷없는 사고에 화려했던 삶을 휴지처럼 구기고 가수활동을 접었다.

필자는 김지애와의 추억이 그립고 그녀가 불쌍하여 마음이 찢어진다. 노래 잘해, 옷 잘 입어, 우아한 매너에 화려한 스테이지까지. 온갖 수식어를 다 붙여도 모자라는 도도한 여자 김지애.

어느 날 '물레야'란 노래로 홀연 나타나 '사나이라면', '무명초', '얄미운 사람', '몰래 한 사랑', '남남북녀' 등 일련의 히트송을 내며 80~90년대 10여 년 간 정상의 자리를 지켰던 그녀가 결혼 후 참담한 소식으로 우리를 슬프게 한 지도 어언 몇 년 세월이 흘렀다.

본명이 동길영인 김지애는 미8군 무대에서 가수로 데뷔하여 미국으로 건너가 활동하던 중 이미자의 미국 공연에 게스트로 출연한 것이 인연이 되어 이미자의 추천으로 작곡가 박춘석 사단에 합류하게 되었다. 그리고 지난날 어느 무명가수가 발표했던 '물레야'를 리바이벌하여 일약 최고의 가수로 발돋움했다.

—김병걸 작사, 박현진 작곡, 김지애 노래 '남남북녀' 1991. 거성레코드사

1990년 여름, 작곡가 박현진의 차로 돈암동 대도레코드사 녹음실로 달려간 우리는 미리 와 있던 작곡가인 박춘석 거성레코드사 사장님과 김지애를 만나 간단한 리허설을 마친 뒤 취입에 들어갔다. 녹음실에서 당신의 주문만큼 가수가 따라주지 못하면 거친 욕설도 마다 않는 박 선생님의 호통과 김지애의 애교 섞인 콧소리가 묘한 하모니를 이루며 스튜디오 밖 미아리고개를 날았다.

치마보다는 바지에 그것도 블랙 정장에 넥타이를 즐겼던 김지애는 카리스마의 대명사였다. 가만히 앉아 있기만 해도 여자 후배가수들한테는 군기반장으로 통했던 그 쩌렁쩌렁했던 김지애가 사라진 뒤 그 자리를 방실이가 인계받았다.

필자가 김영삼 대통령후보의 선거

〈KBS 라디오 공개홀〉 - 필자, 해바라기, 김지애 '92 한국노랫말대상 수상

노래로 연 나의 세상

로고송 기획을 맡아 지휘하던 그 무렵 로고송을 부르는 가수로 김국환, 태진아, 설운도, 편승엽, 최진희, 김수희 등과 함께 김지애도 캐스팅되었다. 당대 최고의 가수들로 편성된 로고송반은 인사동에 있는 에이스녹음실에서 녹음을 하였는데 김지애는 필자와의 인연을 소중하게 여기고 지시에 잘 따라주었다.

찬바람이 쌩쌩 도는 여자. 얼핏 보면 차갑기가 얼음장 같은 여자가 김지애다. 그러나 진한 Y담도 곧잘 하여 주위를 환하게 밝혀준 가수가 바로 김지애다. 2001년 그녀가 귀국하자 필자는 잠실에 있는 거성레코드사로 달려가 김철영 사장에게 김지애의 새 음반을 제의하였고 이호섭 곡인 '덱길라'를 준비하였다.

바람소리 윙윙 우는 밤/ 길모퉁이 카페에서/ 듣고 보면 눈물 나는/ 슬픈 사랑 이야기/ 왜 그댄 왜 내게 말했나/ 날씨 때문에 분위기 땜에/ 그대 내게 무너졌나/ 이 밤은 왠지/ 나마저 왠지 서글퍼지네/ 외로워 마세요 이제는 내가 지켜줄께요/ 사랑에 멍들고 이별에 지친 그대 그대여/ 더 크고 빛나는 사랑의 날개/ 내가 달아줄 꺼야/ 울지 말아요 내 사랑

—김병걸 작사, 이호섭 작곡 '덱길라' 2001.

이호섭이 준 악보를 코트 안주머니에서 꺼내놓고 필자는 아파트단지인 신정동 2층 어느 카페에서 이 가사를 완성했다. 그날 후배 작사가인 김수정과 덱길라를 여섯 잔인가 거푸 마셨다. 창밖에는 함박눈이 살금살금 내리기 시작했다. 자리를 일어나니까 지붕이 눈으로 하얗게 덮였고 길마다 차들이 거북이 걸음이었다.

이날 완성한 덱길라는 2절에 "덱길라 땜에~"란 문장도 잊지 않았다. 그러나 이 노래는 끝내 발표되지 못하고 필자의 바인더 북 속으로 발길을 돌려야 했다. 김지애의 사고는 한국가요의 큰 부상임을 아프도록 확인하면서.

'남남북녀'는 북한에선 금지곡이다. 서울로 간다는 대목 때문인지 제목 때문인지 하여튼 금지곡이다. 60~70년대 이농離農이 극심하던 시절, 도시로 떠난 처자와 시골에 남은 총각을 등장시켜 시대의 풍경을 그렸던 노래다.

이 노래는 시대의 아픔을 그린 좋은 가요로 선정되어 김지애에게 1992년 KBS와 MBC 10대가수상을 받게 만들고 그 해 12월 14일 KBS홀에서 KBS 제2TV로 중계된 〈제6회 한국노랫말대상〉에서 전통가요 작사상을 필자에게 안겨주었다.

"지애 누나. 부디 건강을 되찾아 좋은 노래 다시 한 번 들려주세요. 누나한테 줄려고 써놓은 작품이 제 노트 속에서 울고 있다는 걸 잊지 마세요."

노래로 연 나의 세상

80년대가 되면서 작곡가는 요령을 피기 시작했고 작사가는 미리 그려진 악보에 가사를 집어넣느라 생똥을 싸야 했다. 나는 열에 아
홉은 뒷 가사를 붙이면서 작품 지분을 작사가가 두 배는 더 받아야 공평한 거라며 투덜댄다.

— 〈파지로 무릎을 덮는 작사가들〉 본문 중에서

06

젊은 날의 초상

백판을 돌리면 행복했던 날은 사치였다

나보다 먼저 전축을 산 고교 동기가 있다. 이 친구는 오로지 춤을 배우기 위해 전축을 샀고 우리는 청계천 빽판 가게로 한 달이면 두서너 차례는 LP를 사느라 무리를 해야 했다.

학교 다닐 때 기타도 칠 줄 모르던 녀석이 춤바람이 나더니 빌보드 차트Billboard Chart를 달달 외며 팝송과 클래식 명반의 족보와 웬만한 고전은 상식이 된 지도 오래인 것 같았다. 파퓰러 뮤직이라면 또 몰라도 나는 이 도깨비 같은 녀석이 신기했고 나도 모르게 그의 세계를 탐닉하게 되었다.

우리가 구입하는 빽판은 앨비스 프레스리나 톰 존스, 클리프 리차드 또는 비틀즈나 엘튼 존 등 내로라하는 팝가수들의 판 말고도 클래식 명반도 더러 끼곤 했다. 이 무렵의 빽판 한 장을 살려면 일주일 내내 담배를 굶거나 어디서 동냥질이라도 해야 했다.

화양리 못 미쳐 상원에서 자취를 하던 녀석의 셋방은 두 칸이었는데 밥 먹고 잠자는 방을 건너면 미닫이로 칸을 가른 빽판을 돌리는 전축이 잘 모셔진 춤방 겸 옷가지를 걸어둔 제법 화려한 의상실이 있었다.

어쩌다 나 같은 객이라도 치는 날이면 여관으로도 둔갑하는 접대용 방이기도 했다.

노래로 연 나의 세상

한양대 건너편 무학여고로 빠지는 왕십리 개천가 제본소에 나가던 이 친구는 월급에 비해 옷가지가 많았는데 사치하지는 않았지만 상당히 앞서가는 멋쟁이였다. 백구두도 두 켤레나 광을 내어 의상실 웃목에 모셔다 놓았다.

'얼씨구, 이 친구 봐라 나비넥타이까지?'

완벽한 춤꾼이었다. 나는 녀석의 주도면밀함에 혀를 내둘렀다. 아무튼 녀석이 전축에 빽판을 얹으면 의상실은 금세 무도장이 되고 고고장이 되었다.

오징어와 땅콩, 어떨 땐 쥐포나 라면 땅과 뉴뽀빠이를 안주로 맥주와 함께 돌

리는 빽판의 환상은 그의 춤 솜씨를 하루가 다르게 발전시켰고 나는 오징어 다리를 입에 문 채 춤에 미친 그를 심드렁하게 바라보며 아편 맞듯 음악 속으로 걸어갔다.

녀석의 춤방인 의상실은 내게 있어 또 하나의 문화적 갤러리였다. 그의 공연은 언제나 패턴이 일정했는데 처음엔 '상하이 트위스트' 같은 벤처스 음악에서 빌리본 악단의 '팝콘'을 지나 톰 존스의 'Keep on running'과 나훈아의 '사랑은 주는 것'으로 매듭을 지었다. 나는 이 엉뚱한 춤꾼의 공연이 끝날 때까지 인내심을 발휘해야 한다. 그래야 빽판을 사는 날 나를 데려가기 때문이다.

이 무렵 소주에다 미원을 타면 흥분제가 된다고 하는 근거도 없는 낭설이 젊은이들을 꼬드겼고 우리는 덩달아 흥분하며 미팅 때나 고고장에 갈 때면 주머니에 미원봉지를 넣어 다녔다. 시도는 해 보았지만 효과를 보지 못한 우리는 미수에 그친 원인 캐기에 들어갔고 우리끼리 백 번을 확인해도 근거 없는 소문일 뿐이었다. 지금 생각해 보면

아마도 조미료 회사에서 소비를 위해 지어낸 말이 아닌가 추측한다.

플레이보이지와 미원과 빽판, 이 셋은 혈기 방장한 청춘에 동행하는 필수품이었고 세상을 읽는 안목을 키우는 텍스트text였다.

"여보게, 시인이 판검사는 아닐 테고 5급 공무원보다 끗발이 더 센가?"

이렇게 묻곤 했던 고향 어르신네들의 푸대접을 서럽게 확인하는 시만 해도 사치였건만 빽판은 시보다 더 호사한 절망이었던가.

명동시대의 낙조落照가 강남 개발로 재촉되는 70년대 중후반은 고고장이 디스코텍으로 변환하는 숨찬 발걸음을 옮기고 있었다. 그 행렬 속에 끼지 못한 나의 사치한 시와 비루鄙陋한 청춘과 친구의 빽판은 한강漢江을 건너지 못하고 강북江北에 주저앉고 말았다. 그리고 30년이 흐른 지금도 나는 여전히 강북에 살고 녀석은 국민의 정부가 들어서던 그 해 미국으로 이민을 갔다. 친구야, 거기서도 빽판 돌리니?

1억 베팅도 콧방귀 날린 '담다디'의 이상은

1986년 8월 '담다디'의 이상은을 잡으려고 나는 천신만고 끝에 청담동 어느 카페로 달렸다. 촌각을 다투는지라 바람처럼 달렸다. 카페 별실의 문을 열자 자욱한 담배연기가 눈을 찔렀고 생면부지의 사내 서넛이 가소롭다는 표정으로 나를 쳐다봤다. '아차! 늦었구나.' 한 발인지 두 발인지는 모르지만 허탕치고 말았다는 걸 금세 알 수 있었다.

그러나 여기까지 와 놓고 말이라도 붙여 봐야 할 것 같아 이상은에게 조심스럽게 오아시스의 조건을 제시하였다. 전속금 1억 원에 계약기간은 가수의 결정을 존중한다는 명료한 내용이었다. 이상은 옆에 있던 후견인인 듯한 젊은 남자가 끼어들더니 3억을 줘도 늦었다며 이미 지구레코드사로 계약을 했다고 말했다.

나를 여기까지 오게 해놓고 헛걸음하게 할 거면 왜 약속을 했느냐고 따지고 싶지도 않았다. 이미 그 자리엔 나 말고도 다른 음반사에서 나처럼 임무를 띠고 온 여럿이 보였고 나와 그들은 가수의 몸값 불리기에 동원된 들러리에 불과했다.

1986년 이상은은 MBC강변가요제에서 '담다디'로 대상을 거머쥐었다. 84년 강변가요제의 히어로 이선희를 픽업하여 쏠쏠한 재미를 본 지구레코드사에서는 먹이를 놓칠 리 없었고 결국은 판권입찰에 성공, 이상은을 잡기에 여타 경쟁사보다 유리한 입장에 있었다.

나는 당시 정황을 알아보기 위해 2009. 7. 4 오전 9시 40분에, 86년 강변가요제 당시 판권 공개 입찰을 딴 지구레코드사의 문예부장이며 강변가요제 심사를 본 임석호 선배에게 전화를 넣었다.

임 선배의 기억으로는 전속금이 오고 간 건 아니고 어차피 '담다디'의 판권이 지구레코드사에 있으니까 이상은 만큼은 장당 로열티를 주겠다고 특별 제의를 했고 '담다디'를 지은 작곡가가 적극 동조하여 합의를 보고 지구에서 3년간 몇 장의 음반을 냈다고 한다.

당시 '담다디'로 받아간 로열티는 4천만 원 정도이고 이후 넥스트 음반에서 이래저래 억 단위는 가져갔을 거라고 회상했다.

임 선배는 인터뷰 말미에 그해 강변가요제에는 '슬픈 그림 같은 사랑'을 부른 이상우가 대상 감이었지만 이상은의 표정 연기에 분위기가 반전되었다고 술회한다.

나는 84년 이선희의 가요제 출전과 대상 수상 그리고 다음해 '그대 먼 곳에'로 대상을 탄 마음과 마음, 지구와 줄다리기 끝에 아세아레코드사로 스카우트된 '끝없는 사랑'의 이순길 등 강변가요제와는 사연이 깊었기 때문에 86년 대회를 주목했고 눈독을 들였던 오아시스레코드사의 손진석 사장님께서는 1억이란 믿기지 않는 조건을 제시하며 어떡하든 이상은을 잡아 오라고 나에게 특명을 내렸던 것이다.

1억 원의 당시 가치는 얼마였을까? 2009년 현재 시가로 명일동 삼익아파트의 4억 원짜리 아파트가 그 당시에는 4천만 원이었으니까 1억이 얼마나 거액인지 알 수 있다.

이상은과 '담다디'를 쓴 작곡가는 판권에 대한 로열티가 1억 원은 너끈히 훗가할 거라고 믿은 모양이다. 그래서 오아시스의 1억 베팅에 콧방귀를 뀐 것이리라. 오아시스 레코드사 역사상 최고 베팅이었건만 헛걸음하고만 〈담다디 잡기 007작전〉은 그렇게 실패로 돌아갔다.

로비의 천재들이 우르르 동원된 그 사건은 가요계 역사상 가장 치열한 비즈니스 전투로 기록된다.

피 끓는 날의 환각幻覺 김추자

이미자로 대변되는 1960년대 중반부터 70년대 중반까지 트로트의 강세는 여전했다. 포 크로바인 최희준, 유주용, 박형준, 위키리와 남일해, 오기택, 박일남, 한상일, 배호, 뒤이은 남진과 나훈아의 화려한 충돌 그리고 박재란, 최숙자와는 패턴이 다른 미8군 출신의 여가수들 틈바구니에서 나름대로 성을 쌓고 독립 나팔을 부는 신중현 사단이 각축하였다. 그 신중현 사단의 선발주자인 김추자의 출현은 신선한 충격이었다.

70년대는 대마초의 환각幻覺 못지않게 이 김추자의 충동 또한 젊음과 새로운 가요저널의 신나는 퍼즐Puzzle이었다. 이미자와는 다른 장르의 한명숙, 현미, 이금희 등의 비트를 능가하는 볼륨을 던져오는 김추자의 패키지package는 차라리 신기루蜃氣樓였다. 나는 이 김추자 보기를 소원했지만 그림자도 밟아보지 못한 채 20대를 흘려보냈다. 그것은 대마초라는 유행의 덫에 걸려 일찍 퇴장한 그녀 탓이기도 하지만 나 같은 시골뜨기의 한계이기도 하였다.

내 나이 서른하나가 되어서야 나는 그녀를 볼 수 있었고 안양 오아시스레코드사 사장실에서 그녀와 첫 대면을 했다. 이미 내가 환장하도록 좋아했던 김추자가 아닌 뚱뚱해질대로 뚱뚱해진 아줌마 김추자였다. 그래도 나는 가슴이 뛰고 마음은 벌써 십 수 년 전으로 돌아가 있었다.

당시 신중현 선생도 오아시스를 출입하고 있었고 기억으로는 그녀를 작곡가 정옥현이 데리고 온 것 같다. 나는 신 선생님의 작곡을 두 편인가 받아 뒷 가사를 썼다. 또한 정옥현 곡에다 '내 눈물의 반만큼'을 써주었다. 세상에 내가 김추자에게 작품을 주게 되다니.

나는 그녀에게 몇 가지 질문을 던졌다. 왜 활동을 안 하시냐고 다그치면서 비중 있는 가수로서의 직무 유기를 거론했다. 노래에 대한 욕구가 그다지 절실해 보이지 않는 그녀를 향해 당신의 잠적과 침묵은 국가적인 손실이요 대중문화의 퍼즐 일각이 증발한 거라며 괜히 흥분했다. 김추자 이후 이은하와 인순이가 엇비슷한 뉘앙스를 추구하였지만 김추자에 비할 바는 못 되었다.

가수의 인기가도를 곧잘 나팔꽃에 비유하곤 한다. 영원할 것 같던 인기도 한 번 가면 다시 회복하기란 하늘에 별 따기다. 천하의 남진, 나훈아도, 이미자도, 펄시스터즈도, 조용필도, 혜은이도, 최성수도, 변진섭이도 세월 앞에선 얼마나 무력한가.

내 젊은 날의 환각이었던 김추자와의 작품적인 만남과 형용할 수 없는 감동을 이제 어느 가수가 있어 그녀처럼 내게 돌려줄 건가…. 김추자는 여타 가수들에게 말의 속력, 러닝을 하듯 멜로디의 속도감을 몸으로 연기한 최초의 가수다. 김추자의 퇴장 후 놀랍게도 계은숙이 지독한 허스키임에도 '노래하며 춤추며'에서 이 속도감을 재현했다.

'월남에서 돌아온 김 상사', '거짓말이야', '그럴 수가 있나요', '님은 먼 곳에' 등등 각기 다른 문양文樣의 율동과 쉽게 넘볼 수 없는 말의 속력으로 노래의 새로운 모자이크 mosaic를 그린 김추자는 영원불멸의 위대한 가수이며 우리 가요사에서 보물 중의 보물이다. 그녀는 내 젊은 날의 아련한 환각이다.

'한국의 장남'아, 히트 한 번 쳐보자

갖는 지분보다는 치러야 하는 희생이 더 많은 위치가 장남이다. 장남은 선산과 위토답을 지키며 문중과 제사를 모시고 부모님을 봉양한다. 이 당연한 그림을 동생에게 물려 주었다면 필경 그 장남은 타지로 나가 크게 성공한 인물일 테리라. 타산이 맞질 않는 농사를 버리고 장남마저도 도회지를 떠난 요즘 시골에서 장남을 만나기란 하늘의 별 따기다. 그래서 고향을 지키는 장남을 칭송하는 노래를 만들었다.

부모님 모셔야지/ 마누라 섬겨야지/ 자식새끼 거둬야지/ 산소도 돌봐야지/ 고향도 지켜야지/ 집안 대소사 다 치러야지/ 한국의 장남은 바빠/ 권리보다 의무가 많아/ 한국의 장남은 고달퍼/ 줄줄이 일복이 터졌네/ 물려받은 조상 땅/ 논배미 다 팔아도/ 아, 글쎄 서울 가면 전세방이래/ 그래도 나는 안 떠나/ 이대로 살 꺼야/ 고향처럼 넉넉한 가슴을 안고/ 오늘도 바쁜 한국인/ 이 땅의 장남

－김병걸 작사, 이충재 작곡, 임백제 노래 '한국의 장남'

2006년 가을 충주문화방송과 향토음악인협회에서 주최한 〈2006 향토가요제〉에서 '한국의 장남長男'은 동상銅賞을 수상했다. 노래를 너무 잘 불러서 그랬을까? 곡이 너무 좋아서 그랬을까? 나는 내심 대상大賞을 기대했지만 예상 밖의 노래가 대상을 차지하여 의외로 놀랐다. 현장 분위기가 그랬나 보다. 〈가요제〉는 노래를 제일 잘 부르면 동상이란 속설이 있다.

방어진을 이 가요제에 내보낸 목적은 어차피 신보를 준비 중에 있으니까 음반이 나오기 전에 가수에게 타이틀 하나 달아주자는 배려 차원이었다.

노래로 연 나의 세상

‘한국의 장남’은 안치환, 강산에, 박상민도 좋고, 송대관? 태진아? 설운도? 박진도? 배일호? 소명? 김국환? 류기진? 강진? 현당? 누가 불러도 잘 어울린다. 어차피 오리지널 가수가 안 부른다면 아주 생경한 신인이 불쑥 나타나 이 작품으로 승부했으면 좋겠다.

가요제에서 트로피를 안고 왔던 임백제는 예명을 자기의 고향인 울산의 옛 이름인 〈방어진〉으로 짓고 그해 ‘동동구루무’를 타이틀로 한 음반을 냈다.

소리가 풍만하진 않아도 노래의 맥을 짚을 줄도 알고 기름을 칠 줄도 아는 방어진은 남한산성 밑에서 식당을 한다. 노래보다는 장사가 더 절실한가 보다.

간이역에 한 번 내려 보고 싶다

간이역簡易驛. 무슨 추억의 이름 같다. 방학 때면 가는 외갓집 같은 간이역. 간이역에 내려 본 기억이 아득하다. 그럴 일도 없었겠지만 잊고 사는 여유를 기억해 내는 것도 여유인데 그간 너무 쫓기며 살았나보다. 고즈넉한 시골 작은 간이역에 한 번 내려 보고 싶다. 거기서 만나는 낯선 풍경에 익숙해질 때까지 머물다가 귀가하고 싶다.

철로를 따라 옹기종기 핀 키 낮은 풀꽃들의 흔들림과 바람의 고요. 향기를 쫓는 나비들의 비행을 카메라에 담아오고 싶다. 아무리 둘러봐도 역무원이라곤 당신 혼자뿐인 역장에게 다가가 하루에 몇 명이나 타고 내리느냐는 질문 대신에 잃고 사는 말들이 그립지도 않으냐고 물어보고 싶다.

시간을 다투며 사는 우리들. 시간의 속도에서 해방되어 두런두런 사투리가 흘러나오는, 급할 것 하나 없는 완행열차가 되고 싶다. 기차가 연착되어도 발을 동동 구를 일 없는 간이역에 서서 내 삶의 속도가 얼마나 되는지 재보고 싶다. 누가 등 떠미는 것도 아닌데 뭘 그리 서둘렀는지. 행장도 제대로 챙기지 않고 넘었던 산이며 길이 어디쯤이었을까?

작사가들은 인생을 유랑으로 규정했다. 나그네 길을 가는 인생에 간이역 하나쯤은 만들 필요가 있다. 인생을 여행이라고 말하거나 천상병 시인처럼 소풍이라고 하면 사치일까. 어떤 이는 고독마저도 사치였다고 하지만 속도에 지친 일상을 내려놓을 길은 없을까.

연착된 세월을 이고 선/ 이끼 푸른 역사 하나/ 먼 데 손님처럼 열차는 오고/ 남실남실 훈훈한 입김으로/ 바람 먼저 달려드는 곳

−고증식의 '바람의 간이역'에서

무인역인 간이역도 있다. 이용객이 적어 역장이 배치되지 않은 무인역이 우리나라에 무려 180여 개나 있다고 한다. 간이역은 시인에게 밀애密愛같은 존재로 밀어를 고백하는 상대다. 자신의 내밀을 숨겨주는 곳, 그래서 간이역은 시집에 단골로 등장한다.

어쩌다 그만 잊고 지나가도/ 잡을 사람 없는 간이역/ 서면 더 좋고 안 서도 그만/ 나는 너의 간이역이었나봐/ 대합실이 없었다/ 우리들의 사이엔/ 플랫폼만 있었다/ 키 작은 꽃들이 저녁 바람에 울고/ 기적소리 멀어져 가네/ 바람 부는 간이역/ 오지 않는 그 사람/ 가로등만 추억처럼 서 있네

−김병걸 작사, 원종락 작곡 '간이역'

2006년 여름 강원도 원주에 사는 원종락 작곡가가 내미는 악보에다 나는 간이역을 그렸다. 아직은 임자를 못 찾아주었지만 간이역은 오늘도 기다림을 세워놓고 장윤정? 신지? 아, 누구일까? 나의 '간이역'에 껑충 내려설 그녀는…. 〈2007. 3. 19.〉

※이 노래는 2010년 대구에 사는 김혜주가 취입했다. 그러나 혜주는 달리지 않았다.

파지로 무릎을 덮는 작사가들

멜로디에 사연을 넣어 기쁘게 또는 슬프게 감동을 전해주는 마술사가 곧 작사가다. 흙으로 빚은 형상에 혼을 불어넣어 생명체로 만든 하나님과 같은 존재가 바로 작사가다. 작곡은 지독한 감성의 결과물일 수도 있지만 작사는 가수의 발음과 창법과 음색과 율동까지를 고려해야 하고 멜로디 안에 굴러다니는 언어를 찾아내야 하는 지극히 과학적인 작업이다.

오선지 위에 그려지는 작곡의 한계에 비해 작사는 훨씬 자유분방하며 작사가의 역량에 따라 곡조의 모양과 감동을 달리 그려내기도 한다. 특히 뒷 가사를 쓸 경우는 시작과 끝을 면밀히 잴 줄 아는 과학자가 되어야 한다. 이 철저한 계산을 토대로 하지 않으면 곡조와 엇나 좋은 노래를 만들 수 없게 된다.

1980년대 이전까지는 주로 선先작사 후後작곡이 대세였고 요즘은 그 반대의 경우가 주류다. 2000년대에 와서 작사가는 여류 쪽으로 옮겨 갔고 남자 작사가는 이승호를 끝으로 대가 끊긴 것 같다.

여류 작사가들이 주류를 이루다 보니 발라드를 비롯한 대부분의 노래들이 여성 또는 소녀 취향이며 사랑 일변도의 연애편지 문구 같은 잠언조의 노래들로 집약되어 있고 호쾌한 기상과 나라와 민족을 끌고 가는 메시지를 볼 수가 없다. 이 편향성은 가요계의 고질병으로 대두되었지만 장삿속에 안주한 제작자들의 안목을 돌리기엔 쇠귀에 경 읽긴가 보나.

우리 가요를 이끌고 온 위대한 작사가들은 30여 명에 불과하다. 초창기의 조명암과 박영호를 비롯하여 왕평, 이서구 등과 고려성, 유호, 반야월, 이부풍, 손로원, 김문응, 김운하, 천봉, 천지엽, 신봉승, 한운사는 가요 황금기를 수놓은 별들이다.

이후 60년대에 접어들면서 한산도, 황우루, 전우, 정두수, 하중희, 이인선, 김중순을 거쳐 지웅, 지명길, 정귀문, 김양화, 김지평, 조운파, 박건호, 김동찬, 김미선, 이경미, 주영자로 이어지는 70년대를 지나 김병걸, 장경수, 이건우, 김순곤, 조동산, 양인자, 하지영, 강은경, 박주연, 이승호로 마침표를 찍었다.

작사가들이 즐겨 애용했던 〈고향〉. 가요 태동기부터 1970년대까지 우리 가요를 주도했던 〈고향〉은 1980년대에 자취를 감춰야 했다. 이제 더 이상은 그리움의 대명사가 아니어도 되었다. 뻥 뚫린 고속도로와 마이카 시대는 전국을 일일 생활권으로 묶었고 이사가 밥 먹듯 쉬웠기 때문에 고향이니 타향이니 하는 개념이 엷어져 갔다. 사랑과 함께 우리 가요의 태반이었던 〈고향〉의 추방은 뽕짝의 몰락과 포크송을 불렀고 90년대에 이르러 이 땅에 랩송을 불러들이는 빌미를 주었다.

우리 가요사에 길이 남을 명가사를 제목으로나마 살펴보자.

고려성의 '나그네설움'과 반야월의 '단장의 미아리고개', 유호의 '전우야 잘 자라'는 작사가의 힘이 얼마나 위대한가를 여실히 증명해 준 작품이다. 김문응의 '눈물의 연평도'와 김운하의 '서산갯마을'은 한 폭의 그림을 보는 듯 잘 묘사되어 있다. 한산도의 '동백아가씨'와 정두수의 '흑산도 아가씨'는 지금 들어도 자매처럼 가깝다. 병상에서조차 마누라 몰래 술을 끼고 살았던 선이 굵은 작사가 전우의 '안녕'과 '누가 울어', '바다가 육지라면'으로 조미미를 무동 태운 정귀문과 역시 박상규를 무동 태운 '조약돌'의 하중희. 여름 가고 가을이 유리창에 물들고 가을날에 사랑이 눈물에 어리는가. 그는 '이정표'의 월견초를 따라 기어이 하늘로 갔다

70년대가 되면서 김양화는 방송 프로듀서 일을 보면서 좋은 작사를 많이 남겼는데 '낙엽은 지는데'와 '소라의 노래' 등을, 김지평은 '당신의 마음'을, 조운파는 '아내에게 바치는 노래'를, 박건호는 '끝이 없는 길'과 '모닥불'을, 김동찬은 '사랑의 모닥불'을, 김미선은 '편지'를, 정태권은 '서귀포를 아시나요', 그리고 이경미는 '어디쯤 가고 있을까'를, 주영자는 '여고시절'을 발표하면서 가요를 아름답게 꾸몄다.

그리고 노왕금은 '할아버지 쌈지돈'을, 조용하는 '약혼녀'를, 유정은 이미자의 '안 오실까 봐'를, 김주명은 '달무리'를, 강찬호는 '낙엽 따라 가버린 사랑'을, 진명준은 박일준의 '아가씨'를, 임선경은 'DJ에게'를, 석송은 기독교방송의 PD로 있으면서 수연의 '첫사랑'을 발표하였다.

노래로 연 나의 세상

작사가는 시와 멜로디를 하나의 몸체로 만드는 완벽한 마술사여야 한다. 언어의 연금술사에서 곡조까지 꿰뚫어야 하는 놀라운 안목을 가져야 하며 새로운 트렌드trend를 창조해 내야 하는 천부적인 감각까지 갖춰야 한다.

멜로디에 내재된 말을 찾아내어 스토리를 잇게 하는 작업을 오래하다 보면 오선지 위에 기어 다니는 단어들이 보이고 음표를 짚다가 보면 사연이 저절로 엮어지기도 한다. 속된 말로 귀신이 되는 것이다.

작곡가나 가수 또는 제작자들이 황당하면서도 몽타쥬montage를 그릴 수 없는 매우 추상적인 주문을 작사가에게 요구하는 때가 많다. 일테면 이런 주문들이다.

"비오는 날 우산 안 쓴 기분이며… 색깔로 말하자면 연두 아니면 아이보리색 같은 느낌 아시겠죠?"

"찢어지는 사랑 말고 쩍 달라붙는 긍정적인 사랑인데 뭔가 될 듯 될 듯 간지럽히는 여운이 많이 남는 잠깐 동안의 이별을 그려주세요."

어떤 주문자는 작사가보다 더 야리꾸리한 발상과 표현을 하면서 머리를 무겁게 만든다.

"왜 있잖아요, 야구장에서 텍사스 존에 떨어지는 행운의 안타 같은 작품 말이에요."

어느 여자 가수는 이렇게 주문하기도 했다.

"비 갠 하늘에 뜬 무지개 같은 느낌을 써주세요."

80년대가 되면서 작곡가는 요령을 피기 시작했고 작사가는 미리 그려진 악보에 가사를 집어넣느라 생똥을 싸야 했다. 나는 열에 아홉은 뒷 가사를 붙이면서 작품 지분을 작사가가 두 배는 더 받아야 공평한 거라며 투덜댄다.

80~90년대에 집중적으로 작품을 발표한 작사가를 열거를 해 보자.

김 씨가 많으니까 김 씨부터 따져보자면 '봉선화 연정'과 '어차피 떠난 사람', '둥지'의 김동찬과 '찬찬찬', '사나이 눈물', '다함께 차차차'의 나와 '부초', '남자라는 이유로', '흔적'의 김순곤과 '천년바위', '상처', '정 때문에'의 장경수. 그리고 '고향이 남쪽이랬지'와 '미스 고', '몇 미터 앞에 두고'의 조동산과 '파초', '사랑은 아무나 하나', '있을 때 잘해'의 이건우와 감탄사가 절로 나오는 최고의 여류 작사가인 '립스틱 짙게 바르고', '그 겨울의 찻집', 'Q'를 쓴 양인자와 '여행을 떠나요', '친구여', '장미꽃 한 송이'를 쓴 하지영과 만능 재주꾼 '당돌한 여자'의 강은경과 견고한 작품성을 구축하는 박주연, 그리고 '무기여 잘 있거라'를 쓴 아이디어 창고인 이승호가 가요의 저변을 확장하였다.

그래요, 뭐든 주문만 하세요. 어차피 작곡가, 가수, 제작자, 매니저, 방송PD, 대중···. 아! 첩첩산중 검문소도 많다. 작사가는 최소한 이 여섯의 구미口味에 비위를 맞추며 간 쓸개를 다 내준다.

그래도 가요는 노랫말을 전하는 수단이라는 지극히 원론적인 위안慰安에 만족하며 오늘밤도 작사가들은 날밤을 깐다. 버려진 파지破紙가 무릎을 덮어도 빛나는 노동을 한다. 아, 위대한 아티스트여! 그대 이름은 작사가作詞家다.

위대한 가요작가들

키보이스의 '해변으로 가요'와 템페스트의 '잊게 해주오'는 나에게 대중음악의 눈을 다른 각도로 뜨게 해준 노래다. 스무 살 이쪽저쪽으로 김정호의 '이름 모를 소녀'와 하남석의 '밤에 떠난 여인', 정종숙의 '둘이 걸었네', 투에이스의 '빗속을 둘이서', 김훈의 '모래 탑', 둘 다섯의 '긴 머리 소녀'와 '밤배', 그리고 윤항기와 박상규, 채은옥··· 이들은 내가 작사가가 되는데 결정적으로 정서情緒를 주입시켜준 가수들이다.

노래로 연 나의 세상

이렇게 해 볼까, 저렇게 해볼까 고민하며 암사동에서 방을 얻어놓고 2년을 백수로 지내다 나는 정두수 선생님을 다시 찾았고 가요계 사람이 되어 갔다.

지금의 송해 선생과는 다른 도회적 세련미로 무장한 후라이보이 곽규석의 〈전국노래자랑〉은 엄청난 노래의 고수들끼리 벌이는 비무比武대회였다. 나는 이 프로를 즐겨보면서 헤드폰headphone을 끼고 심사를 보는 아티스트들이 너무도 멋있어 보였다.

'그래 저기야, 내가 언젠가는 저 자리에서 변호사보다 더 줄줄 나오는 나의 말솜씨로 세상을 놀래켜 주리라.'

그러나 아티스트로 가는 길은 멀고도 험했다.

70년대 가요계는 크게 삼등분으로 나눌 수 있다.

트로트의 대명사인 남진, 나훈아를 비롯하여 배호, 이미자, 문주란, 하춘화, 은방울 자매, 이현, 김상진, 오청수, 전영진, 백남숙 등 알짜배기를 독식한 박춘석 사단과 이장희, 송창식, 김세환, 이종용, 양희은, 하남석 등이 이끄는 포크 사단, 김추자, 장현, 펄씨스터즈, 박인수, 김정미를 앞세워 포크 사단과 트로트의 중간에서 독자적인 성城을 세우고 진격나팔을 불었던 신중현 사단으로 삼분한다. 그런가 하면 이수미와 은희의 분전이 돋보였으며 박상규의 활약이 두드러진 시기였다.

또한 70년대는 듀엣의 전성시대이기도 하였는데, 트윈폴리오, 4월과 5월, 둘다섯, 투에이스, 어니언스, 하사와 병장, 투코리안즈, 유심초 등의 남성 듀오와 박허룡, 정종숙의 〈원플러스원〉과 라나에스포, 뚜아에무아 등의 혼성과 펄씨스터즈, 바니걸스 등의 자매가 밀려오는 파도의 한 축이 되었다.

그리고 김정호, 하수영, 최백호, 이은하, 채은옥, 김만수 등이 신예 스타로 떠올랐으며, 김훈, 최헌, 조경수, 최병걸, 윤수일, 조용필이 트로트고고 붐을 조성하며 욱일승천했던 포크 바람을 잠재우고 어깨동무로 전통가요를 중흥시킨 시기였다.

이들의 뒤에는 위대한 아티스트들이 열심히 작품을 생산하여 공급해 주었다. 노래 속에는 가수의 목소리 외에도 작사가나 작곡가들의 거친 호흡이 들어 있다. 나는 노래 속에 가수와 함께 용쓰고 까치발을 드는 작가의 숨소리를 안다. 다른 예술 장르와는 달리 아티스트의 기(Aura)가 함께 역동하는 위대한 예술이 바로 노래인 것이다.

먼저 작곡가부터 살펴보자.

박시춘의 깨금박질 같은 런닝과 백영호의 연필심 같은 친근함, 박춘석의 화려한 테크닉과 어딜 내놔도 손색없는 김희갑의 우아함, 정풍송의 왈츠적인 미학과 최종혁의 고독한 탐미, 음악적 능력의 절정을 보여주는 신중현의 위대함, 김영광의 명료한 반복, 이정선의 아지랑이 같은 서정과 최백호의 흑백TV 같은 낭만, 그리고 한 서린 김정호의 호흡.

어디 이들 뿐이랴, 채완규의 〈먼 훗날〉에서 보여주는 신대성의 클래식, 소올의 대가인 박정웅의 촘촘한 멜로디 그물, 생략의 여운과 절제의 묘미를 일깨우는 김창완, 고독한 사냥꾼 백창우의 낮달 같은 '내 하나의 사람은 가고'와 천만 번을 밀고 오는 송창식의 분방한 파도, 현악기의 앙상블로도 충분한 김기웅의 '목마와 숙녀' 그리고 김명곤과 이호준의 천재성 등 위대한 아티스트들이 있었기에 우리는 행복했다.

우리 가요의 아티스트 중 위대한 천재들이 속속 등장하였으니 작사가보다 더 작사를 잘 하는 작곡가 손석우와 길옥윤이 있다. 이 둘은 우수적이라는 닮은 점이 있는 반면 색감은 다르다. 둘 다 일본에서 활동한 경험을 지녔기에 가사에 사연을 넣는 솜씨가 뛰어나며 손석우가 단조短調(a minor key)에 능한 반면 길옥윤은 장조長調(major key)의 곡曲에서도 끼를 발견할 수 있다.

1960년대와 70년대 중반까지는 작곡가가 작사까지 겸하는 아티스트가 많이 나왔는데 정풍송, 신중현, 김영광, 남국인, 진남성, 정주희, 박정웅, 장욱조, 정진성, 조영남, 윤항기, 김준, 김도향, 송창식, 이장희, 김창완, 김정호, 최백호, 이정선 등이 그들이다.

훗날 80년대 이후 나훈아, 신상호, 백영규, 김태곤, 백창우, 박성훈, 심수봉, 이혜민, 김진룡, 이호섭, 설운도, 김창환, 주영훈, 서태지, 김정욱, 김범룡, 강영철, 하덕규, 안치환, 김신우, 윤명선 등의 위대한 실력자들이 대거 출현한다. 나도 이 대오에 합류하여 뛰어가고 있는가?

노래로 연 나의 세상

작사가보다 더 잘 쓰는 작곡가로는 '목화밭'과 '점이'의 진남성과 '가인', '거짓말'의 김진룡을 대표적으로 들 수 있으며 김창완도 우리 가요의 지평을 넓힌 위대한 아티스트다.

한편 작사가이면서 작곡가보다 곡을 더 잘 그리는 김중순과 조운파가 있다. '빗물', '잃어버린 정'에서 김중순은 멜로디의 고랑이 뭔지를 보여주었으며 '날개', '바람 부는 세상', '칠갑산', '인생'으로 이어지는 조운파의 작곡 퍼레이드도 우리 가요사의 백미白眉 중 하나다.

김상배의 '노을빛 서해대교'는 아무래도 오롯한 한 편의 시詩다. 정풍송의 문학을 만나고 존경한다. 그리고 작사, 작곡, 노래 등 삼박자를 능수능란하게 연출하는 심수봉의 재주에 넋을 잃곤 한다. 그녀의 '남자는 배 여자는 항구'와 '무궁화'는 우리 가요의 우월한 봉우리다. 또한 이혜민은 그만의 정서를 연출하는 뛰어난 재주를 가지고 있으며 '애증의 강'에서 피크를 이룬다.

다작多作은 아니 하되 주옥같은 레퍼토리를 건진 아티스트들이 있었으니, '허무한 마음'의 오민우와 '돌아와요 부산항에'로 대박을 낸 황선우, '고목나무'의 장욱조와 '이사 가던 날', '우리 사랑'의 계동균, '내 마음 당신 곁으로'의 김기표와 '인생은 미완성'을 작곡한 이진관, '고귀한 선물'과 '내일이 찾아와도'의 오동식, '그날'의 이철식과 '홀로된다는 것'의 하광훈, '내 사랑 내 곁에'의 오태호, '장난감 병정'의 박찬일, '내일을 기다려'의 김준기와 '인디안 인형처럼'의 손무현 등이 그들이다.

지금도 왕성한 활동을 하는 영원한 딩동댕 임종수는 '고향역'에서 출발하여 '벤치'로 롱런하였고 '등불'의 안치행은 70년대 중반 한때 최헌과 윤수일을 앞세워 가요계를 접수하기도 하였다. 현재 한국연예협회 부이사장직을 맡고 있는 노익장 송운선은 '무정한 그 사람'으로 은방울을 이 나라 삼천리에 울렸으며 배상태는 배호와 영욕을 함께 하며 '돌아가는 삼각지'를 필두로 일련의 히트곡을 내었다.

'방울새', '산까치야' 등 새 시리즈로 소녀적 감각을 자랑한 정주희는 메들리음악 30년을 좌지우지左之右之한다. 고바우 김강섭은 〈가요무대〉와 KBS관현악단을 이끌며 '불나비사랑'과 김상희, 문정선, 이용복을 견인하였고 남진, 나훈아, 주현미라는 걸출한 가수를 빛나게 한 '님과 함께', '가지 마오', '비 내리는 영동교'의 남국인과 '끝이 없는 길', '새끼손가락', '옛 시인의 노래'로 선율의 미학을 증명한 이현섭, '아직도 그대는 내 사랑'이라고 주장하는 선 굵은 작곡가 원희명, 그리고 전천후 요격기인 박현진의 종횡무진과 미려한 메이저 곡의 진수를 보여준 이동훈의 '사나이 눈물'과 큰형님의 솜씨를 유감없이 보여 준 '숨어 우는 바람소리' 김민우, 그리고 트로트의 최고봉인 박성훈과 이호섭의 멈출 줄 모르는 고공비행, 언제나 복병인 '꽃을 든 남자'의 김정호와 '꽃바람 여인'의 김영철과 '오빠는 잘 있단다'의 조만호와 '못 잊을 사람'의 정의송, 변방에서 소리 없는 정복자 '당돌한 여자'의 임강현, 그리고 나하고 한 배를 타고 동거하는 최강산, 노상곤과 이충재는 차세대 성인가요를 능히 이끌 것이다.

호텔 그랜드 프린스 아까사카 Hotel Grand Prince Akasaka

아까사카에 비가 내리면 나그네는 미아가 된다. 겹겹이 내닫는 고가도로와 작은 건널목의 십자로 신호등이 비에 젖어 창백한 아까사카의 밤. 아까사카[赤坂]는 우리에게는 슬픈 역사를 지닌 곳이다.

서울로 치면 광교나 무교동 같은 곳이 아까사카인데 호텔 그랜드 프린스는 조선조 마지막 황태자인 비운의 영친왕 이은[李垠]이 볼모로 잡혀 와서 살던 곳이다. 일본은 이곳에다 무엄하게도 호텔을 만들어 한국을 일부러 비하했다. 망국의 한이 서린 아카사카의 프린스 호텔은 사방이 내처럼 이어진 인공연못이다. 볼모로 끌려온 1907년 당시 11세이던 영친왕에게 도망가지 못하니 꼼짝 말라는 경고의 표시였을까?

나는 2008년 1월 20일에도 한일 간의 음악저작권 상호관리를 위하여 콤카와 자스락의 상호관리계약을 조인하려 일본에 갔고 이틀을 그랜드 프린스 호텔에서 묵었다.

2009년 11월 17일부터 20일까지 나흘간 세계 음악저작권관리 단체 연맹이라 할 시

노래로 연 나의 세상

삭 회원국 중 아시아 태평양 22개 국가의 심포지엄이 때마침 열리는 일본음악저작권협회인 자스락 70주년 기념행사에 맞춰 일본에서 열렸고 나는 콤카 국제부 직원인 최종철 과장과 둘이서 콤카를 대표하여 회의와 리셉션에 참석하였다.

하네다 공항에 내린 우리는 택시를 타고 여장을 호텔 프린스에 풀었다. 2545호. 작년에도 이 방이었던 것 같다. 우연 치고는 너무도 기묘하다. 커튼을 걷자 거대한 평원. 빌딩숲인 도쿄의 숨 막히는 풍경이 나를 에워쌌다. 남산과 한강과 북한산이 지경을 알기 쉽게 구분 지어주는 서울이 너무도 고맙다는 걸 이곳에 와 보면 금세 비교하게 된다.

호텔 40층에 있는 레스토랑에서 값에 비해 양이 턱없이 적은 변변찮은 저녁을 때운 우리는 ACA(아시아 저작자협회)의 감사監事로 있는 진희방 씨에게 내일 가이드를 부탁한 뒤 잠자리에 들었다.

나는 비즈니스 석을 타고 갔는데 1등석에 탔던 가수 태진아를 만났다.

일본 만찬장에서 작사가 박지훈과

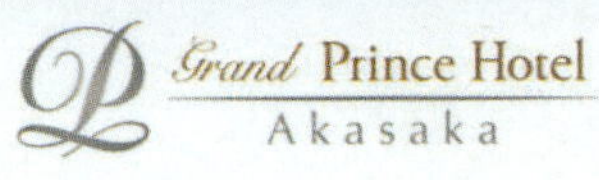

내가 뒤에서 "진아 형!" 하고 불렀더니 "어 병걸아, 웬일이야?" 하며 우리는 반가움을 피웠고 다시 만나자는 인사를 남긴 뒤 헤어졌는데 미쯔케[見附] 업소의 벽에 태진아 형의 포스터가 붙어 있어 얼마나 반갑던지……

이튿날 회의는 각국의 사무국 직원끼리 진행되었고 6시부터 있을 리셉션에나 나가면 되는 나로서는 무료함을 달랠 겸 쇼핑을 하러 시내로 나섰다. 진 감사와 나는 신주꾸[新宿]와 우에노에서 쇼핑했다.

신주꾸 서문에서 남방과 가디건을 싼 가격에 몇 점 산 뒤 우리는 호텔로 돌아왔다. 일본에 간다니까 고2인 아들 현제가 "아빠, 구찌 시마벨트 하나 사오세요." 하고 신신 부탁하여 구찌 가게에 들렀는데 4만 엔이나 하였다. 우리 돈으로 50만 원이 넘어 엄두도 못 낸 나는 씁쓸한 기분으로 돌아섰다. 아직은 고등학생에게 그런 비싼 물건은 사주고 싶지 않았다.

첫째 날 프린스호텔 1층 홀에서 열린 자스락 70주년 기념 리셉션에는 하토야마 유키오 일본 수상과 모리 전 수상 등 내외 귀빈 600여 명이 참석하여 축하연을 벌였다. 작년 상호관리계약 조인식 때도 현직 수상이 치사를 하여 부러웠는데 일본 내의 자스락의 위상과 음악저작자들의 대우가 어떠한지를 단적으로 웅변해 주는 컷이라 하겠다.

이틀간의 회의가 끝나고 만灣이 뚫린 선상에서 베푸는 만찬에 초대되었다. 자스락에서 선심 쓰는 〈청해루〉란 선상 식당에서 우리는 파도에 몸을 내맡기고 출렁이며 식사를 했다. 가라오케 시설까지 갖춘 규모 있고 운치 있는 자리였지만 가벼운 배 멀미에 음식이 코로 들어가는 것 같았다. 튀김을 싫어하는 나는 연이어 나오는 덴뿌라의 느끼함에 질려야 했다. 오키나와 원주민의 전통 공연이 있다기에 잔뜩 기대를 했는데 달랑 남녀 두 명이 나와 음정도 박자도 단순하기가 그지없어 실망했고 공연은 레퍼토리를 바꿔가며 30분이 넘게 진행되었지만 지루함에 나는 밤바다와 풍경을 카메라에 담으며 무료함을 달랬다.

노래로 연 나의 세상

최종철 과장은 동석한 야목무수野木武壽 자스락 상무와 국제부 부장인 여자 직원 산안령자山岸玲子에게 영어로 서로의 궁금증을 풀곤 했지만 내게는 하릴없는 잠꼬대 같았다.

자스락은 호텔 방에서도 일본 사무라이가 칼을 안은 빨간 보자기를 선물로 준비해 두더니만 배에서도 헤어질 때 역시 손수건만한 크기의 물고기 그림의 보자기를 하나씩 주었다. 치사하게 쫀쫀하기는…. 호텔로 귀가하는데 겨울비가 거대한 빌딩숲에 나비처럼 내렸다.

미리부터 호텔 라운지에 기다리던 진희방 감사와 우리는 아까사카 미즈게로 갔다. 길 잃은 바람처럼 여기저기를 쏘다니다가 작년에 갔던 주점을 찾았다.

자기 신발은 신발함에 넣고 열쇠를 챙겼다. 마치 찜질방의 옷과 소지품을 갈무리는 네모 난 사물함을 보는 것 같은 주점의 낯설지 않은 풍경에 "젠장 작년과 똑 같구먼, 시끄럽게 떠드는 손님들도 똑 같고." 나의 푸념을 진 감사는 빙그레 웃으며 "일본이 도덕적이라 생각하시죠? 천만에요. 여기도 개판이에요." 하고 우리를 웃겼다.

진 감사는 향수를 달래려고 우리를 오래 붙잡아 두려고 했지만 낮에 돌아다니고 배멀미까지 한 탓이었는지 피로감이 엄습한 나를 보고는 자리를 털었다.

음악이 세계의 공통언어라고는 하지만 어느새 하나가 되어 저작사용료를 상호관리해 주는 시스템으로 진화했는지, 그 덕에 팔자에 없는 호사스런 역마, 도쿄에 와서 내가 시삭이나 아스캅(MACP), 빔(BIEM)의 코쟁이들과 까무잡잡한 동남아 사람들과 한데 어울려 공동의 이익을 논의하다니 참으로 알 수 없는 게 인생이던가. 그날따라 겨울비는 밤새도록 아까사카를 적셨다.

고락을 함께 한 지명길 회장과 콤카 선거

두 번을 졌다. 이번 만큼은 다 이긴 줄 알았는데 졌다. 신상호와 김병걸과 지명길 셋이서 한 패가 되어 싸웠는데 졌다. 전략의 실패였다. 별 볼 일 없이 봤던 정태호가 83표를 가져가다니, 어부지리로 유영건이 19대 회장 자리를 주웠다.

말도 안 되는 이 결과에 한동안 말을 잃어야 했다. 나는 아무 직위에도 출마하지 않고 나를 올인했다. 마포에다 차린 엘리뮤직도 팽개치고 그래서 이명주와 노상철이 하고 원수가 되다시피 했는데 졌다.

그로부터 3년 후 기어이 이겼다. 기어이 해내고야 말았다. 삼 세 번의 도전 끝에 "제20대 회장에 지명길!" 정진성 선관위원장의 발표가 사학연금공단 대강당에 울려 퍼졌다. 나도 선출직 이사에 두 번째 많은 표로 당선했다. 절치부심의 승리였다.

나와 지명길 회장은 사단법인 한국음악저작권협회의 선거를 세 번 치르면서 한 몸이 되어 생사고락을 같이 했다. 첫 번째 선거는 제18대 집행부를 뽑는 1999년 12월이었고 지 선배는 회장으로 나는 감사로 출마하였다. 낙원동에 선거 캠프를 차린 우리는 당시 현직 신상호 회장이 미는 김영광 후보와 젊은 가요작가들이 내세운 김명곤 후보와 3파전의 사투를 벌였다. 결과는 지명길 회장후보가 아쉽게도 근소한 표차로 2등에 머물렀고 러닝메이트였던 나만 커다란 표차로 감사에 당선했다.

이미 고인이 된 선거박사 최남구 씨가 참모장으로 지휘한 이 선거에서 나와 지명길 후보는 발바닥이 닳도록 유권자를 만났고 녹초가 되어서야 귀가하곤 했다.

김영광 회장은 임기동안 지부 비리를 척결하는 등 많은 업적을 남겼지만 승계 받은 감사를 포함한 세 명의 감사와 이사 4명, 수 명의 지부장이 옷을 벗는 등 영일이 없는 임기를 보냈다. 나는 성역 없는 지부 실사를 위해 회원으로 구성된 지부실사팀 50명의 명단을 짜서 회장에게 넘겨주었고 사특한 자들의 간악한 음모에 실망하며 차제에 잠복하고 있는 협회 내의 모든 부정과 악습을 일소해 줄 것을 회장과 담판 짓고 가까운 동

노래로 연 나의 세상

료들과 상의 끝에 사표를 던졌다.

지명길 선배는 와신상담의 세월을 보내며 차기 선거를 겨냥했고 나는 그런 선배를 지켜보면서 언제나 마음이 아렸다. 더구나 나만 당선하여 죄송했다. 감사직을 사임한 뒤 자연인으로 돌아간 나는 지 선배에게 미안했던 빚을 던 것 같아 한편으로는 홀가분하기도 했다.

콤카의 임원 개선 선거는 무수한 변수와 전략을 요하는 고도의 선거다. 오죽하면 국회의원 선거판보다 더 치열하고 머리 아프다고들 말할까. 콤카 정회원 전원이 유권자인데 2009년 현재 유권자는 800여 명에 이른다.

선거판을 세상의 축소판이라 누가 그랬던가. 세상을 알려면 선거를 해보고 사람을 알려면 후보자가 되어보라는 말이 허언은 아니었다. 나는 콤카의 선거를 여러 번 치르면서 많은 것을 배우고 경험했다. 지난날 내가 감사직을 그만두면서 협회의 비전을 제시하는 『따로국밥집 사람들』이란 책을 만들어 전 회원들에게 배포한 적이 있는데 그 책에서 나는 〈똥도 한 표 금도 한 표〉란 컷으로 콤카 선거의 실상을 폭로한 바 있다.

4년 주기로 돌아오는 콤카 임원선거는 회원들에겐 잔치였고 후보자에겐 악몽이다. 순정한 한 표가 대다수이겠지만 누가 회장이 되건 아무 상관이 없는 회원들 때문에 선거는 늘 돈이 들어갔고 회원들은 그런 상황을 은근히 기대하며 혼탁선거를 부채질했다. 선거 캠프가 차려지는 낙원동에 가보면 유권자의 유세가 얼마나 대단한지 적나라하게 목도目睹한다. 투표권을 가진 정회원들의 존재 확인과 유세 떨기 시즌이 되면 낙원동은 회원들의 팔자걸음이 휘청대고 초조한 후보자들의 표심잡기 전쟁이 벌어진다.

"차라리 가위표가 편해, 세모표가 제일 미워."

이구동성으로 하는 후보자들의 말이다.

콤카의 역대 회장 선거는 삼파전이 많았다. 내가 참모로 참여하기 시작한 정성수, 정두수, 신상호의 삼파전인 제15대가 그랬고 지명길, 김명곤, 김영광이 격돌한 제18대, 지명길, 유영건, 정태호가 혈투를 벌인 제19대, 그리고 지명길, 신상호, 박영걸이 건곤일척의 승부를 겨룬 제20대가 그랬다.

드디어 두 번째의 출사표를 던졌다. 이미 제18대 선거에서 김영광, 김명곤과 함께 삼

작사가 지명길

파전이란 피곤한 전쟁을 치러본 우리는 지난날 야권의 분열이 낳은 참담한 결과를 상기하면서 약세로 보이는 정태호 후보의 출마 포기를 백방으로 종용했다.

표의 성격상 정 후보가 사퇴하면 지명길 표로 흡수되는 수십 표(나중에 뚜껑을 열고 보니83표)를 잡기 위해 회장 후보와 채희성 씨와 나는 정 후보를 설득하려 하였지만 이미 수십 명의 볼모가 된 그는 자신의 거취를 본인의 의지대로 움직일 수가 없는 처지였다.

종로 2가 YMCA 1층 레스토랑에서 두 차례에 걸친 나와 정 후보의 단독협상은 거리를 좁히지 못했고 급기야는 선거에서 제3 후보에게 어부지리 당선을 안겨 주고 말았다. 83표란 많은 표를 계산하지 못한 오판과 정 후보를 얕본 교만의 벌은 너무 아팠다. 포스트 지명길인 나는 지 선배와 함께 4년을 야인으로 지내며 다음번에 내가 나가든 지선배가 나가든 삼 세 번의 도전을 준비해야 했다.

세월은 유수였다. 아픈 기억을 뒤로하면서 영욕을 함께하는 지 선배와 나는 회원들의 대소사를 일일이 챙기며 공을 들였고 지 선배는 내가 예상한 이상의 정성과 노력으로 표심을 잡아 나갔다. 지 선배는 씩씩했다. 그리고 침착했다. 나 같았으면 두 번 떨어지고 세 번 도전은 언감생심이리라. 연로한 나이를 무색케 하며 지 선배는 간간이 내 사무실에 들러 이번엔 절대로 실패 안 한다며 자신감을 보여 나를 안심시키곤 했다.

기도가 하늘에 닿았던 걸까. 나를 우참모로, 정성헌을 좌참모로 하는 캠프는 사력을 다했고 진검승부의 날이 다가오고 있었다.

선거하는 날 분위기가 좋았다. 느낌이 꽂혔다. 비록 2차전까지 가는 혈투였지만 예상대로 우리는 무난히 승리했다. 삼 세 번의 도전을 가능케 한 밑바탕은 오로지 지명길 회장 자신의 꿋꿋한 신념이었다. 좌절하지 않고 내일을 준비하는 노력과 포기하지 않는 불굴의 정신이 승리의 원동력이었던 것이다. 당선 선포 방망이가 땅땅땅 세 번 울린 뒤 곧바로 회장 당선자와 나는 합정동 내 사무실로 자리를 옮겨 촛불을 밝히고 축

노래로 연 나의 세상

하 케이크를 잘랐다.

그날의 발문跋文 청탁

아우야, 김순곤아.
내 이번 참에 울음 하나 보낸다.
세상에 나가는 내 부점 없는 희망을 너는 안다.
발문 부탁하니 속히 보내주렴.
어차피 죽으나 사나 너와 나는 이 나라 이 땅 아픔 같은 곳에서
쿵짝이 맞아야 할 동지가 아니더냐.
네 살내 나는 말이 그리운 날 저녁.

2003. 10. 8 우형 병걸

알고 보니 기관원이 아니라 방위병

"잊을 수가 있을까, 잊을 수가 있을까. 이 한 밤이 새고 나면 떠나갈 사람~~"
노래는 언제나 구성졌다. 마이크를 입에 바짝 갖다 붙인 강석의 노래는 착 가라앉는 저음을 자랑하며 장내를 울렸고 모자 밑에 감춘 표정은 일류가수를 뺨쳤다. 배호의 '안개 낀 장충단공원'에서 출발하여 나훈아의 '잊을 수가 있을까'로 마침표를 찍는 그의 공연은 매번을 들어도 지겹지가 않을 만큼 수준급이다.
나는 손을 들어 조심스럽게 힌트를 주며 이번 곡이 마지막이기를 바랐지만 눈치를 못 챈 석이 형과 우리 테이블의 분위기는 '앵콜'을 외치는 일사천리였고 기어이 내가 염려

하던 불상사가 일어나고 말았다.

띠이잉. 뒤에서 날아온 양주병은 나의 머리를 강타했고 피가 튀어 올랐다. 이호섭과 신웅은 미사일처럼 테이블을 날아갔고 뒤엉킨 서부활극은 10여 분간 계속되었다. 아수라장. 술상이 엎어지고 여기저기서 비명이 터졌다.

내가 한남동 순천향병원에서 열일곱 바늘이나 머리를 꿰매고 2시간가량 링거를 맞고 나온 시각은 새벽이었다. 아침 안개를 가르며 달려간 곳은 용산경찰서. 보호실 안에는 이호섭과 신웅이 걱정스런 눈빛으로 나를 바라보았고 나는 취조 형사에게 사건 전말에 대한 중계방송을 했다. 잠시 후 신웅 형의 형수와 이호섭의 부인이 달려왔고 합의금을 상대측에게 건넨 뒤에야 귀가조치를 받았다.

한남동에서 UN빌리지로 가는 언덕배기에 〈필하모니〉란 단란주점이 있었는데 무명가수가 하는 가라오케 술집이었다. 당시로선 노래반주기가 나오지 않았던 시절이었고 일본에서 개발한 레이저디스크엔 우리나라 노래가 풀 오케스트라 반주로 녹음되어 있었다. 이 LD플레이어는 드물게 서울에 몇 개 업소에 설치되어 있어 그 인기가 대단했다.

방송인 강석과 친구인 이광열, 코미디언 김창준, 가수 신웅, 작곡가 이호섭, 그리고 나. 우리 일행 여섯은 내가 엮은 사이로 가끔 어울렸고 사건이 난 그날도 필하모니에서 놀았다.

원탁 테이블이 다섯 개 정도 놓인 술집은 홀 안쪽 끝에 가라오케 시설이 있었고 우리는 마이크를 독점한 채 신나게 놀고 있었다.

우리 뒤의 테이블에선 우리보다는 나이가 한참은 어려 보이는 청년 서넛이 아까부터 불만을 쏟아내며 투덜거리고 있었다. 드디어 참지 못한 누군가가 말했다.

"거 @@ 방송에 나오면 다야. 우리도 좀 부르자고. 마이크 전세 냈어!!"

나는 톤이 높아가는 그들의 시비에 신경을 곤두세우며 이호섭에게 "야, 분위기가 심상찮다. 석이 형 이번 곡만 하고 내려오라고 해라."

그러나 나의 충고는 전달과정에서 흐지부지돼 버렸고 분위기는 안타깝게도 석이 형

노래로 연 나의 세상

의 다음 곡을 준비하고 있었다. 날선 고성이 튀었다. "우리가 누군 줄 알아. 너희들은 이제 죽었어. 야, 이 자식들아 우리가 안기부 요원이야. 혼 좀 나봐라, 개@@@놈들!"

하나 둘 셋 넷 술병이 날았다. 그 중 하나가 피한다고 머리를 숙이는 나의 뒤통수를 때리고 말았다. 기어이 한여름 밤의 난투극이 벌어졌고 우리는 용감무쌍했다. 나는 이호섭과 신웅이 그렇게 몸이 날쌘 걸 짐작도 못 했다. 그들은 묵사발이 되었고 그 중 한 명은 앞 이빨이 왕창하는 부상을 입었다.

연락을 받은 인근 파출소에서 달려왔고 그런 와중에 우리는 싸움에 끼지 않았던 강석 형을 잽싸게 피신시킨 뒤 파출소로 연행되었다.

사건에 대해서는 나의 부상과 그들의 부상을 서로 상계하기로 합의하고 더 많이 다친(?) 그들에게 300만 원이란 거금을 합의금조로 건넨 뒤 신웅과 이호섭, 김창준은 풀려났다. 물론 방위병들 또한 내가 용서한다고 합의서를 써준 뒤 귀가조치를 받았다.

내가 병원에 있던 그 시각. 장모님께서 작고하셨다. 나는 서둘러 용산서로 가서 이 사실을 알렸고 사건을 서둘러 합의를 본 뒤 우리 일행은 교문리 상가로 헐레벌떡 달렸다.

지금도 만나면 우리는 그때의 일을 떠올리고 허풍을 떨다 낭패당한 방위병들을 안주 삼는다. 이제 그들도 어디선가 우리처럼 그날을 되짚을까?

석이 형은 오늘도 천구의 목소리를 자랑하며 최고의 방송인으로 우리 곁에 우뚝하고 이호섭이도 방송인으로 변신하여 잘 나가고 있고 신웅 형은 '무효'로 왕성한 활동을 하다가 본인의 노래 대신 싹수가 보이는 아들 신유를 잘 키워 '시계바늘'로 주가를 올리고 있다. 그리고 김창준은 방송을 떠나 개인 사업에 몰두하고 있다.

벌써 20년이 다 되어가는 그날의 사건. 먼저 시비를 걸고 안기부요원이라고 뻥을 친 이들은 알고 보니 보안사에 근무하는 방위병들이었다. 그날 불렀던 석이 형의 노래처럼, "잊을 수가 있을까, 잊을 수가 있을까. 이 한 밤이 새고 나면 떠나갈 사람~~."

〈2008. 9. 20.〉

세월도 비켜가는가? 팔십다섯의 연세에도 송해 선생의 노래는 우렁차고 마디마디 열정이 가득 찼다. 세계 방송사상 최고령 사회자인 선생은 진정한 예술가가 어떤 모습인가를 확실하게 보여주었다. 2011년 9월 12일 추석 차례를 지내고 필자는 전날 선생께서 주신 티켓을 들고 공연장으로 갔다. 3시부터 있을 공연에 장충체육관은 1시부터 열기가 후끈 달아올라 있었다.

— 〈추석날의 송해 빅쇼 〈나팔꽃 인생 60년〉〉 본문 중에서

07

오선지에 없는 풍경들

작사가들의 전남 지역 팸투어

2009년 9월 20일 전라남도(도지사 박준영)에서는 전남 지역을 관광하고 전남을 홍보하는 시나 노랫말을 써달라며 작사가들을 초정했다. 전남관광협회에서 전세버스와 안내원 등을 지원하는 〈전남 팸투어〉는 서울 잠실역 롯데백화점 앞에서 아침 8시에 출발하여 오후 2시에 고구마 밭이 눈에 많이 띄는 영암을 지나 강진에 도착하였다.

작사가 김주명, 노왕금, 김동주, 박지훈, 이건우, 하지영, 정혜경, 강은경, 이재경, 김영아, 그리고 편곡가인 오석준과 박강영 및 나와 콤카 기획부 김수근 팀장 등 14명의 일행은 강진에서 전남도청 관광정책과의 김신남 담당관의 안내로 한정식 식당에서 상다리가 휘어지는 점심을 대접받고 금번 팸투어의 성격과 일정에 대하여 브리핑을 받았다.

"전남은 우리나라 삼천리 방방곡곡에서 가장 다채로운 이야기가 숨 쉬는 고장이다"라고 박준영 지사는 『한번 가다 아홉번을 가다』란 자신의 책에서 이야기로 찾아가는 남도의 산하와 풍물을 소개하고 있다. 겨울 남도에 가서 홍어애를 넣은 보릿국을 먹어 본적이 있느냐고 유혹하는 남도의 전설을 찾아 우리는 해풍에 출렁이는 남도를 달렸다.

강진군청과 인근하고 있는 〈모란이 피기까지〉의 영랑 김윤식의 생가와 만개한 상태로 꽃송이를 떨어뜨린다는 1만여 그루의 자연 동백이 군락을 이룬 백련사를 들렀다. 아

작사가 회원 초청 팸 투어 일정표

일시	시간			내용	비고
	부터	까지	소요		
8/20 (목)	08:00	13:00	5H	서울 (잠실 롯데월드 앞) → 강진	전용버스
	13:00	14:00	1H	중식(강진 한정식)	청자골식당 433~1100
	14:00	14:20	20′	식당 → 백련사	
	14:20	14:40	20′	백련사 관람	
	14:40	15:20	40′	백련사 → 다산초당오솔길, 다산초당	
	15:20	16:10	50′	다산초당 → 완도관광호텔 이동	관광호텔 552-3005, 010-5213-9400
	16:10	17:30	1H20	온천 및 휴식	
	17:30	19:00	1H30	만찬	청실횟집 552~4559
	19:00			휴식	
8/21 (금)	06:40	07:30	50′	조식 및 체크아웃	관광호텔 전복 미역국
	07:30	08:00	30′	완도 관광호텔 → 여객터미널 이동	
	08:00	08:45	45′	청산도 이동	여객선터미널 552 - 9388, 010-9441- 9388
	08:45	12:00	3H15	청산도 도착 및 청산도 슬로시티 일주 " 서편제, 봄의 왈츠 촬영지 등 " 청산도 슬로시티 느림의 미학 산책 즐기기	
	12:00	13:00	1H	중식	실비식당 554 ~ 7775
	13:00	15:20	3H	청산도 여행	
	15:20	16:05	45′	완도행 여객선 승선 및 출항 / 도착	
	16:05	20:30	5H30	완도 → 서울	전용버스

* 담당자　정한로(010-5602-9874) 박영철 기사님(011-9220-3890)

름다운 경내에서 너도 나도 플래시를 터트리고 등산로를 따라 산을 하나 넘으니 유배생활을 수많은 저서로 승화시킨 정약용 선생의 다산초당이 거기 있었다.

일행 중 김영아는 슬리퍼를 신고 와서 보는 이의 마음을 조이게 하였으며 강은경은 하이힐을 신은 채 오리五里는 족히 됨직한 산을 아슬아슬하게 넘는 기염을 토했다.

해남의 땅끝 마을 표지판을 옆으로 끼고 일제 강점기 때 바다를 매립하여 간척한 끝없는 들판은 바다와 육지의 경계를 지웠으며 풍요한 들판 못지않게 이 고장 사람들의 인심 또한 후덕하기 그지없다는 안내원의 자랑을 따라 두 번째 행선지는 장보고의 청해진이 있었던 완도로 향했다.

완도관광호텔에 여장을 푼 우리는 경관이 뛰어난 남도의 정취에 감탄하며 정한로 담당관과 완도군청 직원의 친절하고도 융숭한 접대에 피로를 씻었다.

노래로 연 나의 세상

다음날 아침 전복 미역국에 아침을 만 우리는 카페리호 여객선을 타고 청산도青山島로 1시간을 달렸다. 뱃멀미를 할까봐 키미테를 붙이고 배에 오른 나는 사방이 섬으로 둘러싸인 바닷길을 감상하며 아름다운 환상의 섬 청산도로 향했다. 청산도에서 묵은 김치를 곁들인 고등어조림으로 점심을 때운 우리는 해바라기밭이 그림처럼 아름다운 언덕, 드라마 〈봄의 왈츠〉와 영화 〈서편제〉를 촬영했던 당리 언덕을 올랐다. 여안내원의 구성진 입담에 넋을 놓으며 바다가 내려다보이는 소나무 숲에서 황동규 시인의 〈풍장〉이란 시를 들으며 풀무덤 〈초분〉을 구경했다.

쪽빛 바다가 일품인 신흥리해수욕장은 2주전 텔레비전의 〈1박2일〉팀이 프로그램을 찍었던 곳으로 수심의 차가 완만하여 백사장을 거느리고 있어 우리는 이구동성으로 내년도 여름 피서지로 낙점했다.

조약돌을 옹기종기 포개놓은 해 뜨는 마을 진산리해수욕장과 다랑이 논이 90층을 이룬다는 당리마을을 끼고 섬 이 쪽 저 쪽을 둘러본 우리는 청산도에 마음을 몽땅 빼앗겼다. 슬로시티로 지정되어 느려서 아름답고 불편해서 오히려 행복한 섬, 황소의 눈마저도 조요로운 청산도는 오랫동안 기억을 지배하리라.

필자의 상상보다 규모가 크고 아름다운 완도 읍내와 신이 만든 걸작품인 청산도를 뒤로하고 함평에서 한우고기로 만찬을 즐기며 각자 여행담을 한 마디씩 토하고 버스에 올랐다. 서해안고속도로가 끝나고 경부고속도로를 만나는 풍세 톨게이트를 막 지난 지점에서 덜컥 버스가 고장이 났다.

낮에 다산초당을 내려와 가게가 있는 진입로에서 때마침 도로확장공사로 시멘트를 발랐는데 주위를 살피지 않은 강은경이 하이힐을 신은 채 두 발을 빠져 본의 아니게 영역 표시를 하고 말았는데 그 광경을 지켜본 필자는 '선 채로 이곳에'와 '선 채로 이곳에 꽃이 되어'를 제목으로 달았고 김영아는 '걸을 수 없는 너'라고 표현하여 좌중을 웃겼다.

그래서 그랬는지 버스가 더 이상은 걸을 수 없게 되고 말아 우리는 말이 씨가 되었다며 한 바탕 웃었고 강은경의 실수가 사고를 암시한 거였다며 분석 아닌 분석으로 무료함을 달래기도 하였다.

한참을 그렇게 버스에 갇혀 있다가 자정을 넘어서야 지나던 관광버스의 도움으로 서울에 올 수 있었다.

'물레방아 도는데' 노래비 제막식

2005년 11월 25일 경남 하동군 고전면 성평리 주교천변에 선 이 고장이 낳은 걸출한 작사가 정두수 노래비 제막식을 가졌다.

서울에서 가수 진송남 씨와 이필원 씨, 작곡가 임종수 선생과 나, 그리고 (주)문화창업투자의 김운태 사장과 가수 김세환 씨의 장인 되시는 하동 출신의 전 청와대 비서관 이명화 회장님과 작곡가 이충재 등 축하객인 우리 일행은 전날인 24일 하동에 도착했다.

  이날 행사에서 한국가요작가협회가 수여하는 공로패를 협회장을 대신하여 동(同) 협회의 이사인 내가 전달하였다. 이날따라 아침부터 비가 내렸고 비가 개자 황사가 심하여 눈을 제대로 뜨기가 힘들었다. 이곳 하동이 지역구인 한나라당 박희태 국회부의장은 한사코 자기는 서열 2위의 부의장이니 부(副)자가 아닌 향우회장이나 추진위원장이 먼저 축사를 해야 순서라며 좌중을 웃겼다.

  선생이 태어나신 성평리 마을을 등 뒤에 두고 솔밭과 개울이 운치를 자아내는 도로 옆에 백여 평의 부지를 조성하여 나훈아의 대표곡인 ‘물레방아 도는데’와 진송남이 부른 ‘시오리 솔밭 길’ 두 개의 노래비가 나란히 세워졌다. 노래비 하단에 선생의 약력이 새겨지고 글귀 속에는 영광스럽게도 내 이름 석 자도 선생께서 배출한 걸출한 작사가라고 적혀 있다.

  본명이 정두채인 선생은 서라벌예대 문창과를 나와 1962년 방송가요 ‘즐거운 여름’과 ‘포플러가 있는 길’ 등을 발표하면서 작사가로 데뷔했다.

  1966년 ‘덕수궁 돌담길’을 시작으로 본격적으로 가요계에 뛰어든 선생은 이후 당대 최고의 작곡가인 박춘석과 콤비를 이뤄 ‘흑산도 아가씨’, ‘마포종점’, ‘하동포구 아가씨’, ‘가슴 아프게’, ‘물레방아 도는데’ 등의 노래와 ‘과거는 흘러갔다’, ‘마음 약해서’ 등 우리 가요사에 화려한 페이지를 장식하면서 주옥같은 작품을 남겼다.

1969년부터 1985년까지 〈정두수작사교실〉을 열어 김지평, 정태권, 박영아, 김병걸 등 후학을 양성하였고 각종 언론사에서 주는 작사상을 수십 차례 수상하였다. 선생의 노래비는 현재까지 전국 9곳에 세워져 있다. 이날 세워진 노래비의 두 곡이다.

돌담길 돌아서며 / 또 한 번 보고/징검다리 건너갈 때/ 뒤돌아보며/ 서울로 떠나간 사람/ 천리타향 멀리 가더니/ 새 봄이 오기 전에 잊어버렸나/ 고향의 물레방아/ 오늘도 돌아가는데 두 손을 마주잡고/ 아쉬워하며/ 골목길을 돌아설 때/ 손을 흔들며/ 서울로 떠나간 사람/ 천리타향 멀리 가더니/ 가을이 다가도록 소식도 없네/ 고향의 물레방아/ 오늘도 돌아가는데

－정두수 작사, 박춘석 작곡, 나훈아 노래 '물레방아 도는데'

솔바람 소리에 잠이 깨이면/ 어머니 손을 잡고/ 따라나선 시오리 길/ 학교 가는 솔밭 길은/ 멀고 험하여도/ 투정 없이 다니던 꿈같은 세월이여/ 어린 나의 졸업식 날 홀어머니는/ 내 손목을 부여잡고 슬피 우셨소/ 산새들 소리에 날이 밝으면/ 어머니 손을 잡고/ 따라나선 시오리 길

－정두수 작사, 김준규 작곡, 진송남 노래 '시오리 솔밭 길'

아, 선생이시여

지리산이 높아 당신을 일으켰나

섬진강이 맑아 당신을 비추셨나

한 줄 시를 뱉어내니 천하명창 가락이요

두 줄 시를 엮으시니

사연마다 드라마라

어느 서사신들 당신과 견주리까

하동은 팔십 리

포구는 천 년일세

보소 보소

삼백 리 한려수도 가는 배야

지리산 낙락장송 노을만 싣지 말고

섬호정 병풍 같은 바람만 싣지 말고

막걸리 사발 같은 우리 선생 만든 노래

하동포구 아가씨도

함께 데려가주오

—김병걸의 시 〈정두수〉중에서

추석날의 송해 빅쇼 〈나팔꽃 인생 60년〉

세월도 비켜가는가? 팔십다섯의 연세에도 송해 선생의 노래는 우렁차고 마디마디 열정이 가득 찼다. 세계 방송사상 최고령 사회자인 선생은 진정한 예술가가 어떤 모습인가를 확실하게 보여주었다. 2011년 9월 12일 추석 차례를 지내고 필자는 전날 선생께서 주신 티켓을 들고 공연장으로 갔다. 3시부터 있을 공연에 장충체육관은 1시부터 열기가 후끈 달아올라 있었다.

엠케이엔터테인먼트와 문화저널21이 주최하고 KBS에서 특별 후원하는 〈나팔꽃 인생 60년 송해 빅쇼〉는 포스터에 "황혼의 슈퍼맨, 우리 부모님의 건강 멘토"라고 적힌 선생의 마이크를 잡은 환한 미소와 함께 사회자 이상벽의 사진이 있다.

문전성시를 이룬 2층 체육관 앞에는 축하 화환 수백 개가 도열해 있었고 삼삼오오로 가족들과 친구 분들이 짝을 지어 입장하였다. A석이 12만 5천 원이나 하는 고

▼

김상희, 송해 선생님과

가였지만 만석이었고 인터파크에서 티켓을 판매한 이틀간 4회 공연의 표가 매진될 정도로 공연은 대박이었다. 박경덕이 대본을 쓰고 신승호가 연출한 빅쇼는 양희봉의 14인조 악단과 최우철 민속악단이 동원되었다.

필자가 작사한 선생의 히트송 '나팔꽃 인생'의 멋진 연주와 함께 이상벽의 사회로 무대를 연 이날 공연은 6·25사변으로 피난민이 된 부산을 무대로 선생은 '굳세어라 금순아'를 시작으로 '경상도 아가씨'와 '이별의 부산정거장'을 열창했다. 여느 가수보다 더 맛깔났다. 나이를 무색하게 한 힘찬 노래는 관중을 매료시켰고 작은 체구임에도 무대를 장악했다.

그 옛날 악극단 시절에 하이라이트였던 기생 홍도의 비극적인 인생을 그린 '사랑에 속고 돈에 울고'에서 검사역인 홍도 오빠로 분장한 선생의 연기는 홍도 역 정세진의 리

♩♪♫
노래로 연 나의 세상

얼한 연기와 변사 김태랑의 구성진 대사와 함께 향수를 부르며 체육관을 숙연하게 만들었고 '홍도야 울지 마라'를 목이 메어 부를 땐 객석도 따라 울었다. 필자는 혹시나 선생께서 가사를 까먹진 않을까 염려되어 간을 졸였는데 역시 선생은 암기의 달인이셨다. 선생께서는 필자의 기우를 떨치며 노래마다 정확한 가사를 전달했다.

이어 후배 코미디언 이용식, 엄용수, 김학래와 함께 배꼽을 잡게 만든 희극을 선보였고 우정출연을 한 박상철과 김용임의 히트송 퍼레이드와 국악 신동 곽나영의 무대도 눈요기를 채우기에 충분했다. 말미에 선생께서는 아코디언 주자인 유을성의 반주를 리드하며 즉흥곡으로 '목포의 눈물'을 시작으로 '용두산 에레지'까지 무려 열대여섯 곡을 열창했다. 3시간가량 진행된 공연은 구성이 탄탄했으며 출연진 전원이 나와 '서울의 찬가'를 마무리로 빅쇼는 화려한 막을 내렸다.

아, 어느 가인이 있어 그 연세에 이처럼 큰 무대를 가질 수 있을 것이며 어느 연기자가 있어 이처럼 멋진 드라마를 연출할 수 있으리오. 천복을 타고난 선생이야말로 이상벽의 말대로 〈복제가 안 되는 이 시대 마지막 연예인〉일지도 모른다.

필자는 무대 위로 올라가 미리 준비해 간 꽃다발을 선생의 품에 안겨드렸다.

"와줘서 고맙다."

"선생님. 제 작품을 이렇게 멋지게 불러주시어 고맙습니다, 선생님 만수무강하세요."

송해 빅쇼는 2012년에도 세종문화홀에서 막을 올렸고 전국 투어를 했다.

메들리 열풍 20년, 영화 같은 내 청춘

이 땅에 메들리medley 음악이란 신조어新造語가 생겨나고 폄훼貶毁된 표현으로 소위 리어카장사 또는 보따리장사로 불리던 〈메들리〉는 1983년부터 2003년까지 20년 동안 성인가요成人歌謠의 소비와 홍보를 견인한 음반시장의 어엿한 주류主流다.

2009년 현재도 고속도로휴게소의 음반 매점이나 지방 유원지 또는 레코드숍에서 소

량으로나마 명맥을 유지하고 있는 메들리는 과거 단일 타이틀의 낱개물에서 2박스 또는 4개의 시디를 단일 품목으로 편집한 세트물로 변화하여 팔고 있다.

나는 오아시스레코드사를 퇴사하고 당시로선 황금시장이라 할 이 메들리에 매료되었고 기획자로서 메들리 열풍에 기꺼이 나를 던졌다. 이 무렵 메들리에 눈을 돌린 작품자는 많았으나 제작자가 아닌 음반사의 제작용역을 받거나 미리 자비로 마스터테이프까지만 제작하는 프리랜서 프로듀서로 활동한 사람은 김종한, 신철수, 한도, 김수환, 이동수 씨 등이 있다.

메들리를 제작하는 제작자로 상호를 가지거나 PD사로 직접 영업을 한 작품자로는 김민우, 김상길, 김준규, 남석현, 박성훈, 박종수, 안치행, 정진성 등이고 그 가운데서도 안치행, 박성훈, 김상길, 정진성, 남석현 등은 음반사를 차려 인기메들리를 많이 만들어냈다.

그러나 가수 섭외, 선곡, 음악 형태의 결정, 노래 취입 디렉팅, 편집과 음반 타이틀 짓기와 제작 및 발매음반사 결정, 때로 작품사용저작권 해결 등 메들리 음반 제작의 전체를 지휘하는 프로듀서는 몇 사람 안 되었다.

나는 한일음반, 시영음반, 새샘음반, 아리랑음반, 대지음반 등에서 주문을 받아 기획 또는 디렉터로 일했다. 내가 기획한 음반은 시장에서 실패하는 확률이 적었고 아리

노래로 연 나의 세상

랑음반의 〈안방메들리〉 시리즈와 새샘음반의 〈최신트로트가요〉 시리즈와 시영레코드사에서 발매한 김연숙의 〈디스코클럽〉과 〈고고클럽〉, 대지음반의 〈노래방24시〉와 〈뽕짝365일〉, 아리랑의 사투리 신곡메들리 〈팔도유랑〉과 〈팔도관광〉, 오아시스의 〈갑순이의 가요나들이〉 시리즈 등은 수만 장에서 수백만 장 이상의 판매고를 올렸다.

메들리를 기획하면서 발굴하거나 육성한 가수는 신웅, 진성, 주용아, 이민숙, 김민성이 대표적이다.

메들리란 뜻은 원래 접속곡 또는 접속혼성곡 편집이다. 끝음절 뒤에 나오는 코다^{coda}를 없애고 곡과 곡을 연결시킨 말하자면 리다(쉴틈)가 없는 20분~30분 분량의 기획음악을 말한다. 즉 '삼태기 메들리' 같은 형태가 바로 진짜 메들리다. 그러나 요즘 메들리는 그냥 단일곡을 리다만 없이 이어 붙인 것으로 메들리가 아니다. 구분하기 쉽게 메들리라고 말하는 것이지 용어를 정정해야 한다.

메들리의 출발은 '삼태기 메들리'다. 이후 일본에서 활동하다 귀국한 김연자가 1982년 3월 '노래의 꽃다발'이라는 이름으로 흘러간 노래를 엮었고 크게 히트했다. 이를 계기로 메들리 선풍이 불었고 각 음반사에서는 경쟁을 하며 히트송 모음집과 라이선스 판의 각종 메들리 제작에 열을 올렸다.

〈나훈아 메들리82〉, 〈이미자 메들리40〉이 나왔으며 심수봉의 〈노래의 천국〉, 김세레나의 〈민요메들리44곡〉, 〈박일남 앵콜송 메들리〉 등의 음반과 조영남, 은방울자매, 설운도, 조미미 등의 가수들도 메들리 대열에 동원되었다. 가요뿐만이 아니라 민요, 팝에까지 확대된 메들리는 라이선스 판인 〈Stars On45〉의 디스크에 비틀즈와 아바의 히트송 40곡씩을 담아 팝송 메들리도 출반되었다.

이어 35곡이 담긴 〈엘비스 프레슬리 메들리〉가 나오고 무려 111곡을 묶은 〈자이브 111메들리〉가 나오기도 했다. 또 차이코프스키, 모차르트 등의 교향곡과 피아노콘서트 등 59곡을 수록한 〈Hooked On Classic〉 클래식 메들리도 등장했다. 이밖에도 복음성가 메들리와 크리스마스 캐롤 송 메들리로 여려 종이 제작되었다.

그런가 하면 〈금지곡〉 메들리도 나왔으며 나는 월북 작사가들의 작품을 개사하여 음반을 내기도 하였는데 오아시스에서 제작되었고 나와 조운파 선배가 주로 개사改詞를 했다.

한편 맘모스음향(대표 손오현)에서는 이박사(이용석)에게 전주와 간주 및 오브리커트를 악기가 아닌 입으로 코러스 비슷하게 주 멜로디를 읊는 다소 엽기적인 음반 〈신바람 이박사〉로 공전의 히트를 쳤다. 발상의 승리였다.

정상적인 음악을 왜곡歪曲시킨다, 조악粗惡하여 국민의 귀를 속인다, 저급低級한 음악이다 등등 많은 비판 속에서도 메들리는 음반 유통과 수입의 중요한 장르genre로 자리매김 했다. 메들리계에 강자로 군림했던 가수는 주현미, 김연자, 신웅, 민승아, 주용아, 김란영, 김용임, 박진석, 나영이, 진성, 김혜연, 문희옥, 김준규, 유성민, 유상록, 김연숙, 유갑순, 강진, 조아애 등이 있다. 특히 주현미, 김용임, 김혜연, 문희옥, 강진, 김연자 등은 메들리가수에서 도약하여 큰 가수가 되었다.

메들리음반을 주력으로 제작한 기획사와 음반사로는 아리랑음반(손경태), 안타음반(안치행), 도레음반(남석현), 쌍쌍기획(김준규), 아성레코드(설용수), 맘모스음향(손오현), 혜승음반(김상길), 신레코드(신보현), 대음레코드사(김종구), 무학음반(이상호), OK레코드(김금복), 파워레코드(임장제), 세진레코드(홍금표), 시영레코드(문규현), 새샘음반(문병초), 현레코드(박현웅), 소리샘(김민우), 삼성음반(전수길), 월드음반(정찬용), 크라운음반(김병삼), 미산음반(김민배), 태평양레코드사(유지성), 노랫마을(정진성), 문화레코드사(신맹식), 훈상음반(이정영) 등이 활발하게 움직였다. 그런가 하면 프리 제작자로 서판석, 윤희상, 박종수, 한용진, 김흥대, 김화진 등이 간간히 따블을 제작했다.

메들리 음악을 레코딩하던 녹음실로는 청량리녹음실(채수근), 원남녹음실(김영배), 에이스녹음실(전영찬), 길동녹음실(김준규), 낙원녹음실(유지성), 성아녹음실(홍기성),

노래로 연 나의 세상

OK녹음실(김금복), 세진녹음실(김만규), 신당녹음실(채희성), 응암녹음실(정영두), 파워녹음실(임장제) 등이다.

　유통을 담당한 도매점으로는 봉소리사, 유진, 충남, 한양, 신레코드, 스마일, 국도, 서울 등 주로 청계천에 포진했다. mp3의 출현으로 음반산업이 몰락하면서 레코드 가게가 문을 닫았고 주로 불법복제 테이프를 팔던 리어카 상인도 철수해 버리면서 메들리 또한 겨우 목숨이나 부지하는 신세로 전락했다. 메들리 영화 20년 추억 속에는 독보적인 프리랜서로 활약한 나의 한시절이 있다.

카페 〈세월 따라 노래사랑〉 번개모임

　닉네임nickname이 재미있다. 낙화유정, 왕소리, 비비추, 여행, 풍류나그네, 흘러간옛노래, 황금의눈, 별천지, 봄생각, 전설, 돌콩, 비비인형, 대청봉, 조은소리, 달빛고향 등

음악 사이트인 〈세월 따라 노래사랑〉이란 온라인 카페의 회원 닉네임들이다.

대한민국의 난다 긴다 하는 아마 최강 가수들의 집합단체인 〈세월 따라 노래사랑〉. 이 카페는 회원 수가 그리 많지 않지만 노래깨나 한다는 전국 각지의 고수들이 전원 집합한 온라인 공간이다. 실력의 유무를 떠나 정식 가수는 아니기 때문에 '소리꾼'으로 이름 지은 이들은 남인수, 배호, 나훈아, 심수봉 등의 모창을 하는 소리꾼에서부터 진정으로 가요를 사랑하는 마니아도 더러 끼어 있다.

2010년 6월 11일 저녁. 잠실4단지에서 모인 카페 〈세월 따라 노래 사랑〉의 번개 모임은 실로 대단했다. 소리꾼 40여 명과 작곡가 송운선 선생, 작사가 정두수 선생, '매화 같은 여자'로 각광받고 있는 가수 최영주와 필자가 참석한 이날 모임은 멀리 경남에서 올라온 스님 두 분도 참석하여 분위기를 고조시켰다.

다음daum 카페에는 여러 가요 사이트가 있는데 4만 명의 회원을 거느린 〈트로트 가요방〉과 〈가요대백과〉, 〈트로트왕국〉, 〈트로트음악〉, 〈가요무대가요사랑〉, 〈가인들의 세상〉 등이 있다.

"저러다 집안 살림은 언제 하지요?"

노래에 미쳐 가요방 이곳저곳을 복수로 가입하여 놀이판이 벌어지면 만사를 제치고 쫓아다니는 주부 소리꾼들이 부럽기도 하고 걱정스럽기도 하다. 그러나 그건 필자의 기우일 뿐 이들 씩씩한 주부들은 알고 보니 모범 주부들로서 똑 소리 나는 노래 실력만큼 집안 살림도 알뜰히 챙긴다고 한다.

카페 〈세월 따라 노래사랑〉은 "옛 가요 사랑, 발굴, 보존, 홍보 카페"라고 창이 뜨면서 매뉴얼이 이채롭다. 우리 가요 100년사를 한눈에 알아볼 수 있게 가수들의 사진과 프로필, 동영상, 음반자료 등을 1966년 이전 가요와 이후 가요로 구분하여 자세히 소개하고 있다.

노래로 연 나의 세상

가요사적 측면에서 보면 대단히 높게 평가할 귀중한 카페다. 가요 작가인 송운선, 정두수, 김지평뿐만 아니라 가요평론가 박성서와 가요연구가 오태환의 방이 있고 '회원 가수방'과 '회원가수 MR방', '회원 노래 도전방' 등 즐길 수 있는 공간과 '한국가요사'와 '가요이야기'를 조명하는 방이 예쁘게도 꾸며져 있다.

필자는 모임이 있던 날 낮에 〈장충예술단공연〉을 구경하고 남인수 노래를 모창하는 이석현 법사의 차량에 배호의 모창 가수인 펠레와 키 큰 저음가수 풍류 나그네, 장충예술단의 꽃인 손영과 동승하여 잠실로 갔다. 저녁식사를 마치고 자리를 노래방으로 옮겨 아마 최강들이 벌이는 노래판을 구경했다.

참새가 방앗간을 마다하랴, 한 수 지도해 달라는 요청에 필자는 류기진의 '그랬다'와 "지난날 강가에서 꽃잎을 따서~"로 시작하는 배성의 '향수'를 열창, 만장의 박수를 받았다.

처음 만나는 얼굴이 대다수였지만 이들이 낯설지 않았다. 노래로 소통하는 그 뭔가가 서로에게 익숙함을 주었나 보다. 법명을 물어보진 않았지만 한 스님께서 송대관의 '큰소리 뻥뻥'이 18번이라며 멋들어지게 뽑았는데 이 노래를 쓴 사람이 필자라고 주위에서 소개하자 세상 좁다며 깜짝 놀라며 반겼다.

집으로 돌아오면서 생각했다. 저들이 있기에 내가 존재하는 이유가 생긴 거라고. 고마운 사람들. 〈세월 따라 노래사랑〉의 무한한 발전을 빈다. 〈2010. 6. 13.〉

※ 이 카페의 회원들은 〈노래따라 삼전리〉란 카페를 새로 만들어 2012년 1월 26일 종로 파노라마에서 명국환, 손인호, 신설남, 남백송, 백야성, 김광남, 박건, 금사향, 안정애, 한명숙, 김미성 등 원로가수들을 모시고 신년교례회를 성대히 치렀다. 이 자리엔 김지평 선배와 나도 초대되어 오찬을 함께 했다. 옛 노래에 관한 한 박사인 김진오 씨가 초대 회장을 맡았으며 이승진 씨가 제2대 회장으로 있다.

잡지 〈안동〉에 실린 기사

잡지 〈안동〉에서 연락이 왔다. 과천에 사는 김영희 객원 기자를 낙원동 찻집에서 만나 인터뷰를 했다. 안동사람의 삶과 생각을 담는 책. 향토 문화의 사랑방인 잡지 〈안동〉 통권 131호(2010년 11·12월) 38쪽~43쪽에 〈나도 안동 사람이다〉라는 페이지가 주어졌고 〈가요를 꿈꾸는 '안동 껑꺼이' 김병걸〉이란 제목으로 나를 소개했다.

「머그컵에 가득 담아주는 유자차를 보며 "먹을 게 있네! 촌놈은 역시 질보단 양이야." 하는데 역시 안동사람을 만났구나, 웃음이 났다.

상을 많이 받으시는데 상을 받을 때마다 좀 더 알려지고 명성이 높아지겠다고 했더니 "상이 스펙이라고 생각하지는 않는다."고 단호하게 말하면서 "창작을 하는 사람은 작품으로 말해야지 상이 그것을 대변해 주는 것이 아니다."」

나의 인터뷰를 실었다. 이 책에는 한경희 기자가 쓴 안동시 풍산읍이 고향인 〈아동 문학가 김종상의 고향을 찾아서〉와 이동백 시인이 엮은 〈낙강 제일의 경치 속에서 엉뚱한 화두에 갇히다〉도 실었다.

김복영 발행인 겸 편집인이 만드는 〈안동〉은 "안동인이 필요로 하는 읽을거리의 제공자로 향토문화와 지역 발전의 방향을 모색하는 제언자로 건전한 문화 활동과 수준 높은 창작을 위한 비판자로서의 역할을 통하여 궁극적으로는 안동발전의 디딤돌이 되고자 하며 이 같은 발간 이념의 실현을 위해 일체의 정치적 종교적 목적의 이용과 어떤 특정 단체나 개인의 편에 서기를 거부하며, 안동인의 보편적 품위를 지킴으로써 누구나 편히 읽는 책"이라고 적고 있다. 일개 지방에서 지명을 사용한 잡지책은 흔치 않다. 수많은 문화재와 문화를 가진 고장만이 누릴 수 있는 특권이리라.

제1회 한국전통트로트가요축제 축사

안녕하십니까? 먼저 이렇듯 귀한 행사를 추진하신 관계자 여러분의 노고에 충심으로 감사드립니다.

금번 행사로 말미암아 이 봄이 더 찬란할 것 같아 마음 뿌듯합니다. 미리 움을 튼 나무 가지마다 새순과 피는 꽃잎이 지나는 발길을 세우고 말을 건넵니다. "이 화창한 봄날에 당신은 무엇을 소망하고 누구를 찬양하느냐?"며 삶의 의미를 부여하려 합니다.

맑은 심성과 아름다운 생활을 위해서는 노래보다 더 만만한 장르는 없을 겁니다. 1993년 이 땅에 노래방이란 문화가 생겨 가요가 생활 깊숙이 뿌리 내렸습니다. 이제 우리의 일상에 노래반주기와 마이크 없이는 그 어떤 행사도 치를 수 없게 되어 가요의 중요성이 강조되고 있습니다.

우리 국민의 정서인 전통가요를 널리 보급하기 위하여 가요작가와 가수 그리고 가요를 사랑하는 일반 마니아까지를 망라하여 출범한 한국전통가요협회는 부족한 제가 회장을 맡아 힘이 부쳤는데 금년 초 선발대로 경기지부가 발족되었습니다.

의욕만큼의 역량을 지닌 정음 지부장님께서 〈한국전통트로트가요축제〉라는 큰 판을 벌였습니다. 애쓰신 노고를 치하합니다. 이제 경기도 화성, 동탄시를 시작으로 연말까지 이어지는 한국전통가요축제를 지역주민 여러분과 함께 가꾸어 지역경제와 주민화합에 일조하는 계기로 만듭시다.

도정을 살피시느라 바쁘실 터임에도 본 행사에 관심을 가져주시고 협조를 아끼지 않는 김문수 도지사님과 허재안 도의회 의장님, 그리고 경기도 전역 시군 단체장님들께도 고맙다는 인사 올립니다. 이 축제가 일과성으로 그치지 않고 전국적으로 확산되기를 염원합니다.

감사합니다.

2011년 4월 22일

한국전통가요협회 회장 김병걸

*이날 오후 동탄 한빛 북광장에서는 양진수 경기지부 예술단장이 이끄는 10여 명 가수의 축하공연과 아마추어 노래자랑이 열렸다. 필자는 상위 단체인 한국전통가요협회 회장 자격으로 축사를 하고 심사석에 앉았다. 일벌이기를 즐겨하는 정음 지부장의 노력이 결실 맺기를 기대한다.

선거로고송이란 황금밭

김영삼 〈문민정부〉는 지방자치제를 열었고 지자체 선거는 가요를 선거에 활용하였고 작품자들에게는 선거 로고송이 또 하나의 주 수입원으로 등장했다. 〈국민의 정부〉를 열 때는 이정현의 '바꿔'가 선거 로고송으로 유행하였으며 이후 박상철의 '무조건'이 최고로 많이 팔리는 인기곡으로 부상했다.

기초의원인 구의원과 시군의원, 광역의원인 시의원과 도의원, 그리고 기초단체장인 시장 · 군수와 광역단체장인 시도 지사를 뽑는 전국 동시 지방선거는 총선거구 2,062개에 입후보자는 8,847명이고 이 중 로고송을 신청한 후보자는 3,100여 명이다. 승인한 곡의 수는 3,800여 곡이며 한국음악저작권협회에서 거둬들인 복제료만 해도 10억에 육박한다(2010년 기준).

한 후보당 2~3곡씩 저작권 복제료와 개사에 따른 동일성 유지의 인격권 승인에 곡당 적게는 수십만 원에서 많게는 수백만 원씩의 저작료를 발생시켰고 선거는 일단의 저작자에게 황금밭이 되었다.

2010년 제5회 전국 동시 지방선거의 경우 한국음악저작권협회에서 승인하는 복제

노래로 연 나의 세상

권료의 경우 곡당 기초의원 125,000원과 광역의원 250,000원, 기초단체장 500,000원, 광역단체장은 1,000,000원이며 인격권은 역시 후보의 급수에 따라 차등되어 곡당 100,000원에서 5,000,000원까지 그야말로 부르는 게 값이다.

세월에 따라 새로운 노래가 탄생하면서 이 선거 로고송 또한 그 모습을 달리하는데 그래도 변함없이 사랑받는 노래가 있으니 '무조건'과 내 작품인 '다함께 차차차', '찬찬찬'이다. 특히 '다함께 차차차'는 선거 로고송이 생겨난 초창기 최고로 많이 사용되던 곡이었고 지금도 후보자의 성姓이 차 씨면 거의 단골 곡으로 채택되고 개사가 용이하여 많이들 사용하는데 이처럼 개사가 용이한 노래들이 주로 뽑힌다.

선거 로고송으로 팔리는 나의 작품은 국민가요라 할 설운도의 '다함께 차차차', 편승엽의 '찬찬찬'과 송해 선생의 노래인 '나팔꽃 인생'이 꼽히고, 오은주의 히트송인 '사랑의 포로'도 더러 사용된다.

특히 민주당에서는 류기진의 '그 사람 찾으러 간다'를 수십 명의 후보들이 즐겨 사용했다. 필자는 이 곡에 한해서는 가수의 요청에 따라 인격권료를 무상으로 승인해 주었다. 물론 거금이 날아가긴 했지만 호남 출신의 가수가 호남에 기반을 둔 민주당에 무료로 공급하자는 주장을 굽히지 않아 필자는 이번 한 번에 그친다는 조건으로 흔쾌히 응해 주었다.

주로 사용되는 곡을 살펴보면 '무조건', '황진이', '뿐이고', '군밤타령', '곤드레만드레', '사랑은 아무나 하나', '독도는 우리 땅', '빠라빰빠', '99.9', '신토불이', '어부바', '오빠만 믿어', '빙고', '서울의 모정', '짠짜라', '앗 뜨거', '샤방샤방', '어머나', '로꾸거', '은하철도 999', '아기염소', '슈퍼맨', '당신이 최고야', '유행가', '사랑의 배터리', '유쾌상쾌통쾌', '콩깍지', '잘 살 거야', '님과 함께' 등이다.

2010년의 선거 경우 교육감 후보들도 16개구에 총 81명이 출마하여 54명이 106곡을 사용하였다. 로고송으로 채택된 곡을 쓴 작사, 작곡가들이 신나는 수확을 거두어들이는 황금 들판인 이 선거는 거의 해마다 총선, 대선, 지자체, 교육감, 보궐선거 등이 열려 일부 특정 가요 작가들은 최대 수억 원의 수입을 올리고 있다.

지난번 총선 때 작곡가 정의송은 김혜연이 메들리 송으로 십여 년 전에 불러놓은 "뱀이다~ 몸에 좋은 뱀이다~"란 '뱀이다(참아주세요)' 곡 하나로 민주당과 2억 원의 인격료를 합의한 바 있다.

바야흐로 선거 로고송의 시대가 도래한 만큼 이제 가요작가들은 창작과 발표를 이 선거 로고송에 초점을 맞추는 기민함을 보여야 할 것 같다. 벌써부터 재빠른 작가들은 그 같은 분위기를 읽고 준비해 나가고 있다. 가요의 흐름이 또 다른 출구로 향하는 한국적 그림이 생겨난 것이다.

한여름 밤의 멜로디, 〈인각사 산사음악회〉

빗줄기는 2천여 객석 의자 위에 떨어졌지만 벼르고 구경 온 군민들의 열기를 이기지 못하고 이내 물러갔다. 도량道場에 설치한 무대는 수십 명이 뒹굴어도 충분할 만큼 거창했고 1~3부로 이어진 공연은 한여름 밤 하늘에다 아름다운 멜로디를 쏘았다.

일연선사가 삼국유사를 집필한 곳으로 유명한, 군위군 고로면에 위치한 인각사는 여러 건물이 소실되어 지금은 복원공사가 한창이다. 군위댐으로 향하는 화수 삼거리를 지나 모퉁이를 몇 번 꺾으면 학소대를 마주한 길가에 인각사가 나온다. 필자는 6일 부산 송도해수욕장에서 열린 제7회 현인가요제 심사를 마치고 2011년 9월 7일 저녁 인각사 산사음악회에 초청을 받고 달려갔다.

올해로 12회를 맞는 인각사 산사음악회는 '일연 삼국유사 문화의 밤'으로 불린다. 일연선사의 722주기 다례제에 이어 규모나 내용에 있어 멋진 무대를 선사하는 음악회는 제1부 민족시인 이상화의 시와 노래로 각종 프로그램이 연출되었고 제2부 뮤지컬 '수로부인'은 신라 때 이야기로 도권 스님의 탄탄한 대본 구성과 출연진의 화려한 의상 및 최정운의 알찬 연출로 만장의 박수와 감동을 전해주었다.

〈못된 소〉란 마임과 국악 연주, 창작 무용, 뮤지컬을 순서로 한 공연에 이어 이 고장

노래로 연 나의 세상

출신인 가수 김규리의 노래로 테이프를 끊은 제3부 가요공연은 TBC 대구방송 〈고향별곡〉에 나오는 한기웅의 재치 넘치는 사회로 재미를 불렀다.

필자의 작품을 노래하는 가수들로 채워진 3부 공연 '대동마당'은 인각사 맞은편 마을에서 태어나고 자란, '천년만년'과 '점이 된 사람'을 열창하는 이마음의 흥겨운 무대가 차려졌고 역시 필자의 작품인 '그 다음은 나도 몰라요'의 주현미가 초청되어 자신의 히트송을 불러 여전한 인기를 과시했다.

이어 지역 출신가수가 출연하여 이 고장의 대표적인 명산인 팔공산을 노래하는 '팔공산아'로 무대를 달구었고 다섯 손가락의 임형순이 '풍선'으로 대미를 장식했다.

필자는 산사음악회를 지켜보면서 우리나라의 놀이문화 향유에 대하여 새삼 놀라움을 금치 못한다. 세계에서 이처럼 많은 가무의 축제가 벌어지는 나라는 우리나라밖에 없다는 걸 확인하면서 문화인으로서 상당한 자부심을 느낀다. 불자의 도량으로 경건하게만 생각했던 사찰 마당에 가요무대가 차려진다는 사실을 감히 꿈꾸기나 하였던가.

송이버섯과 가시오이와 사과 그리고 대추의 고장으로 유명한 군위는 청정지역을 자랑하면서 순후한 인심으로도 유명하다. 훌륭한 무대를 만들어 준 정련 석도권 인각사 주지스님과 후원을 아끼지 않은 장욱 군위 군수님의 노고에 찬사를 보낸다.

다음날 군위군청에 들러 엄기정 부군수님을 비롯하여 각 부서 여러 과장님들과 오찬을 나누고 산성면장으로 있는 조카를 보려고 산성으로 갔는데 때마침 면사무소 2층에선 '송민호노래교실'이 열려 필자는 세 곡을 불러주며 50여 주부회원들과 정담을 나누었다. 시골 오지에서도 관官이 주도하는 주부 노래교실이 열려 가요의 사회적 위상을 확인했다.

김운찬 면장의 안내로 찾은, 폐교가 된 산성중학교 교실은 과거 50~70년대 우리나라의 모습을 재현하여 전시하였는데 현관에는 〈엄마 아빠 어렸을 적에〉라고 씌어 있었다. 추억을 만나러 전국 각지에서 많은 관광객들이 구경 온다고 했다. 〈2011. 9. 7〉

마스터링도 안 하고 CD 굽는 지방 가수들

"서울에서 만든 CD(AR, MR)하고 지방에서 만든 CD를 행사장에서 틀면 볼륨이 게임도 안 되게 차이가 나요."

지방에서 공연행사를 취급하는 이벤트업자들의 이구동성 평가다. 그 차이의 원인은 지방에선 〈마스터링mastering〉도 안 한 상태로 CD를 굽었기 때문이다. 어디 그뿐이던가. 디렉터(작품자)나 프로듀서(기획자, 제작자)는 믹싱작업을 하기 전에 반드시 선행하는 작업, 즉 가수의 노래를 가지고 음정, 박자와 부점, 호흡, 길이, 볼륨의 크기, 악센트, 보이스 색깔, 코러스 등 에디팅editing을 정교하게 해야 하는데 지방에선 이 에디팅을 무시한다. 모니터를 대충하면 그 결과는 졸속으로 이어지고 노래는 어딘가 흠결이 남아 가수와 작품자는 두고두고 후회하게 된다.

〈마스터링〉이란 과거 판을 찍거나 테이프를 와인딩하기 전에 손을 보는 〈서브 마스터〉라고 생각하면 된다.

나는 깜짝 놀라고 말았다. 지방에서 만든 음반 중에는 더러 〈마스터링〉도 하지 않고 곧바로 CD를 찍었다고 한다. 참으로 어이가 없다. 몰라서 그런 건지 알면서도 어차피 기념판에 지나지 않으니까 제작비를 아끼려고 그랬는지.

〈마스터링〉을 하는 회사가 서울에는〈wavestation〉, 〈코리아소닉〉, 〈서울사운드〉, 〈유니온사운드〉 등 여러 군데 있다. 마스터링 작업비는 2007년 현재 15만 원이다. 곡 수 곱하기 단가로 가격을 산출한다. 특히 행사용은 별도로 마스터링을 한다. 전체적인 볼륨을 높여주어야 하기 때문이다.

"네에!! 마스터링 그런 게 있었어요?"

놀란 토끼눈의 지방가수를 종종 만난다.

"네에!!! 듣느니 처음이에요."

잔뜩 날이 선 도끼눈으로 누군가를 원망하는 가수를 왕왕 본다.

노래로 연 나의 세상

레코드사의 실세인 문예부장은 작사가였다

기획사에서 기르고 관리하는 신세대 걸그룹과 일부 발라드가수를 뺀 대다수의 요즘 가수들은 본인이 직접 음반을 제작하는 환경이 되고 말았지만 1980년대까지만 하더라도 음반을 모두 레코드사에서 제작하였다. 실력 있는 가수들은 레코드사에 스카웃되어 전속계약을 맺었는데 이 전속가수가 되지 못하면 가수 축에도 못 끼었다.

필자가 가요계에 나올 그 무렵엔 무리를 지어 오아시스, 지구, 아세아 등 레코드사별로 가수들이 구분되었고 일부 독립군 가수들은 신세계레코드사와 유니버셜, 대성음반, 거성레코드사 등에 포진하였다. 이 음반사의 전속 제도는 1900년대까지 존재했었다. "넌 어디 파니?"라고 물으면 "나, 오아시스파야." 가수들은 훈장을 단 것처럼 자신의 족보를 자랑했다.

레코드산업이 곧 가요 그 자체이던 시절에 가수들이나 작품자가 기댈 언덕은 이 레코드사가 유일했다. 필자가 최고의 회사인 오아시스레코드사에서 근무할 무렵 회사 응접실에는 아침 일찍부터 음반 도매상인을 비롯하여 가수와 매니저 및 작품자들이 붐볐고 사장을 만나기 위해 순번을 기다리며 대기해야 했다.

더러 잡지사 연예부 기자나 방송관계자들이 자료나 촌지를 받기위해 죽치기도 했다. 레코드사 왕국, 레코드사 사장은 기업의 총수 내지는 공사판의 소상 같은 존재였다. 명절이 임박하면 이들은 철새떼처럼 날아들었고 사장은 부하들에게 군림하는 지휘관처럼 보였다.

이렇듯 군림하는 레코드사에서 사장 다음 가는 자리가 있었으니 '문예부장'이다. 문예부장의 손에서 우리나라 가요의 콘텐츠가 결정되고 가수들이 명멸했으니 그 위치는 대단히 중요했다.

문예부장은 큐레이터curator다. 따라서 가수와 작품을 고르는 안목이 남달라야 한다. 가수 픽업과 반주음악 및 노래 취입을 책임지고 음반작업 전체를 기획하고 지휘하는 임

무와 권리를 동시에 갖고 있는 가요계의 막후 실력자다.

가요 초창기 시절, 1세대 작사가는 다 문인들이었고 이들은 작곡가들을 제치고 레코드사의 문예부장 자리를 꿰찼다. 글 솜씨나 행정력이 뛰어나서 그랬는지는 모르지만 이들은 레코드사를 좌지우지하며 가수들을 호령하고 가요의 흐름을 주도했다.

최고의 작사가로 이름을 날리다 월북한 조명암과 박영호가 문예부장을 역임했다. 박영호는 시에론레코드사 문예부장을 맡아 남인수를 발굴하였고 그에게 작곡가 박시춘을 연결하여 '눈물의 해협'을 주었는데 히트하지 못하자 다시 이부풍에게 개사를 시켜 '애수의 소야곡'을 탄생, 남인수를 가요의 황제로 만든다. '타향살이'를 쓴 김능인이 오케레코드사의 초대 문예부장을 지냈다.

이어 '굳세어라 금순아'를 쓴 강사랑이 오케레코드사의 문예부장을 역임했다. '나그네 설움'의 작사가 고려성은 태평레코드사에서 문예부장을 지냈으며 번안가사로 유명한 지명길이 신세계레코드사에서, 그리고 필자가 오아시스레코드사와 시영레코드사 및 아리랑음반에서 문예부를 관장했다.

문예부장들은 가수 발굴과 레코딩 작업만 하는 것이 아니라 가수의 이름을 작명해 주기도 하고 작곡가가 직접 쓴 가사를 고쳐주기도 하고 제목을 수정해 주기도 한다. 그런가 하면 언론사에 보낼 가수들의 프로필이나 새 노래에 대한 해설을 담은 보도자료를 쓰기도 한다.

또한 작품료를 책정하기도 하고 전속금을 결정하는 데 깊숙이 개입하여 회사의 명운을 짊어지기도 한다. 문예부장은 사주에게는 장자방같은 위치인데 필자에게 음반기획에 관한 전권을 일임했던 음반사는 다음과 같다. 시영레코드사(문규현 사장)와 아리랑음반(손경태 사장), 한일음반(김종구 사장), 새샘음반(문병초 사장), 엘리뮤직(이명주 대표). 이들 레코드사에서 필자는 메들리음반을 포함하여 수백 타이틀의 음반을 기획하였다.

필자는 여러 회사의 메들리음반 기획을 주문받아 십여 년 넘게 기획왕으로 군림하며 음반시장을 주도하였는데, 이때 발굴하거나 메들리음반을 내준 가수는 황정숙, 주용

노래로 연 나의 세상

아, 신웅, 진성, 윤옥진, 김연숙, 이민숙, 조경화, 나경화, 서진, 허범정, 민지, 김숙희, 이도영, 이박사, 김민성 등이다. 특히 오아시스레코드사에 근무하면서 '그 시절 그 노래 54집', '나훈아의 20년' 등 컴필레이션음반 200여 따블을 기획하였다.

문예부장의 역량이 사세를 좌우하던 시절도 옛말이 되고 오프라인에서 온라인으로 콘텐츠가 바뀌고 유통시스템이 변한 작금의 음반가는 1세대 창업주의 퇴장과 함께 음반이 사라지고 있다. 음반시장의 급격한 몰락과 함께 신세대들의 음악만이 온라인시장으로 변환하고 각종 축제나 가요제의 홍수 속에 무대공연에 맞춘 디스코리듬의 획일적인 노래만이 판을 치고 있어 옛날이 그립기도 하다.

〈트로트 가요방〉 번개팅

2011년 7월 9일 연신내 한국관나이트 앞 라이브카페 〈인생 머 있어〉에선 오후 1시부터 7시까지 회원 번개모임이 있었다. 통신수단의 발달 탓일까? 아니면 사람들이 급해진 걸까? "번갯불에 콩 구워 먹듯" 후다닥 일을 치른다 하여 소위 번개팅이 요즘 유행이다.

〈트로트 가요방〉은 카페지기인 소낙비를 비롯하여 태평, 별님, 여행, 동백꽃, 두랑, 비비추, 풍류나그네, 펠레, 먹수, 허브, 가는 세월, 낙화유수, 영수증, 장미꽃향기, 은방울, 그리운 얼굴, 하얀 날개, 무정나그네, 딩동댕, 찌니, 모닝스타, 전설, 봉선네 텃밭, 스케치, 떨어진 눈물, 백만 상자, 솔이슬, 정구지, 방돌이, 끝없는 질주, 말 타는 조폭,

도우리, 김기덕, 카라, 돌맹이, 순돌 아빠, 천보, 용구름, 인생극장, 동네, 홍화 등 7월 현재 회원 32,000여 명을 거느린 국내 최고의 가요 사이트이며 이날 번개 모임에는 안 개꽃, 백화산, 연천소나무, 새미로, 이구아나, 하파, 제로짱, 이훈아, 춘풍명월, 고주배 기, 무심, 버팀목, 호연지기, 호야호, 소연, 심청수, 신비, 폭포수, 공자, 아다마, 별님, 멋쟁이수녀, 허브, 불나비, 조은소리, 풍류나그네, 능소화, 김명옥, 스완, 호성, 마음천 사, 필성, 채훈아, 라이브정, 박원진, 형빵, 여행, 태평, 회심 등 56명이 참석하여 대낮 부터 신나는 노래판을 벌였다.

　필자 역시 회원으로서 초대를 받아 참석하였는데 열기가 대단했다. 〈트로트 가요방〉 은 노래의 달인이라 할 전국 아마 강자들이 서로를 소통하는 공간이다.

　지난 6월 29일 구산동에서 녹음실을 운영하는 카페지기 장재호 사장은 필자의 동의 를 받고 카페에다 필자의 방을 마련해 주었다. 카페 매뉴얼도 다양한데, 회원공간엔 〈 가요 자랑방 A, B, C〉, 〈지정곡 노래방〉, 〈평가받는 노래방〉, 〈회원 듀엣곡〉, 〈노래교 실〉 방이 있고 음악공간엔 〈작사가 김병걸 님〉, 〈작곡가 노영준 님〉, 〈연예가 이야기 〉, 〈가요 모음곡 방〉, 〈다음 샵 음악 방〉이 있다. 하루에 2만여 클릭이 이뤄지는 인터 넷 최강자인 〈트로트 가요방〉은 〈녹음 가수방〉과 〈반주곡 다운로드방〉 및 〈엠알 반주 방〉도 있어 부르고 싶은 노래를 쉽게 연습할 수 있다.

　1년에 서너 차례 산행과 정기모임 또는 번개팅을 하는데 필자는 지난 4월 북한산 둘 레길 산행에 참가하여 하루를 즐긴 적이 있다. 멀리 전라도 광주에서도 번개팅에 참석 하려고 상경한 열렬 회원이 있었으며, 저마다 비장의 카드인 18번을 뽐내며 모임장소 의 상호 그대로 "인생 머 있어"를 외치며 우정을 나누었다.

　옛날 같으면 꿈도 못 꿀 모임을 가질 수 있는 환경이 작금의 문화이고 각종 인터넷 카 페의 모임이 생활 속에 익숙한 풍경이 되었다.

　필자가 〈트로트 가요방〉을 특별히 주목하는 이유는 이 카페 회원 몇 명에게 작품을 주어 음반을 만들어 주었기 때문인데, 닉네임이 풍류나그네인 신송과 별님인 권선아와 허브인 윤호만이 그들이며 뒤늦게 안 사실이지만 작년에 작품을 준 바 있는 안동 출신

노래로 연 나의 세상

의 이윤하 역시 〈트로트 가요방〉에 옥타브란 닉네임으로 활동하고 있다.

필자가 초대를 받고 참석한 카페 모임은 〈트로트 가요방〉 외에도 〈가수 이향숙 공식 팬 카페〉, 〈세월 따라 노래사랑〉, 〈가수 도우성 팬 카페〉, 〈천상의 소리 윤선녀〉, 〈한국가요가창학회〉, 〈류기진 팬 카페〉, 〈배호사랑기념회〉, 〈가수 김정은 공식 팬 카페〉, 〈가인들의 세상마당〉, 〈트로트 25 가요방송〉 등이다.

유명가수들은 팬들이 카페를 열어 가수를 응원하는데 나훈아나 조항조, 주현미 등 인기가수는 서너 개의 카페가 개설되어 있다. 무명가수들은 대다수 본인이 카페를 열어 홍보 유치에 나서고 있다. 이들은 열악한 환경 탓에 지상파방송 PR에 주력하지 못하고 대신 온라인 카페를 만들어 자신의 노래와 존재를 알리고 있다.

세월이 갈수록 음악 사이트는 증가할 것이며 지금보다 한층 업그레이드된 방법으로 진화할 것이다.〈2011. 7. 12.〉

가요작가들의 출판 러시|Rush

2008년 6월 25일 여의도 KBS홀에서 작사가 김동찬 선배의 출판기념회가 있었다. 김 선배는 KBS에서 드라마의 효과음악을 담당하다 정년퇴직했다. 김 선배는 70년대 '사랑의 모닥불'과 '사랑과 계절', 그리고 이후 '어차피 떠난 사람'과 '신토불이', '둥지', '돌팔매' 등 서민적인 작품으로 많은 히트작을 냈다.

여세를 몰아 당신의 히트송 제목을 딴 『네 박자 둥지 그리고 봉선화 연정』이란 에세이집을 출간하였는데 선배께서 걸어온 가요계 40년을 정리한 자서전이다.

나는 마음속으로 멀리서나마 축하의 꽃다발을 바리바리 보냈다. 김 선배가 나하고 친하기도 하지만 꼭 그래서만은 아니다. 쉽지 않은 원고를 모아 책으로 펴낸 노고를 치하하고 싶었다. 우리 가요작가들이 너도 나도 자전적인 책을 내어 가요사의 저변을 넓혀주어야 한다. 그래야 훗날 어느 누군가가 편집하여 집대성集大成하면 그것이 곧 가요

제1시집 〈낙동강〉 출판기념회 – 명동 롯데호텔

사가 되리라.

필자가 조사해 보니 이런저런 가요 이야기를 엮은 책이 해마다 늘어 이제는 제법 규모를 갖췄다. 한 번 열거해 보자.

손목인 『못다 부른 타향살이』, 반야월 『가요야화』, 『나의 삶 나의 노래』, 황문평 『노래백년사』, 이성욱 『쇼쇼쇼』, 김지평 『한국가요정신사』, 한국대중예술문화연구원 『한국대중가요사1』, 박건호 『오선지 밖으로 튀어 나온 이야기』, 김동찬 『네 박자 둥지 그리고 봉선화 연정』, 선성원 『음악이 보인다』, 『8군 쇼에서 랩까지』, 『록에서 인디음악으로』, 『한국대중문화 101장면』, 정두수 『한국걸작가사선1, 2』, 아름출판사 『한국인기가수사전』, 임종수 『너희가 트로트를 아느냐』, 김양화 『긴 세월 짧은 이야기』 등이 그것이다.

이제 나의 가요 이야기를 엮은 『뽕짝은 아무나 하나』와 『노래로 연 나의 세상』이 발간되면 많은 가요작가들이 음반이나 방송에서 못다 한 이야기를 봇물 쏟듯 쏟아 내리라.

작곡가 겸 방송인인 내 콤비 이호섭은 일찍이 뜻하는 바가 있어 〈가요가창학회〉를 만들었고 많은 가요 강사들에게 노래지도법을 강의하고 있다. 참으로 대단한 사명감이요 불타는 열정이다. 미구未久에 〈사이버 가요대학교〉를 만드는 게 그의 꿈이다.

오래 전부터 이호섭은 나에게 『한국가요사』와 『작사입문』에 관한 책을 써주길 주문했다. 아마도 학교 설립과 교재를 염두에 둔 것 같다. 그 작업은 많은 시간과 노력이 투자되고 여간 일이 아니다. 많은 자료와 고증의 확보는 물론 작품생활을 절필해야 할지도 모르는 리스크risk가 큰 작업이리라. 한때 후학을 위해 작사법을 책으로 낼까도 고민한 적이 있었지만 아직은 나를 위해 정진할 것들이 너무 산적해 엄두를 못 낸다.

이 와중에도 다행한 일은 가요사 편집에 언제나 앞서 가시는 김지평 선배님과 〈뮤직라이프〉의 편집장을 지낸 가요평론가 선성원 선생과 김정현 가요연구가와 작사가이시며 가요 칼럼리스트인 김주명, 조용하, 노왕금 선배와 가수협회보인 〈싱어〉를 만드는 박성서 가요칼럼니스트가 있어서 다행스러우며 이들의 노력이 세월에 축적되면 거대한 족적으로 남겨지리란 것을 확신한다. 가요작가들의 출판이 유행처럼 번지기를 기원한다.

제17회 왕평가요제

작사가 왕평

금호강을 그림처럼 휘두른 영천에서는 해마다 이 고장 출신의 작사가인 왕평 선생을 기리는 〈왕평가요제〉가 열린다. 왕평가요제는 1996년 10월 영천시민의 날 행사의 일환으로 시작되었다. 2012. 9. 23은 제17회 대회였고 나는 정풍송, 추세호, 권혁식 작곡가와 함께 심사를 봤다.

한국연예협회 영천지회장인 김천중 팝스오케스트라의 힘찬 팡파레와 함께 시작된 경연에서 필리핀 출신의 '퀴하노 엘레인(26세, 대구)'이 '나 가거던'을 불러 대상을 받았는데 폭발적인 가창력을 자랑했다.

왕평은 본명이 이응호이며 또 다른 필명을 〈편월〉, 〈추야월〉로 쓰면서 우리 가요의 효시라 할 '황성옛터'를 비롯하여 훗날 '대한팔경'이라 불리는 선우일선의 '조선팔경'과 '조선행진곡' 등의 노랫말을 썼다. 그런가 하면 드라마의 효시라 할 〈항구의 일야〉란 극작을 쓰고 배우로도 출연했다.

'황성옛터'를 찾은 망국의 나그네 왕평과 일제 강점기시절 유랑하는 망국 백성의 한을 그린 '나그네 설움'을 쓴 고려성이 같은 경북의 영천과 김천 출신임은 무슨 의미일까?

1927년 여름날 멸망한 고도 개성 만월대에서 잡초만 우거진 옛 궁터의 모습을 식민지 민족의 처량한 신세로 비유한 '황성옛터'는 많은 가수들이 리메이크하는 명가요로 지금도 애창되고 있다.

극단 연극사研劇舍의 일원으로 공연을 다니던 중 개성에서 연일 쏟아지는 장맛비에 발이 묶인 어느 날 여관에서 작사를 완성한 뒤 전수린이 곡을 붙여 그해 가을 단성사에서 이애리수의 목소리로 무대에 올린 노래가 '황성옛터'다.

가요작가의 이름을 딴 가요제가 더러 있는데 고故 박건호를 그리는 〈박건호가요제〉

노래로 연 나의 세상

가 박건호의 고향인 원주에서 열리며, 〈정두수가요제〉가 역시 선생의 고향인 하동에서 열린다. 작곡가로서는 〈박춘석가요제〉가 추진 중에 있으며 한때 밀양에서 〈박시춘가요제〉가 열리다가 친일행각 논란으로 중단되었다.

　노래 제목 또는 가수 이름을 딴 가요제도 여럿 있는데 '울고 넘는 박달재'를 기념하는 충주의 〈박달가요제〉와 '처녀뱃사공' 노래를 기리는 함안의 〈처녀뱃사공가요제〉가 있다. 그런가 하면 '마음의 자유천지'를 부른 방운아의 고향인 경산에서 선생을 기리는 경산의 옛 이름인 〈압독가요제〉와 이난영의 〈난영가요제〉와 부산의 〈현인가요제〉, 그리고 〈남인수가요제〉와 〈배호가요제〉 및 성주에서는 〈백년설가요제〉, 그리고 임실의 〈최갑석가요제〉와 정읍의 〈송대관가요제〉 등이 있다.

　고교 동기인 영천시 농촌지도과장인 농학박사 이중종과 경북영천염색산업연구원 이정태 경영지원실장의 환대를 받으며 나는 '영천의 노래'를 만들어 줄 것을 약속하며 김중하 영천시 문화과장님을 소개받았다.

초대가수 박현빈과 윙크, 채희의 노래 소리가 가을 물소리로 흐르는 아름다운 밤을 뒤에 둔 채 금호강을 끼고 정풍송 선생과 대구로 향했다.

사람이 살면 얼마나 산다고/ 보현산도 안 보고 사나/ 바람이 깃을 치는 산자락 아래 / 별빛촌이 정다웁구나/ 보현산아 보현산아/ 너도 너도 영천이 좋더냐/ 천년이 가도 영천/ 만년이 가도 영천/ 기름진 논과 밭을 가꾸면서/ 우리 함께 살아가잔다

– 김병걸 작사, 작곡 '보현산아'

방송 심사비 인상 청원서를 쓰다

放送審査費 引上 請願書

먼저 貴社의 발전과 임직원 모두의 健勝을 祈願합니다.

언제나 歌謠를 사랑해 주시고 국민들에게 즐거움을 주기 위하여 좋은 프로그램 제작에 勞心焦思하시는 방송관계자 여러분들께 무한한 감사를 드립니다.

저희 한국가요작가협회 소속의 일부 가요작가들은 방송사에서 제작하는 각종 노래자랑에 심사위원으로 참여하여 시청취율 提高와 질 높은 프로그램의 성공을 위해 熱誠을 다해 왔다고 나름대로 自負하고 있습니다.

그러나 아직까지도 노래자랑을 심사하는 출연료는 타 분야에 비해 오랜 세월 동안 제자리걸음을 하고 있어 참으로 遺憾스럽게 생각하고 있습니다.

따라서 이에 대한 적절한 조정을 해주십사 하는 아래와 같은 저희의 建議를 惠諒하시어 措處해 주시기를 간곡히 請願합니다.

첫 번째로, 職業群의 分類에 음악에 종사하는 전문인으로서 작사, 작곡가의 항목을 新設해 주십시오.

그리하여 아무나가 審査를 보는 것이 아니며 또한 심사는 單純勞動이 아니라 어엿한 專門人의 영역이기 때문에 그에 걸맞은 合當한 대우를 해달라는 것입니다.

두 번째로, 심사비의 現實化입니다.

십 수 년째 동결된 안타까움과 동일 프로그램에 참여하는 다른 역할자에 비해 턱없이 낮게 책정되어져 있는 심사비를 균형지게 조정하여 상대적 박탈감을 회복하고 긍지를 갖고 奮鬪할 수 있도록 配慮해 주십시오.

이상 두 가지의 건의에 대하여 이제 방송사와 저희는 보다 솔직해질 필요가 있다고 보며, 저희의 요구가 實效的인 措處로 매듭짓기를 간절히 仰望합니다.

恒時 '앞서가는 방송'과 '좋은 프로그램의 제작'을 위하여 저희도 가일층加一層 노력하여 함께 비전을 만들어 갈 것을 약속드립니다.

2011년 7월

사단법인 한국가요작가협회 회장 김병환 외 회원 일동

2011년 6월 22일 여의도 KBS별관 뒤 고향식당에선 노래자랑 방송심사위원들의 모임이 있었다. 교섭交涉으로 박성훈이 소집한 이 자리엔 작곡가 원희명, 박현진, 김진룡이 개인사정으로 불참하고 정풍송, 임종수, 김동찬, 박성훈, 이호섭, 이건우, 필자筆者가 참석하였다.

십 수 년째 동결되어 있는 방송심사비 인상에 대한 대책회의는 공문기안公文起案의 적임자로 지목받은 필자가 쓴 위 문장의 '방송심사비 인상 청원서'를 검토하였다.

당초 필자는 위 문장보다 두 배가 넘게 기안을 하였는데 심사비 인상의 당위성과 타 분야와의 비교자료와 작금의 열악한 가요환경과 가요작가들의 자체 노조勞組가 결성되어 있지 않는 현실과 그간 단 한 번도 물리적인 집단행동으로 방송사를 압박한 적이 없었다는 점을 부각시켰다. 또한 어필appeal의 절차마저도 우리에겐 낯설다는 순수한 마음도 전달하려 애썼다. 그러나 너무 따지지 말자는 전체 의견을 받아들여 지금의 간략한 문장으로 필자는 다시 정리했다. 진작 요구했어야 될 사안이었지만 체면을 핑계로 차일피일此日彼日 밀쳐놓았던 오랜 숙원을 전달하게 되어 다행으로 생각한다.

우선은 노래자랑 프로가 있는 KBS에 전달하고 나머지 지상파와 케이블방송과 각 지역 축제를 주최하는 관공서나 이벤트사에 우리의 입장을 전달할 예정이다.

명장의 퍼포먼스 하회 〈장승촌음악회〉

오후부터 내리기 시작한 빗방울이 멎자 하늘을 비운 저녁노을이 물들기 시작하면서 한복 두루마기에다 갓을 쓰고 축문을 읽는 장인匠人 김종흥의 손끝이 떨렸다. 벌써 8회로 해마다 열리는 행사였지만 언제나 처음처럼 설레는 〈장승촌음악회〉의 첫 번째 순서인 장승세우기는 남자장승의 배에는 '세계문화유산'이 여자장승에는 '안동하회마을'이란 붓글씨가 새겨졌고 술과 시루떡이 입에 물렸다.

하회河回마을 입구에 목석원木石園이란 가든을 차려놓고 수백여 점의 장승을 세워 공원을 만들고 야외무대까지 만든 이곳의 주인 타목打木 김종흥(1952년생)은 중요무형문화제 제69호인 하회별신굿 탈놀이 이수자로 파계승 전승자이며, 제108호 목조각상 이수자로 국가적 인물이다. 이미 세계 유수의 나라로부터 초청을 받아 많은 장승을 세웠으며 1년에 여러 차례 해외공연을 다닌다.

특히 1999년 4월 21일 영국의 엘리자베스 여왕이 방한하여 하회마을에서 자신의 생일상을 받았는데 이날 잔치의 축배자로 선정되는 행운을 안기도 하였으며 미국의 대통령인 부시 부자가 이곳을 방문하였는가 하면 노무현 전 대통령도 목석원에 들러 '죽은 나무'에도 혼을 입히는 장인을 격려한 바 있다.

〈장승촌음악회〉는 8년 전 김종흥이 사재를 들여 진행하는 한여름 밤의 향연으로 하

노래로 연 나의 세상

하회마을 세계문화유산 등재 1주년 기념행사
부용지애 전야제 공연
제8회
하회마을
장승촌 음악회
2011. 7. 29 금 저녁 7시 30분~
장소_ 안동하회마을 장승촌(목석원)
주최·주관 하회마을 목석원
후원 안동시, 중요무형문화재 제69호 하회별신굿탈놀이 보존회, 중요무형문화재 제108호 목조각(목아문중)
하회마을보존회, 안동공예조합, 안동사진작가협회

회마을 관광객과 이 지역 주민 등 2천여 명이 관람하는 규모와 내실이 있는 공연이다. 나는 이 지역 출신이며 김종흥의 처삼촌이란 특별한 관계로 해마다 초청되어 가수들을 데리고 음악회에 참가한다.

2011년 7월 29일. 이제 갓 데뷔한, '그 여인'을 부르는 신송과 '꽃 피고 새 울면'을 타이틀로 음반을 낸 윤호만과 필자는 인천과 서울을 출발하여 중부고속도로 〈만남의 광장〉에서 만나 윤호만의 차로 이동했다.

음악회에서는 초청가수로 근자 '검정고무신'으로 인기몰이를 하고 있는 한동엽과 현장에서 역시 초청가수로 이곳 부용대를 그린 '부용대연가'의 권용이 합세하여 난타 공연과 시 낭송, 가야금 병창 외 여러 프로그램으로 행사를 마무리했다.

필자도 이날 행사의 초대가수로 '낙동강아'와 '옥분이'를 불렀는데 고향 친구들과 학교 동기들이 우르르 몰려와 회포를 나누었다.

이 지역 국회의원으로 고교 동문인 김광림 의원과 친구인 권오을 국회사무총장, 김종우 의성문화원장 등 많은 내빈들이 자리를 빛냈으며 공연 중간에 10여 분간 소나기가 내렸지만 한 사람도 자리를 떠나지 않아 수준 높은 주민들을 만나 기쁘다며 행사 사회자인 대구문화방송의 이대희 DJ는 칭찬을 아끼지 않았다.

목석원을 지나 하회마을 초입 낙동강변엔 해마다 장승촌 음악회와 맞물려 〈부용지애〉가 열린다. 세계유교문화축전조직위원회가 주관하는 유네스코문화유산 지정 기념 하회마을 실경 수상 뮤지컬인 〈부용지애〉는 5일간 10만 명의 관객을 부르는 큰 잔치로 하회마을의 풍부한 스토리 콘텐츠를 천혜의 자연을 활용해 전통문화유산의 산업화를 목적으로 만든 명품 뮤지컬이다. 강변에 세워진 공연무대는 규모가 대단하여 보는 이로 하여금 입을 다물지 못하게 한다.

호명, 지보, 구담, 풍산 등 인근에 현수막이 걸려 있는 〈장승촌음악회〉는 김종흥 명인의 숭고한 뜻에 걸맞게 이 지역의 자랑과 업적으로 길이 자리할 것이다. 거장을 조카사위로 둔 나의 자부심도 함께 둥둥 뜨는 여름밤이 깊어만 간다.

노래로 연 나의 세상

의장! 유인물 원안대로 통과할 것을 동의합니다

우리 동네는 참 간단해서 좋고 명료明瞭해서 편하다. 음악저작권협회든 연예협회든 가요작가협회든 총회만 열리면 1.경과보고 2.사업계획안 3.전년도 결산수지 4.새해 예산안 5.회비 또는 수수료율 6.정관 및 내부규정 등으로 이어지는 일련의 보고사항과 심의안건을 다룸에 누군가가 꼭 나선다.

"의장! 유인물을 살펴보니 내용이 아주 잘 되어 있습니다. 시간관계상 유인물 원안대로 통과할 것을 동의同意합니다."

하다못해 수정동의안修正同意案도 하나 내지 않은 채 기다렸다는 듯 제청 삼청이 터지고 의장은 잽싸게 방망이를 두드린다. 이 비겁한 침묵의 카르텔Cartel은 여지없는 집행부의 시녀가 되어 면죄부免罪符(indulgence)를 주었다. 스스로의 권리를 포기하고 마는 어처구니없는 이 풍경은 아름다운 전통으로 치부置簿되고 익숙한 요식 절차가 되어 버린 지 오래다.

숫자계산과 사업 분석 등 골머리 쓰는 일은 딱 질색인 우리 동네 사람들의 게으름 속에 많은 부정이 싹을 못 자르고 익년翌年의 반복을 잉태한 채 구렁이 담을 넘어갔다.

유인물대로의 통과 동의엔 언제나 "모두가 시간이 바쁜 관계로"란 핑계가 들어 있는데 사실 우리가 뭐 그리 촌각을 다툴 일이 있는가. 이 요상한 관행 탓에 우리가 낭패를 본 경우가 허다하였는데 그 중에서도 1996년 연예협회의 경우 회원 영구제명이 된 정 모 전 이사장의 공금 횡령사건은 반면교사反面敎師로 삼을 만큼 시사示唆하는 바가 크다.

연협의 이 사건은 희대의 사기극으로 창작, 가수, 연주, 무용, 연기의 5개 분과 회원들이 연 250원씩 수십 년을 모은 '연보금捐補金' 원금 8천만 원을 이사장 혼자 꿀꺽한 것이다. 복리이자로 환산하면 억대에 달하는 큰 사건이며 연예협회 40년 역사를 시궁창에 처넣는 치부恥部이기도 하다.

전 이사장은 새 통장을 개설 입금하여 통장을 발급받고는 통장 분실 신고를 한 뒤 곧바로 돈을 전액 인출하고는 협회 사무국에는 분실했다고 신고한 처음의 통장을 제출하여 보관하게 했다. 해마다 결산을 보려면 마땅히 통장 잔고를 확인하여 이자 소득을 살폈어야 함에도 사무국에서는 일체 확인한 사실이 없었는데 굳이 추측하지 않아도 사무국과 사이좋게 나눠 먹었으리란 것은 상식이다. 총회석상에서 한 사람이라도 연보금이 왜 해마다 액수의 변화가 없는지, 이자는 어떻게 된 거냐고 묻기만 했어도 될 것을 그놈의 〈유인물대로 통과에 동의〉하여 40년 공든 탑이 일거에 무너지고 만 것이다.

감사 기능이 살아 있었음에도 봉사(무보수) 감사들은 봉사(맹인) 감사를 하였는데 최소한 통장의 돈이 무사한지, 새끼(이자)를 얼마나 쳤는지 확인하지 않았다는 건 엄연한 직무유기職務遺棄이며 상당 부분 책임이 있다. 그러나 총회에서 감사들은 이사장과 사무국에서 올해도 살림 사는 데 무척 고생했을 거란 위로와 함께 감사 결과 아무런 이상이 없었다고 보고했을 것이다. 개자식들이다. 통장은 항상 감사기간 동안의 잔고殘高 확인으로 이상 유무를 결정한다는 기본도 모르고 서류에 날인하고 보고서를 작성했던 것이다. 이 감사보고 또한 누군가가 "유인물대로 통과시킬 것을 동의합니다."라고 말했을 것이다.

연간 들어오고 나가는 신탁회계와 일반회계, 분배금액 등 천억 대가 넘는(2008년은 1,600억 원 집행되었음) 천문학적인 거금을 집행하는 콤카Komca 총회 역시 늘 그래왔던 것처럼 또 그놈의 〈유인물 원안대로의 통과〉가 동의되었고 의사봉은 두들겨졌다.

우리 동네에서 총회가 열리면 〈마이크맨〉이라 불리는 몇 명이 있다. 〈동의거수기〉라고도 부르는 이들 중에 고인이 된 최 아무개 씨가 가장 많은 동의를 걸었던 단골이다. 그 양반이 음성도 낭랑하게 유인물이 너무너무 잘 되어 있고 모두들 바쁘니 얼른 통과하자고 동의를 걸면 "옳소, 재청이요, 삼청이요." 하는 순번까지도 늘 그 사람이 그 사람이었다. 이 위대한 역할은 대부분 집행부에서 기획되며, 원만한 회의 진행상(?) 십중

노래로 연 나의 세상

팔구는 짜고 치는 고스톱이다.

어느 조직에서나 회원 중 완장도 있고 홍위대紅衛隊도 있고 척후병斥候兵도 있게 마련이다. 그리고 자기가 주인이란 신분을 망각하고 소작논의 소출 보듯 오불관언吾不關焉하는 구경꾼도 있다. 구경꾼은 결국 자기 권리를 포기하고 집행부의 잘못을 용서한 맘씨 좋은 아저씨로 전락하는 비겁한 카르텔의 일원이 되고 만다, 오늘도 어디선가 누군가가 손을 든다.

"의장! 유인물 원안대로 통과할 것을 동의합니다."

간도의 노래 '이 몸이 건느면 월강죄란다'

날씨마저 흐렸다. 멀리서 찾아온 나그네의 마음을 읽은 걸까. 광활한 땅 간도間島. 두만강 너머 아래로는 쑹화강을 가로질러 간도는 딱히 어디라고는 꼬집어 설명 못 해도 우리 동포가 살고 우리의 역사와 맥박이 살아 숨 쉬는 땅이다. 2004년 가을, 잃어버린 우리의 땅 사이섬 간도는 거기 있었고 구한말 이곳 어딘가로 이주한 필자의 문중의 일가들이 살고 있다는 묘한 끌림에 필자는 흥분했다.

필자가 초등학교 다니던 무렵, 간도에 사는 일가친척들이 아버지에게 보내오는 편지를 기억한다. 친척들 가운데는 연길에서 신문사를 하는 분도 있고 일제 강점기 때 우리 마을 사람들 중 몇 가구가 간도로 이주했다고 들었다.

월편에 나붓기는 갈대잎 가지는/ 애타게 내 가슴을 불러야 보건만/ 이 몸이 건느면 월강죄란다/ 기러기 갈 때마다/ 일러야 보내며/ 꿈길에 그대와는 늘 같이 다녀도/ 이 몸이 건느면 월강죄란다

–'이 몸이 건느면 월강죄란다'

영토소유권 분쟁에 대비해 중국 측에서 깨트려버린 비석 뒷면에 새겨진 노랫말이다. 멜로디는 알 길이 없지만 간도 개척기 조선인 이주민들의 정서가 고스란히 담겨 있는 노래다.

북한의 종성 건너편 중국의 지린[吉林]성 투먼[圖們]시市와 룽징[龍井]시市 사이의 두만강 어귀에는 '배 닿는 곳'이라는 뜻의 촨커우[船口]촌이 있다.

19세기말 촨커우 촌 일대는 여전히 국경을 넘는 것이 금지되어 있었지만 기름진 땅을 찾아 이주해 오는 조선인들이 늘어났다. 촨커우 촌은 간도의 원조인 셈이다. 간도間島는 조선민족에게는 금지된 단어라고 한다. 간도라는 용어를 공식적으로 사용한 사람은 1902년 조선 정부의 간도 시찰사로 임명된 이범윤李範允으로 알려져 있다. 이범윤은 당시 이 지역의 중국 측 행정책임자인 둔화[敦化]현 지사에게 보낸 편지에서 '간도'라는 표현을 썼다.

그러나 1907년에 작성된 중국 측 실사자료인 '엔지변무보고[延吉邊務報告]'는 이 지역을 중저우[中洲]로 표기하고 있다. 중저우의 주洲자가 섬주자이니 간도를 아예 배제하지는 않은 것도 같다. 중국의 공식적인 행정표기 어디에도 간도는 찾아볼 수 없다.

간도의 범위는 다소 막연하다. 넓게는 만주 전체를 일컬을 때도 있고, 좁게는 쑹화강 [松花江] 이남을 뜻할 때도 있다. 우리가 일컫는 간도는 주로 북간도다. 강 사이에 농사를 지을 수 있는 섬이 생기면 다 간도라 불렀다. 북한의 온성 건너편이면 온성간도, 종성 건너편이면 종성간도, 두만강 건너편은 북간도 또는 동간도라 부르고 압록강 건너편은 서간도라고 불렀다.

조선정부는 서간도 지역의 주민까지를 조선 백성이라고 하는 의식을 분명히 갖고 있었다. 1897년 이 지역을 관할하는 서변계[西邊界] 관리사를 임명하고 1900년 무렵엔 평북관찰사가 이 지역 주민을 보호하였다. 그런가 하면 지금의 단둥[丹東]지역에 사는 조선인들의 호적을 조선정부가 관리했다는 기록도 있어 서간도는 조선의 땅이었음을 말해준다.

하지만 1962년 북한과 중국 사이에 체결된 중조변계조약은 양국의 경계를 확정하였

노래로 연 나의 세상

는데 국경은 압록강–백두산–두만강이며 간도는 중국 땅에 넣었다. 잃고 사는 우리의 땅 간도. 우리 민족이 주민이 되어 살고 있는 간도는 남북통일 이후에 우리와 중국의 외교적인 마찰을 피할 수 없는 문제의 땅이다.

1905년 을사늑약으로 조선의 외교권을 빼앗은 일본은 즉시 간도에 통감부 간도파출소를 설치하고 "간도는 조선 영토"라고 주장했다. 그러던 일제가 1909년 태도를 바꿔 당사자인 조선의 동의도 받지 않고 청나라와 '간도협약'을 맺고 간도를 청나라로 넘겼다. 제3자인 일본이 맺은 주권침해 행위는 마땅히 '간도협약'이 원천무효이므로 간도는 우리의 땅이다. 나아가 안시성과 요동성이 있는 요동벌도 되찾아야 하리라.

'이 몸이 건느면 월강죄란다.' 아니다, 아니다. 중국이 만든 일방적인 점령 행패의 하나일 뿐이다. 내 나라 내 땅을 건너는데 월강죄라니. 당치도 않은 말이다. 언젠가는 이 땅 곳곳에 천하를 호령하며 말달리던 옛 고구려와 발해, 거슬러 올라가 부여와 고조선의 기상을 그린 노래를 만들어 뿌리리라.

－〈참조. 조선일보 2004. 5. 7. A21. 〈5〉 사이섬 비석의 슬픈 운명〉

나는 1987년 여름, '삼태기' 멤버였던 김한만에게 '연변나그네'를 취입시켰다. 그리고 '북간도 오촌당숙'이란 노래도 만들어 발표했으며, 숙경이란 가수를 통해 '고구려'를 발표했다.

반겨줄 일가친척 막막한 이 거리에/ 꿈에서나 가는 고향/ 밤마다 끌어안고/ 팔자 없는 귀양살이 무심한 세월이여/ 울기도 안타까운 한 많은 타국살이/ 몸부림쳐 울었다오/ 연변 나그네 구겨진 내 청춘의 마지막 소원은/ 오매불망 가고 싶은/ 고향의 산천인데/ 몸이라도 못 갈 바엔/ 혼이라도 가리라/ 울어야 할 눈물마저 메마른 이 가슴을/ 그 누가 달래주리/ 연변 나그네

－김한만 노래 '연변 나그네' 1987.

가요 속에 잘못 쓰인 우리말

가요 속에 잘못 쓰인 우리말은 의외로 적지 않다. 필자가 기억하는 유명한 노래 가운데 한글의 오류를 꼽자면 수백여 곡이나 된다. 작사가의 지적 수준을 가늠케 한다고까지는 말할 수 없어도 잠깐의 혼돈이라고 보기에는 낯 뜨거운 가사도 더러 있다.

'국립국어원'은 2011년 8월 31일자로 일상에서 흔히 사용되고 있지만 그동안 표준어로 인정되지 않던 단어 39개를 표준어에 넣기로 했다고 밝혔다. 현재 사용되고 있는 표준어 중 표기 형태가 다른 단어 3개를 추가로 채택하였는데 태껸을 택견, 품세를 품새, 자장면을 짜장면으로 사용해도 무방하게 되었다.

그리고 현재 표준어와 같은 뜻을 가진 단어 11개를 추가하였는데, 간질이다를 간지럽히다, 남우세스럽다를 남사스럽다, 목물을 등물, 만날을 맨날, 묏자리를 못자리, 복사뼈를 복숭아뼈, 세간을 세간살이, 고운대를 토란대, 허섭스레기를 허접쓰레기, 토담을 흙담으로 복수사용이 가능해졌다.

그런가 하면 어감이 다른 단어도 25개나 추가하였는데, ~기에를 ~길래, 괴발개발을 개발새발, 날개를 나래, 냄새를 내음, 눈초리를 눈꼬리, 떨어뜨리다를 떨구다, 뜰을 뜨락, 먹을거리를 먹거리, 메우다를 메꾸다, 손자를 손주, 어수룩하다를 어리숙하다, 연방을 연신, 횡허케를 휑하니, 거치적거리다를 걸리적거리다, 끼적거리다를 끄적거리다, 두루뭉술하다를 두리뭉실하다, 맨송맨송을 맨숭맨숭 또는 맹숭맹숭, 바동바동을 바둥바둥, 새치름하다를 새초롬하다, 아옹다옹을 아웅다웅, 야멸치다를 야멸차다, 오순도순을 오손도손, 찌뿌듯하다를 찌뿌둥하다, 치근거리다를 추근거리다로 써도 된다고 한다.

위의 단어들은 31일자로 인터넷 '표준어대사전(stdweb2.korean.go.kr)'에 올랐다.

문교부가 1988년 '표준어규정'을 고시한 이래 1990년 국어연구소(국립국어원 전신)의 표준어 모음 발간, 1999년 국립국어원의 '표준국어대사전' 발간 등 표준어 규정은 현실과 타협했지만 불만과 비판의 목소리가 끊이질 않았다.

특히 짜장면의 경우 자장면에서 짜장면이라 부를 수 있게 되는 데 무려 25년이 걸렸다. 1986년 외래어 표기법이 생기면서 자장면이 되었는데 비판을 수용하여 짜장면으로 복권시켜 다행이라고 본다.

이미 우리 가요는 나훈아의 '너와 나의 고향'에서 "구름 머무는 고향땅에서 오손도손 살리라"처럼 오손도손이라고 표현하며 상용했다. 오순도순이라고 부르면 그 맛이 오손도손에 미치지는 못할 것이다.

필자는 지금도 이해가 가질 않는 옛 노래 '불효자는 웁니다'의 마지막 소절인 "드디어 이 세상을 눈물로 가셨나요 그리운 어머니"에서 '드디어'가 영 밉다. 이 표현은 마땅히 '어이해'가 맞을 것이다.

흔히 범하기 쉬운 오류 중 하나인 "~만 남기고 되돌아선 무정한 당신" 중 '되돌아선'의 표현은 '뒤돌아선'이 맞을 것이다. 되돌아선 것은 애초에 작정한 것을 번복하고 원래대로 온 것이며 뒤돌아선 것은 이별을 의미한다.

필자도 놓치기 쉬운 오류 중 하나가 부사의 혼돈이다. 마치 축구경기에 업사이드 반칙 같은 것인데 "너무너무 사랑해"란 표현은 잘못된 표현으로 부사의 오류 중 대표적이라 하겠다. '너무'란 말은 부정적인 의미를 나타내는 부사로 일정한 정도나 한계를 지나쳤음을 나타낸다. 예컨대 '너무 좋다'라는 표현은 맞질 않으며 '너무 나쁘다. 너무 이상하다, 너무 지나치다. 너무 무리한다. 너무 작다 좁다 많다, 너무 요란하다, 너무 시끄럽다' 등 부정적인 상황을 가리키는 부사다. 따라서 "너무너무 사랑하고"는 "정말정말 사랑하고"가 맞다. 아니면 매우매우, 아주아주, 진짜진짜 같은 긍정적인 말을 찾아내야 한다.

요즘 노래 중 신세대의 가사는 오류나 표현 미숙이 빈번해 지적을 하기조차 민망하다. 옛 가요 중에도 어법에 어긋나는 가사가 상당수 있다. 전문 작사가가 아닌 작곡가가 손수 쓴 가사에서 주로 많이 등장하는 오류는 다시 바로잡아야 한다.

의미의 혼돈과 표현의 미숙 또는 저급한 문장뿐만이 아니라 국어를 제대로 알지 못하고 쓰는 가사는 발표하기 전에 몇 번이고 확인을 거치는 절차를 가져야 한다. 가요가

나라의 문화이고 노래가 말의 기준이 된다는 사명감을 가지고 가사에 도달해야 하리라.

항구엔 왜 가수가 많이 나오는가?

항구엔 왜 가수가 많이 배출될까? 이 질문에 단답형으로 "항구니까!"라고 말할 수 있는 조건과 근거는 충분하고도 남는다.

우선 항구의 지리적인 위치를 보자. 바닷가다. 부두가 있고 배가 드나든다. 배는 서양문물을 실어온다. 따라서 사람들이 빨리 개명한다. 술과 여자와 도박 못지않게 음악과 춤이 흥청대는 곳이 바로 항구다. 보고 듣는 게 다 노래 그 자체다. 그런 연유로 부산, 포항, 인천, 군산, 울산, 마산, 충무, 여수, 목포, 함흥, 원산 등지에서는 가수들이 많이 탄생한다.

굳이 항구나 포구 또는 바닷가가 아니더라도 바다를 인근에 둔 고장에서 유명한 가수들이 많이 나타난 것도 결코 우연은 아니다. 울산의 고복수와 윤수일, 부산의 현인, 박일남, 나훈아, 현철, 김상진, 최백호, 인천의 박상규, 포항의 펄씨스터즈, 함중아, 울진의 장현, 여수의 주병선, 목포의 이난영과 남진, 최유나, 청진의 이인권, 마산의 진방남, 군산의 박윤경, 박진석 등 이루 헤아릴 수가 없다. 바다 인근 고장이라 할 진주는 남인수, 강화도는 김부자와 방실이의 고향이며 서주경은 영덕 출신이다.

우리가요 중에는 항구를 읊은 노래가 많다. 항구 노래에는 마도로스의 무역선이 단골로 등장하고 님을 싣고 떠나는 연락선인 페리호와 엔젤호가 있다. 그런가 하면 항구에 동의어처럼 따라 붙는 해당화와 동백꽃이 파도를 가르며 갈매기와 등대를 안고 가슴 아픈 사랑을 쓴다.

항구에 붙은 오륙도와 삼학도와 오동도는 그리움을 출렁이고 부산항 제1부두와 군산항 제2부두에는 야속한 사랑의 맹세가 있다. 마도로스와 파이프는 항구의 운치를 더해주고 님을 보내고 손수건을 적시는 새악시가 동백꽃잎처럼 슬픈 부두엔 뚜우~ 뚜우

노래로 연 나의 세상

뱃고동이 날린다. 항구는 이별의 대명사이지만 배가 들어오는 날이면 홍등가의 자지러진 교태가 해풍에 비릿하다. 작사가 치고 항구에 관한 노래를 몇 곡씩 가지고 있지 않은 사람은 없다. 나 또한 제주도, 오동도, 연평도, 백령도 등의 섬과 원산만, 묵호항을 비롯한 항구를 노래한 여러 편의 작품을 발표한 바 있다.

파도가 울부짖고 고동소리가 쓰러지는 수평선엔 언제나 해가 뜨고 진다. 만선의 기쁨과 엇갈리는 연락선엔 님을 싣고 아니 돌아오는 이별의 눈물이 주렁주렁 매달려 뱃머리에 부서진다. 그래서 시인들은 항구를 작사의 고향으로 삼으며 명가요를 만들었다.

우리 가요의 모티브는 언제나 항구가 선점했고 가수들은 즐겨 불렀다. '선창'과 '목포의 눈물'과 '이별의 인천항'과 '항구의 0번지'와 '잘 있거라 부산항'. 드디어는 '돌아와요 부산항에'로 절정까지 치달았다. 남쪽나라 바다 멀리 물새가 날고 동백은 오늘도 섬 색시의 풋 가슴에 빨갛게 탄다.

가도 가도 끝없는 바다는 먼데/ 나부끼는 돛대위에 노을을 걸고/ 정들면 고향이라 흐르다 머물

건만은/ 부평초 같은 신세/ 갈매기 나래 따라/ 오늘도 가는구나/ 항구 나그네

－김병걸 작사, 김다양 작곡 '항구 나그네' 1989

작품비에 대한 소고

작사, 작곡비는 얼마가 적정할까? 작품비를 지불하는 주체가 음반사에서 가수 본인으로 바뀐 오늘날의 음반제작 과정은 밀고 당기는 협상의 여지를 뒤바뀐 생색내기라는 그림으로 바꿔놓고 말았다.

작사비와 작곡비는 과거의 경우를 보면 대략 편곡비의 4배를 웃돌았다. 그러니까 지금의 편당 편곡비 100만 원~200만 원을 계산한다면 작사료 400~800만 원과 작곡료 400~800만 원, 도합 800~1,600만 원이 정상이다. 제작자 측에서 보면 상당히 부담스러운 금액이고 신곡을 서너 편 싣는다면 그 제작비가 5,000만 원을 호가한다.

나는 흥정이란 단어를 좋아한다. 절차적으로 참으로 민주적이고 사람 냄새가 나서 좋다. 흥정bargaining은 재래시장을 떠올리게 하는 거래의 대명사다. 영어의 ~ing는 현재진행이고 현재진행이란 뜻은 서로의 설득 능력에 따라 얼마든지 가변성을 열어두고 있다. 아직은 수정이 가능한 여지餘地가 곧 흥정이다.

흥정은 순서가 정해진 건 아니지만 받을 사람이 먼저 금액을 제시해야 한다는 전제를 깔고 있고 마치 갑甲과 같은 위치다. 이 말을 뒤집으면 작품비는 작품을 쓴 사람이 결정한다는 걸 의미한다.

이 흥정 속에는 세상이 들어 있고 사람냄새가 폴폴 난다. 나는 흥정의 주도권을 대체적으로 제작자에게 넘겨준다. 마음이 약한 탓이기도 하지만 내 쪽에서 흥정을 허락하여 봐주었다는 생색을 내고 싶은 것이다.

그런데 요즘 후배들은 미리부터 내 작품비는 얼마라고 못을 박아놓고 흥정을 거부하거나 아예 처음부터 차단한다. 너무 야박스러워 찬바람이 쌩쌩 돈다. 어찌 보면 너무도 당연한 자기권리, 즉 갑의 권리를 행사하고 있는 것일 테지만. 이 당당한 권리 절차에서 언제나 발을 빼는 나는 나와 동렬이 되는 작품자들한테서 덤핑한다는 오해를 사기도 한다.

음반사에서 가수 본인들로 제작자가 변화한 오늘날의 제작 풍토를 뻔히 아는 나로

노래로 연 나의 세상

서는 언제나 가수들의 편이 되어 편곡비에도 못 미치는 작품비를 받고 작품을 주는 편이다.

저급한 메시지나 시답잖은 문장으로 가요를 망치고 있는 작품자가 엄청난 작품료를 받았다는 소식과, 제작비를 아끼려고 가수 본인이 만든 미숙한 작품 등 싸구려 제작 마인드가 나를 슬프게 하고 화나게 만들어 흥정을 즐기는 순수한 마음이 다치고 있다. 이 길다란 문장처럼 말이다.

흥정은 영악한 계산이 아니라 휴머니타다. 흥정에는 들뜬 목소리가 있고 습습하지 않는 공기가 있고 날을 세운 앙칼짐이 아닌 시골길 같은 여유로움이 있다. 흥정이 성사되면 갑과 을이 서로 만족하는 마무리 기분이란 보너스가 동의어로 남는다. 짐짓 딴청을 피우며 오면서 깎고 가면서 깎는 흥정은 언제나 마수걸이처럼 기분이 좋다.

가수들이여, 나에게 달려와 신나는 흥정을 즐기시라. 누가 갑이 된들 어떤가.

유선음악방송 붐과 커피

1981년 4월 어느 일간지의 기사에 〈호텔, 다방, 백화점 등을 상대로 음악을 팔다―"유선방송 붐"〉이란 제하에 새로운 문화를 소개하고 있다.

당시 전국에는 약 20여 개의 유선방송국이 있었는데 서울엔 3개사기 있었다. 서울 강북을 대상으로 중앙음악방송(대표 李相俊)과 한국음악방송(대표 廉基喆), 그리고 강남의 남부음악방송(대표 魏三煥)이 있었다. 웬만한 지방 도시에도 한두 개씩은 유선 음악방송이 있었고 특히 부산, 광주, 마산, 인천, 대전에서 성업했다.

나는 오아시스레코드사에 근무할 당시 전국에 산재한 이 유선 음악방송국에도 새 음반이 나오면 가수의 보도자료와 함께 홍보용 LP판을 3장씩 보냈다.

음악 유선방송의 장점은 우선 손님들에게 음악 서비스가 절대적으로 필요한 업소에서 오디오 장치와 DJ 없이도 음악을 들려줄 수 있어 경비를 크게 절감할 수 있다는 데

류기진과 실버TV 김상희의 〈가인〉 출연

있다. 게다가 FM에 비해서 광고의 소음이 없다는 강점도 가지고 있었다. 광고음악이나 멘트 없이 줄곧 음악만 듣는 편안함 때문에 다방에서는 DJ가 있던 음악실을 폐쇄하기 시작하였고 유선 음악방송은 나날이 영역을 확장해 나갔다.

서울의 경우 도심지의 다방, 호텔, 살롱, 레스토랑, 병원, 이발관, 미용실, 체육관, 방직공장 등이 이 유선방송에 가입하였다.

〈한국음악방송〉은 8개 채널을 가지고 있었으며 채널마다 각기 다른 음악이 동시에 방송되었다. 따라서 가입자는 기호에 따라 채널을 골라서 들었다. 16개의 턴테이블을 놓고 1채널에서는 흘러간 옛 가요를 2채널에선 최신 국내가요, 3채널은 가요 종합, 4채널은 무드음악, 5채널은 최신 히트 팝송, 6채널은 팝송 종합, 7채널은 클래식, 8채널은 국악으로 나누었다. 중앙음악방송은 6채널이었고 남부음악방송은 4채널이었다.

이들 방송국에서는 대개 1만 장 내외의 디스크를 가지고 있었으며 이들은 한때 스테

노래로 연 나의 세상

레오 방송을 시도하다가 시설비에 항복하고 모두 모노방송으로 주저앉았다.

업소에서 방송사에 내는 월 사용료는 강북이 6,500원, 강남이 7,590이었다. 처음 신규 가입자는 시설비 명목으로 지역에 따라 2만 원에서 3만 원씩을 부담해야 했다. 가입자는 중앙이 5,400구좌, 남부가 3,000구좌, 한국이 2,000구좌였다.

1980년대 중후반 유명 노래 외에도 내가 작사한 나영수의 〈남자의 술잔' 구로환 곡〉과 〈지나' 김성유 곡〉은 유선방송의 인기곡이었고, 간간히 최미미의 〈소설 같은 내 사랑' 임정호 곡〉과 윤재관의 〈나그네 브루스' 장현준 곡〉, 김갑순의 〈두 번 울지 않으리' 임정호 곡〉, 〈명사십리' 임정호 곡〉 등 그다지 PR하지 않는 노래도 틀어줄 만큼 후덕한 방송이 바로 유선음악방송이었다.

유선음악방송이 DJ를 밀어낸 다방은 조금은 썰렁해 보이긴 했어도 여전히 만남의 장소로 애용되었고 문화와 정보의 사랑방 내지는 연인들의 밀어가 흐르는 대중음악의 갤러리였다.

다방 하면 커피가 자동으로 연결되는데 우리 가요 중 장계현의 "커피를 알았고 낭만을 찾던 스무 살 시절에 나는 사랑했네."란 '나의 20년'이 떠오른다.

커피가 가진 얼굴은 무엇일까. 누구에게나 첫사랑의 추억 같은 커피의 의미는 어른이 되었다는 증표이며 새로운 문화적 체험이기도 하다. 단순한 음료수가 아니라 맛 이상의 무엇을 지닌 게 바로 커피다.

흑백텔레비전 같은 커피의 추억과 다방의 향수가 이제는 낯선 풍경이 되어 버렸지만 눈을 감으면 그 시절인 듯 음악이 흐르고 커피 잔에 피어오르는 원두향의 더운 김이 아지랑이처럼 입술에 감긴다. 〈2008. 11. 6.〉

케이블방송마저 없었더라면……

케이블방송마저 없었더라면…?

그림이 보인다. 일단의 정상급 남녀 가수가 더 견고하게 방송을 점령하려 들 것이고 '신출내기 가수'와 '중고 가수들'은 그나마 설 땅을 잃고 1년에 고작 한두 번 정도의 TV 출연도 하늘에 별 따기일 것이리라.

성인가요의 경우 현철, 송대관, 김국환, 태진아, 설운도, 배일호, 김상배, 강진, 조항조, 하동진, 박진도, 소명, 김범룡, 박상철, 박현빈, 최영철, 현당, 진성, 류기진, 조승구, 이태호 등 20여 명의 남자 가수와 김수희, 최진희, 주현미, 장윤정, 이자연, 최유나, 이명주, 서주경, 박윤경, 한혜진, 김혜연, 김용임, 현숙, 이혜리, 유지나, 문연주, 우연이, 강민주, 윙크 등 도합 40여 명 가수 이외에 이 땅에 트로트가요 가수가 또 있었던가?

물론 〈전국노래자랑〉에는 나오지 않는 남진, 나훈아, 조용필, 최백호, 최성수, 심수봉, 인순이, 신형원, 정수라, 신효범, 이선희 등의 가수는 별개의 성격이지만 신유, 박구윤, 금잔디 등 유망주들이 얼마 만에 나타난 것인지 세계에서도 그 유래가 없는 만년의 가수들이 장기집권을 하고 있다.

지상파 어디를 돌려봐도 '7080'프로에나 나오는 추억의 포크 계열 가수를 제외한 트로트가수라곤 앞서 거명한 가수 이외에는 통 구경조차 할 수가 없다. 라디오방송에서는 폭을 넓혀 여러 가수들을 소화하지만 TV는 KBS의 〈열린 음악회〉, 〈전국노래자랑〉, 〈가요무대〉, MBC의 〈가요베스트〉, SBS의 〈Top10 가요쇼〉가 있지만 그 진입장벽은 너무나도 높다.

노래는 감동이다. 그런데 곡조는 어렴풋이 알아도 되고 가사나 외우면 되는 모 방송의 TV 간판프로가 있다. 관점에 차이가 있을 수는 있겠지만 나의 상식으로선 이해가 가지 않는다. 무엇을 노리고 무엇을 메시지로 하는지 납득이 안 가는 이 프로는 아무튼 장수하고 있다. 휴일 황금시간대에 방송을 장악하며 가요 작가들이 생명을 걸고 만든 가

노래로 연 나의 세상

요를 우습게 덤핑하고 있는 것 같아 안타깝다.

방송권역이 84%이지만 전국을 커버하는 〈아이넷〉과 〈월드〉, 〈복지〉, 〈실버〉, 〈아름〉 등 케이블방송이 무대를 제공해주지 않으면 도대체 그 수많은 가수들의 설 땅은 어디란 말인가?

만약에 성공한 가수들 사오십 명이 케이블방송으로 쳐들어와 출연료를 안 받고 공짜라도 좋다며 자리를 장악한다면 이름 없는 가수들은 정처없이 보따리를 싸야 하리라.

박일준, 김명성, 김종완, 전철, 한동엽, 현진우, 진국이, 오은주, 왕소연, 한서경, 이효정, 전미경, 민지, 현자, 임현정, 리화, 김민정, 정정아 등 '후미 그룹 가수들'과 선풍, 차민, 동후, 배소연, 혜미 등 200여 명이나 되는 신예들이 기회를 엿보고는 있지만 케이블방송이 이들을 다 소화할 수는 없다.

어디 이뿐이던가. 지역에서 활동하는 지방가수들이 무려 500여 명은 되고 각종 가요제나 노래자랑에서 입상한 아마추어들이 기념판 비슷한 음반을 내어 가수활동을 하거나 역시 가수증을 낸 노래 강사들까지를 합하면 2,000여 명은 된다고 한다. 노래방 문화가 정착하고 마이크를 손에 쥔 세상을 살게 되면서 너도 가수고 나도 가수다.

케이블방송사는 검증도 안 된 무명가수들의 퍼레이드와 질 낮은 행사의 녹화 내지는 특정 프로그램의 계약 방송은 마땅히 자제해야 한다. 광고 부킹이 적어 녹화비와 송출료를 받아야 하는 어려움이 있다고는 하지만 이는 하나를 알고 둘은 모르는 자승자박이다.

경비가 많이 들어간다 하더라도 보다 좋은 노래와 질 높은 가수들이 벌이는 노래잔치를 추구해야만 프로그램이 살고 방송이 살며, 그것으로 시청률이 상승하면 광고가 붙게 마련이다. 당장의 고난이 있겠지만 감수해야 한다. 그럴 자신이 없으면 시작도 말아야 한다.

경쟁력의 강화야말로 우수한 가수 발굴과 육성, 그리고 그 위에서 발아하는 양질의 노래가 꽃 핀다. 무명가수들이 내는 제작비가 성공한 가수들의 총알이 되어 지상파방송이나 케이블방송의 비중 있는 프로그램을 점령한다는 먹이사슬도 기억해야 한다.

  필자는 이런 슬픈 패러다임을 걱정하면서 그럼에도 케이블방송이 생겨 무명가수들에게 숨통을 터주고 있음을 다행스럽게 생각한다.

  아! 가요 프로그램만을 전문으로 하는 지상파의 출현은 꿈나라 이야기란 말인가? 나의 요원한 희망사항이란 말인가?

노래로 연 나의 세상

필자의 작품 중 김지애가 부른 '남남북녀'는 북한이 선정한 자체 금지곡이다. 70년대 극심한 이농현상에 따른 청춘남녀의 애절한 사
랑을 그린 노래인데도 제목 때문에 그렇게 된 것 같다.

— 〈'다함께 차차차'로 북한군심 잡는다〉 본문 중에서

08

뮤트mute

어버이날에 바치는 사모곡과 사부곡

give me my life. 부모님은 나에게 내 삶을 주셨다. 그리고 마침내는 give me even their life. 당신 삶까지도 기꺼이 내주신 분이다. could not be everywhere. 신은 자신이 모든 곳에 함께 할 수 없어서 어머니라는 존재를 만드셨다.

(2011. 5. 9 조선일보 A29면 윤희영의 News English)

며칠 전 부모님의 산소를 다녀오긴 했지만 어머니 아버지에 대한 그리움을 어이 다 떨칠 수 있으랴. 나룻배를 건너는 아들에게 강이 다 끝나도록 잘 다녀오라고 흔들던 손을 내리지 않았던 어머니. 어느 날 장터에서 만난 아들의 20리 하교 길이 너무 멀어 안쓰러운 눈길로 바라보시던 아버지의 그렁그렁한 눈물을 나는 잊을 수가 없다.

목매기 송아지가 엄마 찾는 날/ 중앙선 열차 타고 서울로 왔네/ 산허리 들머리 몇 번을 지났나/ 차창에 멀어지는 어머닐 두고/ 출세해 보자고 고향을 떴네/ 나 어느덧 서울에서 두 배는 더 살았네/ 사투리만큼 정다운 시골처녀 만나서/ 손자 재롱 당신께 안기렸더니/ 야속해라 어머니여 하늘나라 가셨네/ 잠 안 오는 밤이면 하늘을 보네/ 마을이 보이고 어머니가 보이고/

♩♪♬
노래로 연 나의 세상

새벽안개 자욱한 신작로 우물가에/ 물을 긷는 어머니가
어머니가 보이네

어머니를 여의고 쓴 '물 긷는 어머니'란 가사歌詞다. 아! 어머니의 하늘은 어떤 빛이었을까? 아버지의 황톳길은 또 몇 리나 될까? 숨찬 세월 살다 가신 두 분이 가여워지는 날이면 나는 아이처럼 엉엉운다. 차를 몰고 가다가도 엉엉 운적이 어디 한두번이었던가. 내가 자식 낳고 보니까 그 마음 열 천번도 알 것 같은데 야속하여라, 두 분 모두 내 곁에아니 계시다.

등 굽은 소나무 아래서 어머니를 보네/ 멍울진 가지 끝에 내리는 노을이 슬픈 이 저녁/ 등 굽은 소나무 아래서 어머니를 보네/ 살아생전 허리 한번 펴지 못하고/ 소나무껍질 같은 세월을 살다 가신 어머니/ 철 바뀌어도 옷 한 벌 못 사드렸네/ 여행 한 번 못 보내 드렸네/ 솔방울 같은 눈물이 가슴 찌르는 저녁/ 등 굽은 소나무 아래서 어머니를 보네

2010년에 쓴 '등 굽은 소나무 아래서'다. 허리 한 번 제대로 펴보지 못하고 형극荊棘의세월을 살다 가신 어머니. 평생을 큰소리 한 번 쳐보지 못하고 자식들을 위해 당신을 내준 어머니가 더 보고 싶은 날이 어버이날이다.

불효한 이 자식이 드릴 수 있는 건 고작 이런 노래 가사밖에 없다는 걸 두 분께서도용서하실까? 필자는 어머니와 아버지에 대한 노래를 여러 편 지었다. '모정의 황토길','낮달', '아버지의 길', '만경강', '낙동강', '동동구루무', '검정고무신', '기러기 편지', '철자법도 틀리신 연필 글씨로' 등이다.

입고 있던 옷을 바람에게 다 주고/ 홀로 서는 겨울나무야/ 너를 보면 고향의 늙은 어머니 모습/ 그 얼굴이 생각난다/ 안 입고 안 먹고 자식을 위해/ 당신 삶을 모두 바치고/ 가을에 단풍 잎처럼 타다가/ 나목이 된 어머니시여

—김병걸 작사, 정경천 작곡, 유갑순 노래 '나목' 2008. 오아시스레코드사

방앗간도 있나요/ 살구꽃도 피나요/ 어머니가 사시는 그곳/ 기차도 가나요/ 비행기도 뜨나요/ 황토길엔 소쩍새도 우나요/ 계절을 찾아오는 철새를 보면/ 어머니가 와 계실까봐/ 일손을 멈 추고 바람처럼 달려가/ 추억만 사는 집 고향에 들러/ 부엌문을 열어봅니다
통통배도 있나요/ 등대불도 피나요/ 아버지가 사시는 그곳/ 소풍도 가나요/ 여행도 가나요/ 시간 맞춰 종도 치나요/ 해마다 돌아오는 명절만 되면/ 아버지가 와 계실까봐/ 일손을 멈추고 바람처럼 달려가/ 추억만 사는 집 고향에 들러/ 싸립문을 열어봅니다

—김병걸 작사, 김인철 작곡, '기러기 편지' 2011. 5

아버지에 관한 노래도 만들었었다.

세월이 울리고 간 벗겨진 그 이마에/ 또 하나 주름이 깊이 패여도/ 그 설움 알지 못한 자식을 위해/ 품에 안고 등에 업고 걸어온 아버지의 길/ 오늘도 분주해라 걷은 옷섶에/ 매달린 그 땀 방울 마를 날 없네

—김병걸 작사, 김수환 작곡 '아버지의 길' 1990.

아, 어머니시여. 돋보기로 석유등잔불에 꿰던 바늘귀. 황소바람이 문고리를 흔들던 당신의 엄동嚴冬을 기억합니다. 자식 먼저 생각에 고기 한 점 보약 한 첩 당신 입에 넣지 못하고 헐벗은 세월 살다 가신 아버지의 사랑을 기억합니다. 그때는 다들 그랬었다고 위로도 해보지만 불쌍해서 어쩌지요. 눈물 나서 어쩌지요. 우리 어머니 아버지시여.

촌놈 '머시기' 누가 얼른 데려갔으면…

백도라지꽃 이슬 젖던 날/ 재를 넘어 기차를 타고/ 서울 간다고 떠난 고향이/ 손꼽아 보니 아득한 세월/ 집도 사고 장가도 가고/ 서울에서 더 살았는데/ 나는 아직도 보리냄새 폴폴 나는 촌놈이었나/ 어디쯤 온 걸까/ 곤지암 쯤일까/ 서울 온 머시기

별이 빛나는 밤이면 홀로/ 밤하늘을 쳐다보았네/ 어릴 때 놀던 그리운 얼굴/ 별처럼 뜨네 가슴에 뜨네/ 자식 낳고 부모가 되고/ 서울에서 더 살았는데/ 나는 아직도 시골사투리/ 못다 버린 촌놈이었나/ 언제나 가려나/ 내 살던 고향에/ 서울 온 머시기

－김병걸 작사, 이동훈 작곡 '머시기' 2008.

서울에서 산 지도 35년이 됐다. 그렇지만 나는 여전히 서울사람이 못 되고 촌놈으로 산다. 몸은 서울 땅을 밟고 있지만 마음은 언제나 시골 고향에 있다.

아, 나 겨우 문경새재나 넘었을까? 아니면 수안보쯤 왔을까. 아직도 표준말처럼 영악스레 살지 못하고 세상물정에 어둡고 서울깍쟁이 못 되었으니 영원한 촌놈일 밖에.

내가 곤지암쯤 왔다구요? 예끼 여보슈! 사람 놀리면 못 써요. 거기만 왔어도 내 이리 궁상맞게 살진 않을 거외다.

이 못난 촌놈 '머시기'를 데려갈 분 안 계십니까? 나 말고 내가 지은 노래 촌놈 '머시기' 말입니다요!

－폴카리듬에 고전적이면서도 다이내믹하여 어깨춤이 절로 나는 곡이다. 이동훈 형에게 아직까지 히트 못 친 신곡 반주음악이 있으면 하나 달라고 했더니만 '사랑의 제3자'란 악보와 함께 테이프를 건네주었다. 나는 가사를 '머시기'로 바꾸고 새로운 레퍼토리 하나를 건졌다. 노래 끝 소절에 머시기는 부르는 가수가 자기 이름을 넣어도 된다. 촌놈 '머시기' 누가 얼른 데려갔으면 좋으련만….〈2009. 9. 16〉

전라도 가수와의 남다른 인연

나는 전라도 가수와의 인연이 남다르다. 우리나라 지방 중에서도 전라도 출신의 가수가 90년대에 들어오면서 유독 눈에 띄게 많아졌다. 창이나 판소리의 고장이라 할 전라도에서 경상도의 전유물처럼 되어 있던 가요계를 대거 점령한 것이다.

그간 오기택, 박건, 송대관 '큰소리 뻥뻥', 하춘화 '막차', 김미성 '상처', 최진희 '사랑의 빙점', 현숙 '홍도화', 최유나 '내 사랑의 첫 페이지', 주현미 '그 다음은 나도 몰라요', 박윤경 '알리바이', 이창용 '비감' 등의 성공한 전라도 기성가수에게도 작품을 주었지만 초자배기인 신인을 발굴하거나 무명의 그늘을 벗어나지 못하고 있는 가수들에게도 작품을 주어 보란 듯이 인기가수의 대열에 합류시킨 바 있다.

남원의 소명, 민지, 김제의 유갑순, 이리의 전광진, 부안의 진성, 이상화, 임현정, 여수의 임이자와 순천의 이명주, 고흥의 류기진과 명진, 장흥의 현당, 영암의 강진과 김정은, 광주의 최선, 목포의 채희, 함평의 백형산 등이 내가 데뷔시켰거나 방송가수로서의 입지를 마련해준 가수라고 할 수 있다. 출신 고향을 따져보지 않아서 그렇지 취입시킨 수백 명 가수 중에는 전라도 출신이 추산컨대 절반은 되리라.

1986년 여름, 가수가 되고 싶다며 당시로선 그다지 유명하지도 않은 나를 찾아온 선형선(지금의 현당)과 서울역 앞의 하와이카바레에서 반짝이 옷을 걸친 무명 진성(본명 진성철)과 부산에서 김성유 작곡가가 데려와('도로 남'을 부른 김명애와 함께 상경) MBC 신인가요제에 출전시켜 입상, 훗날 '삼류소설가'를 준 이상화(본명 이순주), 수원 등지의 야간업소에서 팝송을 부르던 소명(당시는 소명호) 등이 내가 데뷔시킨 가수들이다. 또한 1993년 김수환 작곡가의 천거로 민지를 캐스팅하여 마포에서 가수 이명주와 함께 운영한 엘리뮤직의 기획음반인 메들리로 데뷔시켰다.

사회에서 만나 쿵짝이 잘 맞았던 친구를 꼬드겨 음반을 냈는데 그가 바로 류기진이다. 그런가 하면 1986년 메들리 편곡을 하던 김종한이 데리고 다니던 두 가수가 있었

노래로 연 나의 세상

는데 문연주와 강진이었다. 나는 김종한이 만들어 온 메들리음반의 타이틀을 〈문연주의 가요주막〉, 〈강진의 앵콜신청곡〉이라고 지어주었다.

이런 인연을 계기로 산돌기획 이종길 사장을 스폰서로 잡아 강진에게 '남자는 영웅', '어느 구름에 비 들었는지', '삼각관계' 등 9곡을 담은 독집 앨범을 제작해 주어 본격적인 방송가수로서의 기틀을 마련해 주었다. 이때가 1996년이었는데 '삼각관계'는 15년이 지난 2010년에서야 바람이 잡혀 지금은 최고의 히트송으로 떠올랐다.

출중한 가창력을 지닌 이명주는 실력만큼 날개를 펼치지 못하고 있었는데 방송국의 드라마 음악을 하던 작곡가 김현의 소개로 '짐이 된 사랑'을 써주어 본명인 유혜자로 활동하던 이름을 이명주로 바꾸고 비로소 메이저 가수가 되었다.

체격은 크지 않았지만 노래를 상당히 다이내믹하게 불러 호감을 준 소명은 1987년 당시 수원에서 작곡실을 하던 지금의 연예협회 창작위원장인 김상욱(당시는 김다양)과 합작으로 '어우렁동동'을 타이틀 송으로 한 독집음반을 내주어 데뷔시켰는데 당시는 이름이 소명호였다. '어우렁동동'은 '코리아랩소디'로 제목을 바꾸었다. 그리고 지금은 작곡가가 직접 노래를 불러 활동하고 있다.

여수 출신의 임이자는 이미자의 모창가수로 이미자와 가장 흡사한 음색을 지닌 주부가수였다. 나는 그녀를 1994년 킹레코드사에 전속시켜 이미자의 히트송전집을 모창한 음반을 냈다. 이 음반의 제작을 위해 작품비와 편곡비, 악단비를 합치면 당시로서는 서울 변두리 집 서너 채는 살 수 있는 어마어마한 돈이 투자됐다.

문주란의 판박이 목소리를 가졌던 김제 출신의 유갑순은 조항조의 출세작인 '사나이 눈물'의 전신인 '이대로 타인'을 1987년에 불렀는데 이 노래 역시 방송 홍보를 했던 곡이다. 〈갑순이의 가요나들이〉란 제명으로 메들리 음반을 6집에 걸쳐 제작할 정도로 오아시스레코드사에서는 보물 중의 하나였다.

나는 유갑순의 모든 음반을 기획했는데 정경천 작곡의 '내 가슴에 지는 노을'과 이동훈 작곡의 꽃말 시리즈 20편을 작사하여 발표한 바 있다. 1995년 일본으로 건너간 유갑순은 현재 오사카에 거주하고 있다. 2008년 잠시 귀국하여 마지막이란 단서하에 내가 준 작사와 이동훈 작곡의 '오빠는 내 남자'와 정경천 작곡의 '나목'을 발표하였다.

'한 번만'을 부르고 다니는 채희는 목포 출신으로 90년대 초반 필자와 이호섭이 합작한 슬로우 풍의 '여자'란 곡으로 난영가요제에서 대상을 탔다. 그리고 2012년 순천 출신의 지은아가 '눈이 번쩍'을 홍보하고 있다.

앞으로도 필자와 전라도 출신 가수와의 인연은 계속될 것이다. 끼가 많고 소리꾼이 되고자 하는 집착이 강한 호남지방 정서가 사그라지지 않는 한 만남은 지속될 것이다. 진정한 소리꾼을 찾기 위해 동분서주하는 나의 정성이 하늘에 닿기를 염원한다.

아직까지 작품을 같이 하진 않았지만 가까이 지내는 전라도 출신의 가수들도 많이 있는데 남진, 조미미, 장욱조, 홍세민, 박우철, 윤희상, 박진석, 박진도, 오영민, 박정식, 주병선, 정문, 김유정, 박화준, 정태영, 박정주, 혜랑, 김상식, 김도현, 오백화, 오현아, 정옥이, 정음 등의 가수들이다. 〈2012. 2. 19〉

필운동의 아픈 상처

사직공원 맞은편의 필운동과 사직동은 골목길을 경계로 갈라진다. 구舊 내자호텔 자리에 서울지방경찰청이 들어서고 그 맞은편에 오피스텔 〈경희궁의 아침〉이 대단지로 자리 잡고 파크펠리스를 지나 현재 내가 살고 있는 〈광화문Space本〉 아파트 단지가 신축되어 2007년 12월에 입주했다.

나는 집에서 길 하나 사이인 필운동 2층, 세일☵빌딩 앞을 지날 때마다 십 수 년 전의 사건을 아프게 떠올려야 한다. 참 묘한 인연이다. 꼴도 보기 싫은 이 동네로 내가 이사를 와서 살게 되다니 거 참…….

이미 고인이 되었지만 태양음향의 김 아무개 사장의 추악한 음모와 더불어 이에 작당하여 사태의 실체에 접근하지 않고 공권력을 사적으로 남용한 당시 서울지방경찰청 수사2계 박 아무개 경사와 권 아무개 경장의 천인공노할 만행을 이 책을 통해 뒤늦게

나마 폭로한다. 사건을 주도한 태양음향의 김 사장과 박 경사는 친구지간이었다. 또한 박 경사는 모 작곡가와 군 동기이기도 하며 이 사건을 배후에서 조종한 콤카의 총무부장 전 아무개의 친구이기도 하다.

1996년 여름, 자정이 넘어 걸려온 전화 한 통은 비극의 시작을 알리는 사이렌이었다.

"김 선생, 나보고 불법음반 제작자래요. 아무리 아니라고 말해도 소용없어요. 김 선생이 와서 해명 좀 해줘요. 벌써 12시간 넘게 조사받고 있는데 고문도 이런 고문이 없어요."

이미 주눅 들 대로 든, 그리고 겁에 질린 목소리는 애타게 나의 구조를 애원했다. 나는 무슨 그런 말도 안 되는 개소릴 하느냐며 담당 형사를 바꾸라고 고함을 질렀고 옆에서 들었는지 박 경사는 수화기를 빼앗아 말했다.

"여보시오, 김병걸 씨. 제3자인 당신이 여길 왜 와요? 올 필요도 없고 들을 얘기도 없으니 그리 아시고 전화 끊으세요!"

상당히 고압적인 말투였다.

"이보세요. 무슨 내용인지 소상히 설명해도 부족할 판에 국민의 공복이 이 무슨 몰상식한 언동이요. 아니 백주 대낮에 사람을 강제 구인해놓고 12시간이 넘도록 고문하고 이러고도 무사할 줄 알아! 내 당장 달려갈 테니 꼼짝 말고 게 있으시오!"

이 전화 한 통이 나에게 범죄자의 올가미를 씌우는 시발점일 줄 누가 알았으랴. 이미 짜놓은 각본을 가지고 긴급사건으로 처리된 이 사건은 코미디였지만 체포되어 끌려간 OO음반의 J사장은 6개월간을 억울하게 옥살이했다.

J사장의 죄명은 상호도용 불법음반 제작과 유통 및 사문서와 사인위조私印僞造였다. 그리고 영문도 모르고 덩달아 곤욕을 치른 나의 올가미는 동행사의 공동 정범이었다.

사건의 내용은 이러했다.

J사장은 어린이용 음반물을 유통하는 음반제작 PD사를 운영했고 몇 개 따블의 메들리음반을 제작 유통하고 있었다. 당시 국내에는 J사장과 같은 크고 작은 PD사들이 30

여 개는 존재했다. J사장은 등촌동에 있는 태양음향의 PD사로 있었고 1년에 상호 사용비로 3백만 원을 주고 있었다. 그러던 중 태양음향 김 사장은 이미 부도가 뻔한 위조어음 3천만 원을 J사장에게 와리깡(割引)을 하였고 결국 이 어음은 부도 처리되고 말아 J사장은 최소 10년간은 상호를 쓸 수 있는 자격을 얻고 있었다.

그럼에도 김 사장은 돈을 뜯어내기 위한 목적으로 J사장에게 계약에도 없는 로열티를 요구했고 J사장의 음반 중 몇 개를 자기한테 넘기라고 협박했다. 이를 거부하자 김 사장은 부아가 났고 샘마저 나던 차라 절친한 친구인 박 경사에게 불법음반 제작자라고 혼내줄 것을 사주했다.

콤카komca의 전 아무개 부장은 때마침 J사장에게 몇 따블의 음반 판매 영업을 맡긴 김병걸을 한데 엮으면 김병걸이 귀찮아서라도 J사장 구명에 나서서 협상을 중재해 줄 거라는 아이디어를 주면서 음모에 가담했다.

나중에 콤카의 전 아무개 부장은 내가 검찰에서 무혐의로 처리되자 상당히 당황한 표정으로 나에게 힘(빽)이 그렇게 좋은 줄 몰랐다며 낙담하는 걸 보고 나는 여러 가지 그림을 짐작했다. 결국 이 사건은 김 사장의 의도대로 피해자나 고발 당사자가 없는 〈인지 사건〉으로 기획되었고 조사받던 그 다음날 J사장은 검찰에 넘겨지고 말았다.

지금은 없어졌지만 사건 당시에는 음반에 수록되는 저작물을 심의하는 〈공연윤리위원회〉가 있었고 이 공윤의 심의를 받고 심의번호를 획득해야 하는 제도가 있었다. 따라서 동일한 곡이라 해도 수십, 수백 번이고 음반의 타이틀이 바뀔 때마다 반드시 새로운 심의번호를 부여 받아야 하는 번거롭고 낭비적인 절차를 거쳐야 납본이 가능했다.

이 제도 때문에 음반사에서는 작사, 작곡가들의 목도장을 한 자루씩 파놓고 악보가 아닌 목록심의에 대비하곤 했다. 아마 그 당시 나의 이름을 판 목도장도 음반사마다 한두 개씩은 보관하고 있었으리라.

인감도장이 아니기 때문에 여타 권리행사를 하려고 판 것이 아니라 단지 이 공윤에 제출하는 목록심의 서류에 사용할 목적으로 소장했으나 J사장의 치명적인 약점은 이 도장에 있었다. 사무실을 급습한 경찰은 작품자들의 도장 수십 개를 압수하여 인장 불

노래로 연 나의 세상

법소지와 권리행사에 대하여 정상참작을 하지 않고 J사장을 범법자로 확정지었다. 물론 태양음향 김 사장은 상호사용을 사전에 허락한 사실이 없다고 진술하여 불법상호 도용의 죄목을 추가하게 만들었다.

이 사건이 얼마나 치밀하게 기획되었는지 여실히 증명되는 징후들이 나타나기 시작하였다. J사장이 잡혀간 그 다음날 어느 방송 라디오에선 다음과 같이 설치되어 있지도 않은 와인딩 설비를 운운하며 J사장을 범법자인 양 보도하였다.

"종로구 필운동 소재 OO음반사에서는 유명 가수들의 노래를 듣기조차 조악한 메들리라는 불법음반을 제작하는 시설을 갖추고 유명 음반사의 상호를 도용한 불법음반을 제작, 시가 OO원대를 유통하여 OO을 챙긴 J모 사장을 긴급 체포하여 사무실 창고에 보관 중인 음반 수만 개를 압수하여 검찰에 넘겼습니다."

나는 이 어처구니없는 사건의 추이를 분노로 지켜보며 현장조사란 기본도 챙기지 않고 경찰이 내민 원고대로 보도한 방송사를 명예훼손으로 고발하고 싶었지만 당장은 J사장을 구명하는 게 급선무였다. J사장은 구치소로 이송되기 전에 종로경찰서 보호실에서 하루를 대기하였는데 연락을 받고 다음날 아침 J사장의 부인과 둘이 면회를 갔다. 나는 씩씩하게 면회를 하며 J사장에게 당신은 아무 잘못이 없으니 별일이야 있겠냐며 위로해 주었다.

경찰청 특수부에 있던 고교 1년 선배인 권영헌 경감을 찾아갔더니 "야, 심심한데 너 주민등록번호 한 번 대봐." 하고는 뭔가를 두드리더니 "엥? 이게 뭐야. 야, 니 기소중지 되어 있어." 내가 이 사건에 연루되어 있다는 거였다.

"아니 선배, 본인 얘기도 들어보지 않고 더구나 나하고 전화하며 당신은 올 필요도 없으니 제3자는 빠지라고 해놓고 뭘 어떻게 했기에 내가 공범이냐고?"

나는 길길이 날뛰었다. 참으로 어이가 없는 고약한 처지가 된 나는 당장 내 문제가 발등의 불이었다.

사태 해결을 위해 백방으로 뛰어다니던 어느 날, 당시 청계천 4가 음반도매점 미미레코드사 2층에는 음반협회의 사무실이 있고 근처에 다방이 있었는데, 거기서 나는 가수

윤희상, 삼성음반의 전수길 사장과 함께 지혜를 모으고 있었다.

아, 그날 그 자리엔 사건의 배후자인 김 사장도 있었다. 그는 가증스럽게도 "어떤 놈이 말도 안 되는 짓거리를 밀고했냐"며 흥분했고 더구나 김 선생이 무슨 관련자냐며 오히려 나보다 더 날뛰었다. 자기가 범인이면서 너스레를 떠는 그를 그때까지는 의인으로 알고 나는 "어차피 김 사장님이 무관할 수 없는 사건이니 가서 잘 말씀해 달라."고 매달리기까지 했다.

J사장의 구명을 위해 사무실에서 압수해간 도장과 승인서를 맞추려고 나는 내가 사용하지도 않은 작품사용승인서를 확보해야 했고 몇 장은 돈을 주고 구입하기도 했다. 당시 어머니는 성내동 중앙병원에서 7개월간 입원하며 디스크 수술 중이었는데 J사장 사건은 엎친 데 덮친 격이었다.

기소중지가 될 경우 잡히면 일단은 죄의 유무를 떠나 담당검사의 아량 없이는 일정기간을 구치소에서 보내야 하는 더러운 절차를 거쳐야 한다. 두어 달을 그렇게 도망자 아닌 도망자로 마음 졸이다가 나는 자진하여 사건 담당인 서울중앙지검의 담당 검사를 찾아갔다. 검찰청에 출두하던 날 동행하던 가수 고영준 형은 "자식! 뒤에서 폼을 보니까 지가 꼭 검사 같네." 하며 당당하고 비장한 나의 자세를 두고 조크joke 했다.

나는 제작자도 아니고 상품을 유통하고 수금하는 영업자도 아니라는 사실과 J사장과 김 사장 사이의 저간의 사정 얘기와 J사장의 억울함을 어필했다. 더구나 내가 영업을 의뢰한 서너 따블의 음반은 이미 작품 승인의 처리가 된 증빙서류를 제출했다. 그리고 저작권 문제는 친고권인데 고발 당사자가 있느냐고 따졌다. 타이프를 치는 담당 계장은 아무 대답도 하지 못했다. 검사는 몇 가지 질문을 하더니만 참고인의 성격이었다고 이해해 달라며 수고하셨다는 말로 나를 위로했다.

결국 나는 검찰에서 무혐의 처리를 통보받았고 J사장은 이유야 어떻든 상호불법도용과 사인 위조라는 잘못에 짧은 기간이지만 집행유예를 선고받고 풀려났다.

고발자가 없고 피해자가 없는 이 얼굴 없는 인지 사건은 나에게 소중한 경험을 주었고 그로 인해 한 단계 성숙해졌지만 당시 내막도 모르면서 나를 안 좋게 보고 고소해 하

노래로 연 나의 세상

던 동료 몇 명을 잊지 못한다.

사건의 진실을 알고 나의 억울함을 풀어주기 위해 노력했던 가수 고영준과 윤희상, 작사가 장경수 그리고 정원수에게 감사한다.

나는 J사장을 필운동에 부르지 않는다. 너무나 아픈 상처 때문에 만나도 딴 데서 만난다. J사장는 그 사건 이후 압수당한 음반을 회수도 하지 못 하고 고난의 길을 걸었고 사건을 획책한 김 사장과 전 부장은 오래 살지 못하고 죽었다. 아마도 천벌을 받은 것이리라. 그리고 사건을 조종 받은 두 형사는 사건이 마무리된 다음 구기터널 〈장군〉이란 횟집에서 나에게 용서를 빌었다.

오리지널리티의 가치에 소홀하지 말아야

어떤 일이나 상품의 가치를 결정하는 요소 중에 차별화는 가장 우선하는 철학이다. 차별화는 오리지널리티Originality에서 획득된다. 오리지널리티는 퍼스트 무버First mover로 정체성을 말한다. 최초the First는 그 자체가 감동이고 프리미엄이다. 저절로 획득되는 이 오리지널리티는 사람의 마음속에 선점하는 우월적 지위다.

우리 가요는 속성상 음을 맨 처음 고정시킨 가수의 감동이 영원히 지속된다. 가령 '김선달의 대동강물'이란 노래를 김갑동이가 맨 처음 불렀다고 치자. 훗날 김갑동보다 가창력이 월등한 이을동이 부른다고 해도 김갑동의 감동을 능가할 수는 없다. 이것이 바로 오리지널리티의 힘이다.

나는 많은 노래들을 발표하면서 이미 방송을 한 노래 말고도 취입실에서 녹음한 기억만으로도 오리지널 가수, 즉 순번의 결과에 따라 노래의 감동이 비례한다는 걸 무수히 경험한다. 참으로 묘한 속성이다. 가창력이 출중한 가수가 부르는 게 훨씬 듣기 좋아야 정상인데 가창력하고 감동은 별개라는 이 유니크unique한 경험은 비단 노래만은 아닐 것이다.

품질 면에서 더 발전한 새 상품이 개발되어도 소비 면에서 유행을 선도trend setter하지는 못한다. 예를 들면 간장은 〈샘표간장〉, 식용유는 〈해표식용유〉, 소화제는 〈가스 활명수〉, 피로회복엔 〈박카스〉란 이미 머릿속에 기록된 이름은 상시적으로 지위를 선점하며 마케팅을 하고 있다고 봐야 옳다. 이미 최고가 아닌 엠파이어스테이트 빌딩이지만 최고 높은 빌딩하면 이 엠파이어스테이트를 누구나 떠올리게 된다.

TV 프로그램 〈가요무대〉는 이미 수십 년을 마르고 닳도록 들었던 진부한 레퍼토리를 반복하고 있는데도 지겹게 느끼지 않는 것은 돌아가고 싶은 추억을 만난다는 노래 위에 창출되는 향수鄕愁 때문이다.

따라서 같은 곡을 오리지널 가수가 나와서 부르면 감동의 깊이가 더해진다. 오리지널리티의 감동 연출을 위해서라도 방송사에선 되도록이면 오리지널 가수를 출연시키는 노력이 필요하다. 그렇게 하는 것이 곧 시청자에게 대한 예의이며 서비스다.

작품자로서 KBS에 바란다. 브랜드는 정신적인 대상mental object이란 사실에 비쳐볼 때 〈가요무대〉는 이미 우리 국민에게 자리 잡은 향수문화의 브랜드brand다. 그렇기 때문에 기존의 편성을 훨씬 뛰어넘는 선곡의 확장과 시의적절한 선곡 및 대타 가수들의 세심한 캐스팅, 곡에 대한 가수들의 가사와 멜로디의 정확한 숙지熟知와 전달, 자막 오탈자의 최소화와 사회자 멘트의 놀라운 지식 등 주문할 사항이 한둘이 아니다.

그러나 제일 중요한 것은 현재 잘 나가는 가수들과 쿵짝을 맞출 것이 아니라 오리지널 가수를 최대한 찾아내어 방송무대에 세우는 일이다. 그리하여 시청자들을 그리워하는 추억으로 무사히 데려다 주어야 한다.

'얼굴'의 신귀복 선생이 지어준 내 별명 김삼삼

"동그라미 그리려다 무심코 그린 얼굴~~~"
'얼굴'의 작곡가인 신귀복 선생님은 나와 짧지 않은 날을 함께 생활한다. 내가 제

18대 한국음악저작권협회
의 감사로 당선되던 1999
년 그해 신 선생님은 김영
광 회장의 지명이사로 임
원이 되어 그때부터 지금
까지 줄곧 이사이시다. 나
와는 2006년 제20대 선거
에서 이사로 동반 당선, 기
획위원회 멤버로 4년을 격
주隔週로 만나고 있다.

이러한 신 선생님께서 붙여주신 나의 별명은 김삼삼金三三이다. 사람도 삼삼하지만 하
는 짓도 삼삼하고 그럴 수밖에 없는 것이 김병걸의 병자가 갑을병甲乙丙의 세 번째인 삼
이고 걸자가 윷놀이 도개걸의 세 번째 삼이니 삼삼이가 맞고 거기다 성이 김 씨이니 금
이 번쩍번쩍하는 삼삼이란다.

"말씀이라도… 신 선생님 이거 정말 감사합니다."

삼삼하다는 형용사形容詞다. 언제나 삼삼하게 살자고 벼르지만 형용사는 아무나 되는
게 아닌가 보다. 나만 보면 삼삼한 이사님으로 부르는 신 선생님은 교장을 끝으로 정년
퇴직하여 각종 음악발표회를 기획하며 요즘도 작곡을 하신다. 재작년 선생과 나는 '효
성ITX 시가社歌'를 함께 만들기도 했다.

신귀복를 거꾸로 하면 복귀신福鬼神이 된다. 한글 그대로 뜻풀이 하면 복이 많은 귀신
이다. 귀신은 어떤 일이나 분야에서 최고의 전문가를 일컫는다. 도사道士 위에 귀신이
다. 아닌 게 아니라 복귀신 선생은 콤카Komca 회장 선거에서 당락을 좌지우지하는 귀신
이다. 이 복귀신 선생께서 지지하는 후보가 어김없이 당선되었다.

훤칠한 키에 연세보다 열 살은 젊어 보이는 신 선생님, 아니 신 이사님은 오늘도 콤

카의 임원실에서 부회장 책상에 앉아 홀로그램 같은 당신의 인생 편편片片을 편집하신
다. 창문 뒤로 김포공항 관제탑이 보이고 어디로 가는지 비행기가 날고 있다. 마치 바
코드bar code 같은 줄을 하늘에 그어놓고. 아마도 복귀신 선생은 비행기의 행선지를 알
고 계시리라.〈2009. 1. 4〉

대중음악 저작권 실리 없다

〈한국음악저작권협회komca〉에서 2009년 한 해 동안 거둬들이는 음악사용 저작권료
가 820억 원이다. 천문학적인 금액이다. 물론 1/N로 나누면 현재 회원이 일만여 명 되
니까 얼마씩 안 돌아가지만 실제적으로 등록회원의 70%에 상당하는 7,070명이 분배
의 권리자로 지정되며 최고 소득자는 연간 13억 원이란 엄청난 분배를 받고 10억 원 이
상이 3명이나 된다. 연 소득 1억 원 이상이 118명이고 5천만 원 이상 분배받는 회원은
281명으로 콤카 전체 분배액의 57.4%를 차지하여 불과 4%의 회원이 독점 지배한다.
　이 분배의 쏠림을 극복하고자 콤카에서는 많은 노력을 하고는 있지만 분배의 정의를
확립하는 일은 지난한 과제이며 언제나 시비를 잠복하고 있다.
　지금이야 분배액이 많아서 빈익빈 부익부라는 고민덩어리가 생겼지만 저작권의 지
배와 보상이란 실효성이 일천하던 1982년 1월 16일자 부산일보 12면 기사에 보면 '대
중음악 저작권 실리가 없다'란 제목으로 다음과 같은 분석을 하고 있다. 기사 내용을
그대로 옮긴다.

대중문화의 발전을 저해하는 장벽들이 조금씩 허물어지는 징조를 보이고 있지만 음악인들의

숙원인 저작권법의 개정은 미해결의 장으로 또 한 해를 넘겼다. 지난해에는 공연법이 개정돼

서 예컨대 외화의 경우 수입 가격에 맞춰 책정하던 극장 요금에 올해부터는 신축성이 생기게

됐고 레코드회사의 등록도 늘어났으며 비디오는 15개 업체나 등록을 마쳐 앞으로 질 좋은 테

노래로 연 나의 세상

이프가 나올 가능성이 많아졌다.

그러나 작곡가나 작사가, 가수들에게 이해관계가 크고 그들의 창작의욕을 북돋우는 데 결정적인 역할을 하는 저작권은 확립이 안 된 채 약간의 논란만이 일고 있을 뿐이다. 몇몇 음악인들은 저작권법 개정을 적극적으로 추진하고 있지만 저작권은 레코드회사나 방송국, 유흥업소가 한 편이 돼서 반대할 공산이 크기 때문에 파란이 예상된다.

현재 일본에서는 테이프 복사와 대여 문제로 저작권법상 저촉이 된다느니, 안 된다느니 격렬한 논전이 벌어지고 있고 송사로 번져 매스컴을 떠들썩하게 하고 있다. 저작권은 선진국일수록 제대로 확립이 돼 유명한 음악인의 후예가 조상 덕으로 많은 돈을 받기도 한다.

우리나라 실정에서 저작권을 선진국처럼 철저하게 지키기는 어렵겠지만 최소한 몇 가지 기본적인 사항은 법에 명시가 되어야 할 것 같다.

우선 레코드회사 내에서의 인세 채택이 법으로 규정돼야 한다는 것이다. 다음으로 방송국은 저작권법 22조 3항에서 보듯 공익상이나 상당 금액으로 표시한 모호한 규정 때문에 의례적인 사용료만 내고 있을 따름이다.

'음악저작권협회'에 따르면 KBS는 공연료와 재생료를 합해 한 달에 87만 3백 원을, MBC는 38만 6천여 원을 내고 있을 뿐이다. 외국방송 같으면 저작권 사용료만 계산하는 부서가 설치돼서 적정한 금액을 산출한다.

이밖에 유흥업소 등이 약간씩 저작권 사용료를 내고 있으나 전체 수입이 워낙 적기 때문에 음악인한테 분배되는 액수는 매우 적다. 가장 많이 받는 길옥윤 씨가 지난해에 한 달 평균 26만 원을, 원로작곡가 박시춘 씨가 25만 원, 반야월 씨가 20만 원을 받았다. 나머지는 모두 20만 원 이하. (이하 생략)

지금으로부터 27년 전, 콤카의 최고 분배자가 월 26만 원, 연소득으로 치면 312만 원이다. 참으로 격세지감이다. 88올림픽을 기점으로 우리나라도 베를린 국제조약에 가입하여 저작권이 강화되면서 콤카는 장족의 발전을 이룩했고 이제 연간 천억 원을 목표로 하고 있다.

　　그러나 내가 가요계에 나올 무렵엔 5년에 작사자, 작곡가가 한 명 나오기도 힘들었는데 요즘은 해마다 천 명에서 2천 명씩 늘고 있다. 이러다 보니 분배의 1/n이 늘어나 부자협회에 가난한 회원이란 말이 현실이 돼 버렸다. 〈2009. 7. 5.〉

어느 지방가수의 홀로그램 오해

　　나는 황당한 전화를 받고 뚜껑이 열렸다. 모 지방 여가수는 바코드와 홀로그램에 대한 예비지식도 없으면서 바코드가 쟈켓에 부착되지 않았다며 곧이곧대로 주문량의 음반을 제작해 준 나를 죄인 다루듯 다그쳤다. 이건 이렇고 저건 저런 겁니다, 하고 자초지종을 누누이 설명해도 어디서 무슨 소릴 들었는지 이해를 하려는 자세는 보이지 않고 막무가내였다.

　　바코드bar cord란, 바bar(검은색 막대)와 공백space(흰색 막대)을 특정한 형태로 조합하여 문자와 숫자 및 기호 등을 표시한 것이다. 즉 서류나 상품에 표시된 줄무늬 기호다. 이 바코드는 책을 시장에 판매할 경우 책을 다른 책과 구별하여 식별하기 위한 주민등록번호와 같은 일련의 번호다. 그러나 저자가 판매를 하지 않고 출판사에서 일정 부수만을 찍어 본인이 다 가져갔을 경우는 바코드를 생략하기도 한다.

　　음반의 경우도 이와 같아 음반의 판권소유자(가수, 저작자, 제작자)와 음반제조사 상호간의 제조량을 카운팅하는 수단으로 바코드를 인쇄로 표기한다. 단 이 경우는 음반을 시장 도소매점에 유통시켜 판매할 경우에 쌍방 합의로 바코드를 붙일 수 있으며 시장에 유통시켜 판매할 목적이 아닌 판권소유자 본인이 특정한 수량을 주문 제작할 경우는 바코드를 붙일 하등의 이유가 없다.

　　홀로그램 역시 마찬가지다. 홀로그램hologram이란 무엇인가? 음반(CD, Tape)에 보면 쟈켓 겉면에 사단법인 한국음악저작권협회Komca에서 발행한 작품사용승인이란 표기의 증표가 은박 또는 금박으로 만들어져 있다. 홀로그램의 뜻은 홀로그래픽에서 입체상을

노래로 연 나의 세상

재현하는 간섭 줄무늬를 기록한 매체다.

나는 저작권협회의 감사 재직 시였던 2000년에 홀로그램 개발을 주창했고 내 의견을 받아들여 Komca에서 제도화했다. 물론 음반 인세제도를 실시했던 1970년대에는 한시적이나마 종이로 된 인지를 사용하기도 했었다. 그러나 2000년대에 이르러 작품 사용료가 단발 정액제에서 신보 인세제로 바뀌면서 작사 작곡을 한 저작자가 식별할 수 있도록 하기 위해 홀로그램을 개발했다. 우리는 홀로그램을 편의상 〈증지〉또는 〈인지〉라고 부른다.

그렇다면 증지는 무엇이고 인지란 또 무엇인가?

〈증지〉란 어떤 사항을 증명하기 위하여 서류나 물품 따위에 붙이는 종이를 말한다. 〈인지〉란 세금, 수수료, 저작료 등을 낸 사실을 증명하기 위하여 서류나 상품에 붙이는 증표다. 따라서 증지가 음반에 붙어 있지 않다고 하여 비품은 아니다. 다만 어떤 음반에 5곡의 작품이 실려 있으면 작사 작곡 합해서 10편의 저작권리자 10명에게 보여주고 확인시켜 주려는 목적으로 인지를 부착하는 것이다. 부착은 했으되 저작권 처리가 제대로 되지 않았거나 아예 인지 부착이 누락되었다 하더라도 법적 구제의 권리는 한국음악저작권협회가 가진다.

근자에 들어와 음반시장이 무너지고 가수 본인이 제작자이기 때문에 상호를 가진 회사에서 임의로 음반을 찍어 시중에 유통시키지 않는다. 특히 성인가요를 부르는 가수들의 대다수는 판매용 홀로그램을 부착하지 않는다. 밑에 깐 구곡(기성곡)의 작품료 처리상 Komca에 인지로 처리하지만 이 경우도 대개 판매용이 아닌 비매용 인지를 사서 붙인다. 왜냐하면 그것은 방송심의용이나 홍보용으로 또는 지인들에게 나눠주기 위해 제작하기 때문이다.

만약에 최소 5곡 이상(MR곡 포함) 수록하면 비매용 2,000장의 경우 기십만 원의 증지료가 소요되고 매품용 증지의 경우는 기십만 원에서 백만 단위의 저작료를 내야 한다. 물론 곡수가 늘어나면 그만큼 인지료도 증액된다.

납기일이 촉박한 부득이한 경우 인지대금만 콤카에 지불하고 가수에게는 인지를 붙

▼
뮤트

이지 않고 곧바로 공장에서 납품하는 예도 있다. 그런데 모 지방가수는 마치 인지를 부착하지 않은 음반을 가짜인 양 엄한 소릴 한다. 물론 이 가수는 인지 대금을 내게 입금한 사실도 없다. 나는 황당하여 이 지방가수에게 납품한 시디를 다시 가져오면 인지를 붙여 주겠노라고 대답하고는 전화를 더 이상 받지 않았다. 며칠 후 오해가 풀린 가수는 내게 인지대금을 들고 왔다. 그리고 CD에 수작업으로 인지를 부착했다.

방송국 악단장은 1932년생이다

1932년생 방송국 악단장들 이야기다. KBS 악단장을 지낸 김강섭, 김인배 선생은 1932년생 동갑이다. 또 한 사람 이봉조 악단장도 자료에는 31년생으로 한 살 많으나 김강섭 선생의 말씀에 의하면 당신과 갑장이라고 했다.

이북 출신인 김인배 단장은 현역으로 있던 한때 풍을 맞아 주위를 안타깝게도 하였지만 열심히 노력하여 걸음이 다소 불편하긴 하여도 건강하시다. 후배 작사가인 노왕금과 짝을 지어 스카라 계곡인 충무로 다방에 출근하다시피 하며 작품에 대한 노익장을 과시한다. 2009년 여름 나는 선생에게 '아마도'의 편곡을 의뢰하였고 박진도의 키key로 한국음반녹음실에서 반주 음악을 떴다.

선생은 1964년 박재란의 '소쩍새 우는 마을'을 비롯하여 성재희의 '보슬비 오는 거리'와 조애희의 '내 이름은 소녀', 남일해의 '빨간 구두 아가씨', 배호의 '황금의 눈', 나훈아의 '임금님의 첫사랑', 한혜진의 '사랑이 뭐길래' 등 명곡을 남기신 작곡가이자 당신의 곡은 말할 것도 없고 백영호 작곡의 이미자 노래 '여로'와 배호의 '비 내리는 명동거리', '막차로 떠난 여자' 등 수많은 곡을 편곡한 편곡가이면서 트럼펫 연주의 대가다.

전북 정읍 출신의 피아니스트인 고바우 김강섭. KBS 간판 프로인 〈가요무대〉의 지휘

노래로 연 나의 세상

자로 잠자리 안경 너머 예지가 번뜩이는 명작곡가이시다. 최초의 히트곡인 1965년 김상국의 '불나비'를 비롯하여 최희

준의 '자가용 타고 친정가세'와 김상희의 '코스모스 피어 있는 길', '즐거운 아리랑', '빨간 선인장', 문정선의 '나의 노래', '꽃 이야기', '파초의 꿈', 나훈아의 '흰 구름 가는 길', 이용복 '그 얼굴에 햇살을' 등 주옥같은 가요와 우리가 익히 아는 다수의 군가를 작곡하였다. "너와 내가 아니면 누가 지키랴~"로 시작하는 '너와 나'와 해병대의 노래인 '팔각모의 사나이', '백마는 간다', '팔도 사나이' 등의 군가가 있다.

나와는 아주 가까운 사이로 당신께서는 저작권에 관한 자문 요청과 가끔은 신곡 발표를 위해 가사를 부탁하신다. 노태우 대통령 시절 3당 합당 후 민주자유당에서는 당가를 모집하였고 나는 선생과 조를 이뤄 당가黨歌 촉탁을 받아 당선, 당명을 바꾼 신한국당과 한나라당에 이르기까지 쓰이고 있다. 이 외에도 여러 기업의 사가를 함께 만들기도 하였다.

군대 시절 당시로서는 최고의 악단인 '김광수 악단'에 스카우트되어 부산에서 수송선 LCD 나이트클럽에서 피아노를 치면서 연주자로 데뷔한 선생은 미8군 쇼의 악단장을 거쳐 1962년 KBS에 들어가 2004년 퇴직하였다.

악단장 초년시절 KBS 전속가수이던 윤석화를 만류하여 연극배우로 전업하도록 권유하였으며 한양대에서 열린 대학생노래자랑에서 만난 조영남을 '세시봉'에 소개하여 가수로 데뷔시켰다. 그런가 하면 이용복과 노래자랑 출신의 문정선을 인기가수로 만들기도 하였으며 가요계나 방송사에서 해박한 음악지식과 바른말을 잘하는 정의파로 소문 나 있다.

선생께서는 가끔 내 사무실에 들러 사소한 일조차도 털어 놓으신다. 내게는 양아버

지 같은 분이시다.

　이봉조. 경남 남해 출신으로 진주 출신의 이재호 선생께 가르침을 받고 가요계에 뛰
어들어 섹스폰 연주자로 카리스마가 강했던 그는 TBC 악단장 시절 삼성그룹의 이병
철 회장께 명절이면 꼬박꼬박 세배를 드리고 단원들에게 나눠 줄 세뱃돈을 뜯어낼 만
큼 익살과 베짱이 두둑했다. 서예에도 일가견이 있어 지인들에게 글씨를 써 주곤 하였
는데 그의 글씨가 표구되어 오아시스레코드사 사장실에 수십 년을 걸려 있을 만큼 가
치를 인정받은 달필이다.

　아내인 현미의 '밤안개'와 '보고 싶은 얼굴', '몽땅 내 사랑'을 비롯하여 최희준의 '맨
발의 청춘'과 '팔도강산', 그리고 차중락의 '사랑의 종말'과 윤복희의 '웃는 얼굴 다정해
도'와 정훈희를 키워 '무인도', '안개', '꽃밭에서' 등 명곡을 남겼다. 이미 오래 전에 고
인이 되었지만 선생에 관한 여러 일화가 가요계에서는 전설로 회자된다.

　이봉조는 TBC에서 악단장을 하다가 5공화국 시절 언론사 통폐합으로 TBC가 없어
지면서 KBS로 자리를 옮겼고 김강섭은 TV를 맡아 〈가요무대〉와 〈열린 음악회〉을 만
들어 지휘하였고 후라이보이 곽규석이 사회를 보던 〈전국노래자랑〉의 악단을 지휘하
였다. 김인배는 라디오 쪽을 맡아 공개방송 프로를 지휘하였다. 특히 가수들의 방송용
무대 편곡을 도맡다시피 하였고 신사동 영동호텔 황궁에서 바이올린까지 거느린 악단
장으로 유명했다.

　작곡가 선생님보다는 악단을 지휘하는 단장님이란 호칭을 더 좋아한 이들 잔나비띠
1932년생들은 풍부한 음악적 기반 위에 폴카나 4/4 박자 트로트가 주류를 이루던 가요
계에 다양한 리듬과 모던한 곡으로 가요의 폭을 넓히고 질을 한 단계 높인 개척자들로
서 우리 가요사에 길이 남을 명장으로 기록될 것이다.

　요즘 잘 나가는 작곡가들을 이들과 비교해 보면 음악 지식이나 재주가 형편없이 뒤
떨어진다. 김강섭, 김인배, 이봉조. 이들은 결코 본인이 작사를 한 적이 없다. 보다 좋

노래로 연 나의 세상

은 멜로디의 발견과 질 높은 노래를 만들기 위해 작사가의 영감을 빌릴 줄 알았던 현명한 작곡가이자 진정한 예술인이다. 후배 작곡가들 모두 세 분을 '큰 바위 얼굴'로 삼아 닮아가기를 소망한다.

으악새 슬피 우는 가을에 〈고복수 가요제〉

태화강은 맑고 조용히 흘렀다. 가을바람에 십리 대나무 숲은 "아~ 으악새 슬피 우니 가을인가요~" 선생의 히트송인 '짝사랑'을 흔들었다. 울산 태화강 둔치에 마련된 아이넷 방송의 특설무대는 화려했고 이용식, 오솔미의 사회로 현철, 설운도, 이혜리, 전철, 한영주의 축하무대는 열기를 더하며 가요경연 참가자들의 수준은 높았다.

〈고복수가요제〉는 2012년 21회를 맞았다. 처음엔 가수상과 작품자에게 상을 주는 행사로 시작했다가 아마추어가요제로 전환했다. 필자는 심사위원의 성격보다는 가요의 뿌리를 찾아간다는 기쁜 마음으로 대회를 즐겼다.

울산은 억새가 지천으로 피어 있다. 으악새는 억새다. 하얗게 손을 흔드는 억새의 향연은 가을의 절정이다. 고복수 선생의 '짝사랑'에 나오는 으악새를 기리기 위해 일부러 억새 숲을 가꾼 것 같다.

고복수 선생은 울산 태생의 가요 1세대 큰 별이다. 1931년 부산에서 콜롬비아레코드사 주최 전선구도全鮮九都콩쿠르대회 예선 1위를 차지하고 본선에 올라 경성에서 홍난파, 안기영, 현제명이 심사를 본 가운데 지정곡인 '구슬픈 마음'과 자유곡 '낙화암'을 불러 3등에 입상하였다. 그러나 자신을 뽑아준 콜롬비아에서 취입을 서두르지 않자 이철의 OK레코드사에 픽업되어 작곡가 손목인과 호흡을 맞춰 이난영과 일본으로 건너가 '타향살이'를 취입, 공전의 히트를 쳤다. 이후 선생은 '짝사랑'과 '사막의 한' 등을 히트시키며 남인수, 백년설 등과 한 시대를 풍미했다.

가요제에 선생의 아들인 고영준이 보이지 않아 궁금하여 심사를 내려온 한국연예협회 석현 이사장에게 물어보니 이 대회를 주관하는 한국연협 울산지회와 뜻이 맞질 않아 결별했다고 한다. 처음엔 같이 했는데 결별 후 3년간 대회를 열지 못하다가 이후 연협 울산지회에서 단독으로 유치하고 있다고 한다.

선생의 유가족, 그것도 가수인 고영준이 빠진 대회는 앙꼬 없는 찐빵 같아 서운했다. 함께 심사를 본 고영준의 절친인 장경수 작사가에게 이것저것 물어보았지만 아무런 정보도 얻질 못했다. 현인 선생의 미망인이 해마다 참석하여 그 의미를 높이는 〈현인가요제〉와 자꾸 비교가 되었다.

현재 전국 각지에서는 가요제를 만들어 가요계의 큰 별이었던 가요작가나 가수를 기린다. 밀양에서 열리던 〈박시춘가요제〉는 선생께서 친일 행각을 하였다고 오해를 하여 아쉽게도 그 명칭을 바꾸어 〈밀양아리랑가요제〉로 명맥을 이어가고 있고 2007년부터 하동에서 열리던 〈정두수가요제〉는 재정을 이유로 중단되었다가 2012년 재개하였다.

성주에서 열리던 〈백년설가요제〉 역시 중단된 상태이고 부산의 〈현인가요제〉와 가요황제 〈남인수가요제〉는 건재하다. 이외에도 두세 단체에서 여는 〈배호가요제〉와 정읍의 〈송대관가요제〉가 생겨났고 해남에선 〈오기택가요제〉가 열리고 있다. 경남 사천에서는 〈삼천포아가씨가요제〉가 목포에선 〈목포가요제〉와 함께 〈난영가요제〉가 역사를 자랑한다.

이밖에도 경남 함안에서 열리는 〈처녀뱃사공가요제〉와 충주의 〈박달가요제〉, 춘천의 〈소양강처녀가요제〉와 경북을 순회하는 〈낙동가요제〉와 구미의 〈구미가요제〉, 경산의 〈압독가요제〉와 충주의 〈향토가요제〉, 영천의 〈왕평가요제〉, 그리고 안동에서 열리는 〈영남가요제〉, 원주의 〈박건호가요제〉 등이 있다.

노래로 연 나의 세상

특히 지자체 시대에 이르러 지역에서 벌이는 각종 축제에 노래자랑이나 특산품이나 지명을 딴 가요제도 수십여 개나 된다.

아마도 남일해, 나훈아, 남진, 이미자, 패티김, 문주란, 조미미, 현 철, 조용필, 설운도, 주현미 등 큰 가수들이 타계하면 이들의 이름을 딴 가요제가 출신 고장에서 만들어질 것이며 히트작이 많은 작사가나 작곡가들을 기리는 가요제도 열릴 것이다.

역량 있는 신인가수를 발굴하기 위한 가요제는 가요의 저변을 넓혀주는 훌륭한 자양분이 될 것이다. 가요계의 신진대사를 위한 이 일련의 행사는 문화의 창출이므로 정부나 지자체에서 다각적인 지원이 뒤따라야 하며 지원 예산을 대폭 늘려 질 높은 대회로 격상시켜야 하리라.

경북은 여러 작사가를 배출했다

2011년 10월 15일 저녁 7시 경상북도 경산시 경산시민회관 대강당에서는 경산시와 경산예총에서 여는 〈제1회 압독가요제〉가 막을 올렸다. 압독은 경산의 옛 이름이고 이 고장에서는 원효, 설총, 일연이라는 삼 성현을 배출하였다. 그리고 가수로는 방운아가 있다.

방운아(본명 방창만 1930~2005)는 1950년대 가요계에 나와 '마음의 자유천지', '한 많은 청춘', '여수야화', '두 남매', '경상도 사나이', '부산행진곡', '인생은 나그네' 등의 히트송을 남겼다. 그를 기억하기 위해 경산시에서는 경산시 보건소 뒤 남매공원에 〈방운아 노래비〉를 세웠다.

〈압독가요제〉는 전국에서 모인 예비가수들이 열띤 경합을 벌였고 그 수준은 대단히 높았다. 대구에서 출전한 20세 김하나 양이 '난 괜찮아'를 불러 영예의 대상을 차지하였고 용인대 국악과의 김유라 양이 '고추'로 최우수상을 수상했다.

가요제에서 함께 심사를 본 한국연협의 김천중 영천지회장은 영천에서도 그곳 출신

'애모'의 작곡가 유영건과 함께

인 작사가 왕평 선생을 기리는 〈왕평가요제〉를 연다고 했다. 작사가 왕평(1908~1040)은 일제강점기 시절 극작가 겸 배우 겸 작사가다. 무대에서 숨을 거둘 만큼 연기에 대한 열정이 남달랐던 그는 그 시절 팔방미인으로 '대한팔경', '황성옛터', '고도의 정한', '능수버들', '산간처녀', '항구의 일야' 등의 노래를 만든 가요 1세대 작가다.

그리고 보니 초창기 우리 가요는 경북지방 출신들이 주름 잡았다. 영천의 왕평을 비롯하여 '나그네 설움'과 '삼각산 손님'을 작사한 고려성이 금릉 출신이다. 역시 김천 출신으로는 '노들강변'과 '앞 강물', '봄맞이' 등의 노래를 작곡한 문호월(1905~1949)이 있다. '노들강변'은 공산당원이 되어 월북한 개성 출신의 배우 겸 만담가 신불출이 작사했다. '굳세어라 금순아'와 '감격시대'를 작사한 강사랑(강해인)은 대구가 고향이다. 이들 넷은 조명암, 박영호, 김서정과 함께 우리 가요를 이끈 초창기의 거목들이다.

특히 고려성(조경환)은 아우와 함께 활동하였는데 그 아우는 작곡가 나화랑(1921~1983 본명 조광환)이다. 나화랑은 콩쿨대회에서 입상하여 가수로 출발하였으나 길을 바꿔 '열아홉 순정'과 '이별의 부산정거장', '향기품은 군사우편', '청포도사랑', '이정표', '무너진 사랑 탑' 등 수많은 명작을 남긴 대작곡가이다.

세월이 흘러, 백년설을 배출한 성주 출신으로는 '꿈에 본 대동강'을 작사한 박대림과 '당신은 바보야'를 쓴 이길언이 있으며 안동 출신으로 이미자의 '저 강은 알고 있다'를 쓴 유동일이 있고 포항 출신으로는 '울릉도 트위스트', '화진포에서 맺은 사랑', '초가삼간', '고향산천' 등 많은 히트송을 남긴 황우루가 있고, 경주 출신으로는 '바다가 육지라면'을 쓴 정귀문과 오아시스레코드사의 사장인 손진석이 손석이란 필명의 작사가로 활

노래로 연 나의 세상

동했다. 그리고 홍민의 '석별'과 부부 듀엣의 '부부', 서울씨스터즈의 '첫차' 등 좋은 노랫말을 쓴 신상호와 김수희의 '애모'를 쓴 유영건이 칠곡 출신이며 필자가 의성 출신이다. 〈2011. 10. 16.〉

'베사메무초'

4월이면 라일락의 향기가 진동한다. 흔히들 라일락꽃을 외국에서 수입해온 꽃나무로 오해하기 쉬운데 사실은 우리나라 어디서든 피고 지는 꽃이다. 우리말로 수수꽃다리다. 이 라일락lilac이란 꽃말은 우리가요에 종종 등장한다. 꽃말이 예쁘기도 하거니와 발음하기에 멋을 잔뜩 부릴 수 있어 작사가들이 즐겨 쓰곤 한다.

라일락의 딴 말로는 〈리라꽃〉이 있는데 우리가 익히 아는 번안가요인 '베사메무초'엔 이 리라꽃이 나온다. 물푸레나무과의 향기가 아주 진한 리라꽃을 영어로는 라일락이라 하고 프랑스어로 리라라고 부른다.

현인의 노래 중에 '베사메무초'가 크게 히트하여 오늘날에도 심심찮게 듣게 되는 〈베사메무초Besame Mucho〉를 여자 이름으로 알고 있는 사람이 많은데, 그 이유는 아마도 노래 가사에 "베사메무초야, 리라꽃 같이 귀여운 아가씨~"란 표현 탓이리라. 얼핏 들으면 리라꽃을 닮은 아가씨의 이름이 베사메무초 같아 자칫 오해하기 십상이다.

Besame Mucho는 나에게(me), 많이(Mucho) 키스해달라(동사Besar의 명령형)는 뜻의 스페인어다. 뜨겁게 키스해 달라는 말이 바로 베사메무초이며 현인 선생의 본명인 현동주 작사로 된 베사메무초야의 〈~야〉는 노래 부르기 쉽게 자수를 맞추는 애교스런 추임새로 보면 된다.

이 노래는 멕시코의 여성 작곡가 콘수엘로 벨라스케스(1916~2005)가 만든 작품으로 1941년에 처음 발표됐다. "나에게 키스를 많이 해주세요. 오늘밤이 마지막인 것처럼~~. 당신을 잃을까 봐 겁이나요~~. 상상해 봐요, 내일이면 내가 이미 여기서 멀리 떠나 있을 거란 걸~~." 원 가사다.

1943년 서니 스카일러가 영어 가사를 붙여 〈Kiss Me Much〉라는 제목으로 발표하면서 미국에 알려졌다. 때마침 제2차 세계대전에 참전하기 위해 먼 길을 떠나야 했던 병사들과 남겨진 여인들의 애틋한 이별의 아픔을 그려 연인들의 마음을 사로잡으면서 폭발적인 인기를 끌었다.

연이어 전 세계 수십 개국의 언어로 번역이 되었고 비틀스의 폴 매가트니를 비롯하여 플라시도 도밍고, 안드레아 보첼리, 조수미 등 기라성 같은 유명한 가수들이 취입을 했다. 우리나라에서 대중에게 알려진 것은 가수 현인(1919~2002)에 의해서이며 1949년 '신라의 달밤'으로 인기를 얻은 그는 6·25 전쟁 발발 직전에 '남국의 처녀'라는 제목으로 발표했고 당시로서는 감히 엄두도 못 낼 키스해달라는 표현 대신 "리라꽃향기를 나에게 전해다오"라고 대폭 은유隱喩로 처리하여 불렀던 것이다.

여기서 리라꽃 향기란 여인의 입술 또는 사랑의 숨결이 아니고 무엇이랴.

짜고 치는 고스톱 가요제

모 지방방송국에서 중계방송하고 시시껄렁한 협회에서 주최한 〈OO가요제〉와 〈OO가요제〉가 여름이면, 가을이면 어김없이 또 열릴 것이다. 가요제가 갖는 본질은 우수한 신인을 발굴하려는 것이 우선이고 창작가요제라고 한다면 덧붙여 좋은 작품까지를 건지려는 데 그 목적이 있다.

그러나 일부 지역에서 열리는 〈가요제〉는 본질에서 일탈하여 누군가의 사복私腹을 불리거나 정치적인 저의 또는 개인적인 약진의 수단으로 변질된 예가 허다하다. 이런 가요제의 공통점은 수상자를 미리 결정해놓고 경연이라는 요식절차를 밟는다. 물론 시상 내역에 있는 전원을 다 조각하는 것은 아닐 수도 있으나 대상은 맞춤형 출전자와의 예약된 약속이며 대회장은 부정의 현장이다.

노래로 연 나의 세상

나는 가끔 각종 가요제의 심사를 본다. 대다수는 그런 일이 없지만 일부 대회에서는 주최자 측에서 부탁과 압력이 들어오는 때도 있다. 그럴 경우 나도 사람이기 때문에 약간의 갈등이 없는 것은 아니지만 단호한 길을 택한다. 나 자신에게 스스로 엄격해지지 않으면 나를 지켜내지 못하게 되고 더 이상은 내게 넥스트가 없다는 걸 알기 때문이다.

아주 규모가 작고 도저히 노래자랑이라고 하기에는 우스꽝스러운 친목 또는 오락 성격의 경연장에서는 내 나름대로의 원칙 같은 것이 있다. 노래 실력이 엇비슷할 경우는 무조건 비주얼과 장래성을 저울질한다. 기혼자들이 대회 입상 후 일과 가정을 버린 불행을 왕왕 보았기 때문에 가급적이면 점수를 낮게 배정한다.

어느 날 내 사무실에서 어느 가요제 출전 선수들의 회합이 있었다. 이들은 대회 당락에 관계없이 본선에 진출했던 출전자 전원이 회원이었다. 내가 방송을 본 결과도 그렇지만 이날 이들의 대회 후일담을 정리하자면 노래를 못하는 순서대로 상을 주었다는 조롱이었고 상금을 받긴 받았는데 이리저리 세금(?) 내니까 5분의 1도 내 몫이 배당되지 않더라는 성토였다. 나는 이 가요제의 심사위원들이 누구였는지 기억한다. 평생을 협잡하며 살아온 야누스들이다. TV에 나오던데 귀 안 가렵냐고 말해주고 싶은데 어렵쇼! 올해도 또 그들이 멤버 변동 없이 작년에 앉았던 자리에 자기 명패를 얹는다고 한다. 젠장, 명패 값이 아까웠나….

주최 측의 이벤트에 컨설팅된 짜고 치는 고스톱 판은 세상 곳곳에 있고 주최 측의 농간은 오늘도 통한다. 그 따위가 무슨 어드밴티지_{advantage}라고.

인터넷 삼진아웃제 논란과 개인 블로그_{blog}

2009년 7월 23일 부터 시행되는 〈인터넷 삼진아웃제_{internet three out change}〉를 앞두고 저작권 지키기와 표현의 자유에 관한 논쟁이 한창이다. 2009년 7월 8일자 조선일보에 보면 〈이번엔 저작권 괴담〉이란 제하에 "인터넷 삼진아웃제 23일 시행…오해와 진실은”을 다루고 있다.

〈인터넷 삼진三振 아웃제〉란 우리 정치의 지자체에서 지방수령守令의 삼선三選까지만 그 직職을 허용한다는 것과 같이 세 번의 경고라는 유예기간을 주고 그래도 법을 어길 시는 제재를 가한다는 규정을 말한다.

영화, 드라마, 게임, 음악 등 저작물을 허락 없이 대량 유포하는 인터넷 게시판을 문화체육관광부 장관이 3회 경고 후 최대 6개월까지 정지시킬 수 있도록 한 제도로 7월 23일부터 시행되는 개정 저작권법의 핵심 조항이다.

문화산업에 대한 보호와 저작자의 권리 침해라는 피해를 입히는 웹하드 업체 등을 제재하기 위한 목적도 중요하지만 일각에선 비영리의 카페나 개인 블로그도 해당이 되어 새로운 콘텐츠가 사라지는 것이 아니냐는 우려를 제기하고 있다.

나도 〈김병걸과 차차차〉란 다음daum 카페를 열어 놓고 있는데 주로 내 작품을 부르는 가수나 성인가요를 부르는 가수들이 회원으로 가입하여 본인의 자료를 탑재搭載하고 있으며 일반 가요 마니아mania들과 나를 좋아하는 고향, 학교, 사회 지인들이 일반회원으로 있다. 카페 회원들은 가요정보를 공유하고 상호간의 문화적 소통과 친교 및 나에게서 가요지식과 창작을 지도받길 원한다.

삼진아웃제가 시행되면 영화나 드라마 등 파일을 전시해놓고 장사를 하는 웹하드Web hard업체들이 철퇴를 맞는다. 지금까지는 형사고소나 민사소송 외에는 수백 개나 되는 불법 웹하드를 제재할 도리가 없었다. 그러나 이제 웹하드 업자뿐 아니라 수많은 카페나 블로그까지도 통제를 할 수가 있게 된다. 네티즌netizen들의 우려에 대하여 문체부는 불법 웹하드 업체를 타깃target으로 한다고 밝힌 바 있다. 그래서 우리 회원 가수들의 카페는 그다지 걱정을 안 해도 될 성싶다.

지난 6월 포털 네이버에서 5세 소녀가 가수 손담비의 ‘미쳤어’ 노래를 육성으로 따라 부르는 동영상이 콤카Komca의 “게시 중단 요청”에 사라진 사건은 다수의 공감을 얻지 못했다는 비판을 받은 바 있다. 따라서 이번에 개정될 법령의 골자는 “기준의 강화”가 아니라 “체제 강화”이며 개인 카페나 블로그엔 상당히 배려한다고 봐도 무방하다.

노래로 연 나의 세상

카페 등의 공간과 언로를 틔워 타인과 소통하고 문화를 즐기는 사람들이 점차 늘고 있다. 이제 바야흐로 온라인 시대이고 우리나라는 선두주자다. 그렇지만 음악은 창작하고 공표물로 제작한 사람들의 노력의 산물이다. 노력 속에는 금전적 투자도 포함된다. 따라서 네티즌들도 타인의 재산권을 함부로 침해하는 행위는 세심한 주의가 요구된다는 걸 명심해야 한다. 카페나 미니 홈피의 개설은 그 자체가 이미 저작권 침해를 노출하고 유포와 복제를 전제하기 때문이다. 더 쉽게 말하자면 남의 레코드숍에 들러 시디를 훔쳐가는 것과 동일하다고 생각하면 된다. 그러나 한편으론 입장료를 받지 않는 국공립 도서관에 들러 좋아하는 책을 잠시 독서하는 거라고 생각하면 안 되는지. 아 너무 헷갈린다.

'다함께 차차차'로 북한군심 잡는다

조선일보 2010. 12. 30(목) 53판 정치면 우측 상단 기사는 이렇다.

－대북방송서 트는 노래 중 트로트가 인기 가장 많아

"가장 위력적인 대북심리전 무기가 트로트?"
우리 군이 휴전선 인근에서 확성기로 북한군에게 틀었던 노래의 대부분이 트로트인 것으로 나타났다.
군은 2004년 6월까지 대북 확성기 방송을 했었고 이후 북한의 요구로 중단했다가 천안함 사태 이후인 지난 5월24일부터는 대북FM방송을 송출하고 있다.
미래희망연대 송영선의원이 29일 국방부로부터 제출받은 〈대북 확성기로 자주 방송한 노래 베스트5〉에

따르면 1980년대는 대북방송에서 나훈아 전성시대였다. '꿈에 본 내 고향', '머나면 고향', '모정의 세월', '고향역' 등 가장 많이 튼 곡이 모두 나훈아의 노래였다(사실은 2곡임). 나머지 한 곡은 '홍도야 울지 마라'였다. 1980년대엔 '팔도사나이'와 '멸공의 횃불' 등 군가도 자주 튼 것으로 나타났다.

1990년대엔 '네 꿈을 펼쳐라', '날개', '아! 대한민국', '우리의 소원은 통일', '애모' 등이 이름을 올렸다. 2000년부터 2004년 6월까지는 '사랑의 미로', '만남', '대동강 편지', '영일만 친구', '독도는 우리 땅' 등이 자주 튼 노래로 선정됐다.

최근 시작된 대북FM방송에서는 아예 북한 주민들이 선호하는 가요 184곡을 선정해 방송하고 있다. 184곡 중에서 가장 인기 있는 노래는 '다함께 차차차', '신사동 그 사람', '또 만났네요', '칠갑산', '아파트' 등으로 나타났다. 또 최신곡으로 분류되는 '어머나', '무조건', '곤드레만드레' 등 신세대 트로트도 전파를 타고 있다.

송의원은 "유행가 하나가 억압된 북한 사회엔 강력한 심리전 무기가 될 수 있다"며 "북한의 도발에 맞서 대북 확성기 방송도 즉각 실시해야 한다."고 말했다. 〈조의준 기자〉

필자의 작품 중 김지애가 부른 '남남북녀'는 북한이 선정한 자체 금지곡이다. 70년대 극심한 이농현상에 따른 청춘남녀의 애절한 사랑을 그린 노래인데도 제목 때문에 그렇게 된 것 같다. 80년대 말 유럽을 돌아 월남했던 귀순가수 김용에 따르면 북한에서 최고의 작곡가 이름이 나처럼 김병걸이라고 한다. 남에는 작사가요, 북에는 작곡가라며 엄지손가락을 들었다. 기회가 닿으면 김병걸끼리 한 번 만나봐야겠다.

노래로 연 나의 세상

태진미디어에 보내는 협조공문

트로트티비 WWW.TROT.TV
서울시 강남구 대치4동 923-7 기흥빌딩 3층 전화02)555-6522 팩스02)555-6523
이메일 trot@trot.tv

수신: (주)태진미디어 윤재환 대표이사님
참조: 홍보실장님, 총무부장님
발신: 인터넷방송 TROT.TV, 뮤직트랙
제목: 귀사 로고 수신 의뢰

먼저 귀사의 무궁한 발전과 임직원의 건승을 축원합니다.

지난 7월 12일자로 귀사에서 지원해준 노래반주기 TKR-650은 저희 방송의 필요 프로그램에서 소중히 잘 사용하고 있습니다. 성원에 다시 한 번 감사드립니다. 금번 8월 3일(화)에 있었던 제47회 〈가요콘서트〉에서도 사회자의 멘트로 협찬사인 귀사를 거듭 홍보했고 이미 귀사의 배너 광고를 본 방송 사이트 창에서 볼 수 있도록 조치했습니다.

저희 방송은 금번에 중앙일보 선정 동종 사이트 부문 경쟁력에서 최고의 방송으로 뽑혔습니다. 또한 자체 콘텐츠로 회당 8명의 기성가수들의 라이브공연인 〈가요콘서트〉와 〈네티즌 전국노래자랑〉, 〈뽕생뽕사〉, 〈토요데이트〉, 〈신고합니다〉, 〈노래가 있는 여행〉 등 토크쇼를 비롯한 각종 가요프로그램을 신설하여 추진 중에 있습니다.

따라서 (1)동영상 (2)로고 자막 (3)사회자의 멘트 등의 방법으로 기업광고를 하려 합니다. 그러하오니 귀사의 로고를 보내주시면 적절하게 사용하여 홍보하겠습니다.

차후 찾아뵙고 인사드리겠습니다.

2004년 8월 6일

인터넷방송 TROT TV. Music Track 회장 김병걸

태진미디어 사옥

작가연대의 선거 로고송 제한 유감

우리 정치에서 흑백을 가리는 이념 논쟁이 노골화된 〈국민의 정부〉 때부터 가요계에서도 젊은 작사 작곡가들이 주축이 된 〈한국대중음악작가연대〉가 발족하였다. 연대란 용어가 주는 의미는 당시만 하더라도 파격적이었고 우리 사회에 무슨 연대니 연합이니 하는 이념단체들이 우후죽순雨後竹筍처럼 생겨나던 때이기도 하였다.

순수한 대중음악작가들로 구성된 친목단체이면서 권리보호를 위한 길드guild 내지는 카르텔cartel이었던 〈한국대중음악작가연대〉가 정치적인 노이즈noise가 개입된 건지 본래의 목적에서 일탈하여 사회정의를 위한 시민단체로 변질된 듯한 행태를 보였다. 실증된 예는 아래와 같다.

노래로 연 나의 세상

2000년 1월 27일자 조선일보 〈색연필〉 박스에 보면 "공천반대 명단 의원 67명 개사改詞 로고송 사용 말라"–한국대중음악작가연대라는 제하의 기사가 실린다.

…'독도는 우리 땅', '찬찬찬', '남행열차'… 가사 일부를 변형해 선거 로고송으로 신명나게 불리던 이 노래들을 총선시민연대의 공천반대 명단에 오른 국회의원 67명은 사용할 수 없게 됐다.

5만여 곡의 대중가요 저작권을 갖고 있는 〈한국대중음악작가연대〉는 26일 오전 기자회견을 갖고 총선 시민연대의 낙천, 낙선운동을 지지한다며 명단에 오른 의원들의 회원들 노래를 사용할 경우 저작권법 위반으로 고소하겠다고 밝혔다. 이 단체 대표 유영건 씨는 회원들이 작사 · 작곡한 가요가 5만여 곡으로 인기가요의 90% 정도를 차지하고 있다고 설명했다. /安晳培 기자
sbahn@chosun.com

나는 이 기사를 보고 작가연대를 고소하려다 말았다. 이 기사 하나로 '찬찬찬'이 로고송 후보군에서 제외되었는데 67명 전원이 사용했다고 볼 경우(당시는 '찬찬찬'이 최고의 인기 선호 곡이었음) 편당 복제료와 인격권료 도합 150만 원씩 계산하면 1억 50만 원이 내 수입이었다. 그러나 그 돈이 날아갔다. 나는 당시 작가연대 회원이 아니었다. 이들은 인기

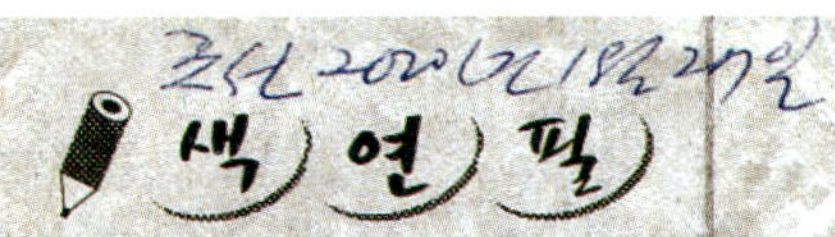

품목이던 '찬찬찬'을 자기 단체의 저작물인 양 위장하여 내게 손해를 끼친 것이다. 어디 그뿐인가. 당시 선거 로고송의 단골 레퍼토리인 '다함께 차차차'와 '큰소리 뻥뻥'까지를 합하면 수억 원의 피해를 입혔다.

작가연대는 기자회견에서 국내 인기가요의 90%가 작가연대 회원들의 작품이라고 주장하였는데 당시 선거 로고송으로 가장 많이 쓰이는 노래는 '찬찬찬', '다함께 차차차', '신토불이', '99.9' 등 트로트가 대세였고 간혹 '군밤타령'과 '난 알아요', 나중에는 '바꿔'가 애용되기도 하였다.

수억 원의 피해를 당하고 나는 속이 쓰렸지만 동료들이었기에 차마 고소를 하지 못하고 참았다. 특히 박 아무개 회원은 내게 조선일보 기자 고소하지 말아 달라, 작가연대 위상이 뭐가 되냐며 신신 당부를 했다. 그래서 나는 참았다.

그러나 이 단체에서는 내가 김명곤 회장에게 요구한 정정 기사를 위한 회견 요청마저도 묵살했다. 참으로 후안무치厚顔無恥한 자들이다. 이들은 그러고도 정의의 집단임을 천명하며 급기야는 저작권협회를 장악하자 순수하기만 한 회장을 압박하여 역대에 없던 회의 왕국을 만들어 낭비했으며 미숙한 집행부를 우습게 본 음악권리출판사들의 사용료 조작과 직원들의 소유所有를 넘본 엄청난 비리를 연속으로 불렀으며 일부 임원들의 가공할 특혜 분배라는 폐해를 양산했다.

특히 충분히 상고詳考하지 않고 온라인 로그데이터라는 허망한 기계의 함정과 편의주의에 매몰되어 부정한 모니터링으로 분배를 왜곡시켰다. 더구나 이후 제 20대 집행부에까지 이어진 이들 작가연대 출신의 일부 이사들은 온라인 데이터의 엉터리 자료와 그것이 미치는 피해를 잘 알고 있으면서도 시시비비를 가리지 않고 기득권을 지키려 했다. 함상근 전 사무총장의 말처럼 젊은 것들이 더 무서웠다.

나는 이 구도를 깨려고 이사직 4년을 이들과 맹랑하기 그지없는 문광부 두 전직 사무관을 상대로 싸워야 했다. 이들과 나와의 전쟁을, 그리고 나의 고독한 투쟁기를 기성작가들이 안다면 내 통장에 매달 얼마씩을 꽂아주어야 마땅하리라. 결국 진실과 나의 노력은 거짓을 이기고 2009년 7월 이사회에서 내가 요구한 대로 개정안을 통과시켰다.

노래로 연 나의 세상

젊은 이사들은 아무런 반론도 제기하지 못했다. 이들은 이날도 그간 자신들의 그릇된 판단과 왜곡 분배에 관하여 단 한 마디도 사과하지 않았다. 나는 기록에 남기기 위해 "보세요, 이제껏 분배가 엉터리 자료에 의해 부당하게 집행되었음이 만천하에 증명되었다."고 질타했다. 만세 부르고 싶은 날이었다.

그날 저녁 나는 그간 5년이나 끊었던 술을 청진동 〈미락〉에서 대취하도록 마셨다. 문광부 직원과 분배 TFT위원인 금영, 태진 실무자, 통계학의 최고 권위자이자 금번 콤카 공연 모니터링의 조사 설계를 맡은 이계오 박사와 저단협 정훈 씨, 그리고 콤카 권순대 분배부장 등이 자리를 함께했다. 문광부의 두 직원은 내게 그간의 오류와 피해에 대해 백배 사죄하고 술을 샀다. 그리고 전 사무관에 대한 책임 추궁에 관대해줄 것을 몇 번이고 거푸 부탁했다.

나는 작가연대가 거짓 기자회견으로 나에게 끼친 손해를 알고나 있는지 궁금하다. 소행머리로 봐선 열 번 천 번 고소하고 싶었지만 참았다. 아마도 그들이 나와 같은 피해를 입었다면 만 번도 넘게 고소했을 것이다. 그간 〈한국대중음악작가연대〉는 콤카Komca의 선거용으로만 악용되어 위용을 발휘하다가 이제 허울만 남고 사분오열됐다. 순수하지 못한 오월동주吳越同舟는 지리멸렬支離滅裂이 당연한 결과이리라.

시대의 격랑激浪에 준동蠢動한 이 웃지 못할 사건도 벌써 10년이 되어 간다. 다시는 이와 같은 정치논리가 문화에 개입하는 일이 있어서는 안 될 것이며 더 이상은 정치의 하수인으로 전락하는 가요단체가 생겨나서도 안 될 것이다. 〈2009. 11. 27.〉

스포츠신문의 전성시대

1980년대와 1990년대는 스포츠신문의 전성시대였다. 올림픽을 유치했으니 그럴 법도 하거니와 특히 연예부문의 기사가 풍성한 볼거리를 주면서 인기를 끌었는데 가요 담당의 기자들이 엄청난 권세를 누렸다고 해도 지나친 말이 아니다.

신곡이 나오면 기성가수는 물론이고 신인들이 줄을 서다시피 하면서 스포츠지에 실리기를 목매달았다.

이 무렵 맏형이라 할 〈일간스포츠〉와 〈스포츠서울〉, 그리고 〈스포츠조선〉의 빅쓰리는 가수들이나 음반사에게 대단한 위세를 떨쳤고 담당 기자들은 방송사의 PD 이상의 존재로 자리했다.

필자의 기억으로 당시 활약하던 가요담당 기자는 다음과 같다.

〈일간스포츠〉는 신대남, 정교민, 홍덕기, 박태용 등이며, 〈스포츠서울〉은 장사국, 이기종, 전항규, 조성로, 박양수, 김두호, 김광언 기자가 활동했다. 〈스포츠조선〉에는 필자와 같이 오아시스레코드사에서 근무했던 석광인이 자리를 옮겨 필력을 과시하였고 윤태석, 김창율 등의 기자들이 부지런히 기사를 날렸다.

이밖에 〈선데이서울〉이란 주간지에서는 이무식 기자가 유명하였으며 〈주간경향〉과 〈주간한국〉이 가요 관련 기사를 많이 실었다. 주로 혼자 다니는 일간지 기자와는 달리 주간지의 기자들은 서너 명씩 세트로 음반사를 돌았다.

우리나라에서 일간의 스포츠지 출현은 1963년 8월 일요신문사가 자매지로 창간한 〈일간스포츠〉가 그 효시다. 이어 1969년 한국일보에서 〈일간스포츠〉를, 1985년 서울신문에서 〈스포츠서울〉을, 그리고 1989년 조선일보에서 〈스포츠조선〉을 창간하였고, 2001년 경향미디어그룹에서 〈굿데이〉를 만들었다.

필자는 장사국, 석광인, 이기종, 전항규, 조성로 등의 기자와 친하게 지내 필자의 작품을 노래하는 가수들을 홍보하는 데 많은 도움을 받았다.

이들 스포츠지 기자들은 각 음반사를 순회하며 기사거리와 인터뷰를 송고하였다. 당시로선 보기 드문 컬러신문으로 2단 또는 3단으로 꾸며지는 가수들의 기사는 인기몰이에 톡톡히 한 몫을 했다.

아, 이들은 다 어디에 있을까. 모두들 정년퇴직했겠지만 석광인 기자는 2012년 현재 가요방송 모니터링을 하는 〈차트코리아〉에 근무하면서 사보 주간으로 있어 가끔 만난다.

노래로 연 나의 세상

유무선 TV방송의 범람이 신문을 압도하고 홍보 방식이 온라인으로 변환한 작금에 이들 일간의 스포츠지 위세는 격감했지만 가수나 노래의 홍보가 아닌 새로운 콘텐츠로 가요 기사가 지면을 화려하게 수놓고 있다.

1987년. 반팔 차림의 조성로 기자가 이른 아침부터 콧김을 날리며 안양에 있는 오아시스레코드사 문예부를 찾아 와서는 다짜고짜 말했다.

"김 선생, 한마음 사진 있으면 몇 장 주시죠."

"왜 무슨 일 났어요?"

"높은음자리가 낮은음자리 되고 한마음이 두마음 되었거든요."

두엣 가수들의 결별을 조 기자는 그렇게 표현했다.

하늘을 찌르던 신문이 무가지無價紙인 메트로metro와 포커스신문Focus 등에 밀리고 이 무가지는 다음이나 네이버 등 인터넷에 쫓겨나고 그 인터넷이 모바일로 옮겨 간 현실은 버스나 지하철에서도 가수와 노래를 불러내기에 이르렀다.

손들어 잠깐! 오은주의 '사랑의 포로'

손들어 잠깐/ 꼼짝 말아라/ 너는 이제 나의 포로다/ 딴마음 먹지 마/ 너를 위해/ 나는 목숨을 건다/ 이리 보고 저리 보고/ 보고 보고 또 봐도/ 나에겐 너뿐이란다/ 이리 보고 저리보고/ 보고 보고 또 봐도/ 너에겐 나뿐이잖아/ 누가 뭐래도 흔들리지 마/ 니 맘대로 떠나면 안 돼/ 손들어 꼼짝 마/ 손들어 꼼짝 마/ 너는 이제 내 사랑이야

이 노래는 탤런트 유퉁, 연길 가수 김월녀, 국군방송 MC 백일백이 돌아가며 불렀다. 유퉁은 한때 이 노래를 열심히 홍보했다. 탤런트로 전성기였던 그 시절 그는 '사랑의 포로'를 취입했고 방송을 휘저으며 PR했다.

그러나 그는 방송가를 떠났고 노래까지 접은 채 대구로 내려가 '유퉁의 국밥집'을 여

러 체인점으로 두고 사업가로 변신했다.

‘사랑의 포로’를 작곡한 정원수는 마지막으로 오은주에게 마이크를 건넸다.

오은주는 나와 적잖은 인연을 가지고 있다. 맘모스음향에 전속한 오은주는 1980년대 말 내가 작사한 김수환 작곡의 운전수 노래인 ‘오늘도 무사히’를 레코딩했다.

낙원동에서 마포로 사무실을 옮긴 맘모스음향은 백승태, 이동기, 이박사, 오은주를 전속으로 두고 있었는데 당시 홍월표 사장은 김수환 씨에게 곡을 주문했고 ‘오늘도 무사히’가 무사하게 탄생되어 교통 프로그램에 자주 방송되었다.

정원수는 여의도에 〈세계채널〉이란 기획사를 차려 오은주를 픽업하고 돌려먹던 ‘사랑의 포로’ 음반을 서둘렀다.

‘돌팔매’ 이후 주춤했던 오은주는 ‘사랑의 포로’를 열심히 띄웠다. 폴카리듬이었지만 디스코로 연주하여 메들리음반에 자주 등장했다. 마침내 노래가 떴다.

권총 발사를 율동으로 일명 ‘손들어 잠깐’은 그녀의 대표곡이 되었다. 2010년 일산 킨텍스에서 콘서트를 연 바 있는 그녀는 2012년 5월 8일 김포공항 관제탑이 보이는 체크커뮤니케이션 컨벤션에서 디너쇼를 가졌다.

작곡가 황선우, 작사가 정월하 선배와 함께 초대된 나는 무대에 올라 ‘사랑의 포로’를 오은주와 한 소절씩 주고받았다.

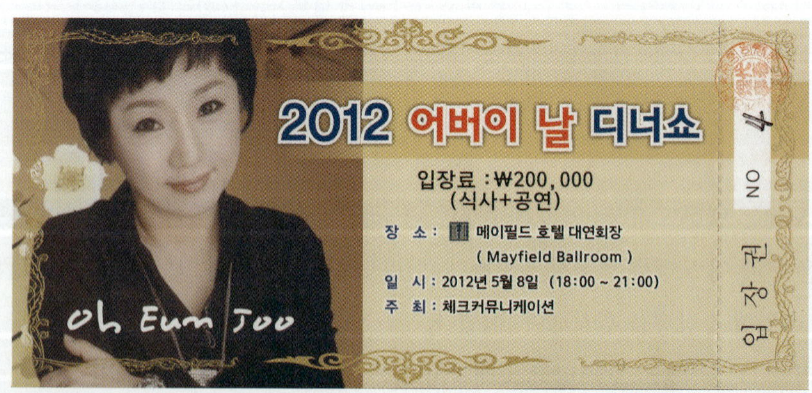

노래로 연 나의 세상

세월은 가수를 앗아가도 노래는 남아 나의 가슴을 울린다.

09

내 작품을 부른 가수들

◼ 남자 가수

가수명	곡　　명
강남홍	'간만에', '가타부타'
강명삼	'나도 남자다', '못 잊을 남산거리'
강 진	'삼각관계', '남자는 영웅', '어느 구름에 비 들었는지', '못난 내가', '달곡천', '오열'
경대승	'하루만의 위안'
권용욱	'안동껑꺼이'
김갑순 (너훈아)	'명사십리', '두 번 울지 않으리', '마음의 반지', '인생은 조약돌'
김경남	'내 고향 안동'
김동관	'겁많은 여자'
김명성	'애증의 그림자'
김민성	'눈물비', '서울의 아침'
김병걸	'새벽정거장', '집으로 가는 길', '명색이 사나이가', '대답해봐'
김상범	'오십보백보', '도회지로 간 처녀'

가수명	곡　　명
김상욱	‘반려자’, ‘코리아랩소디’, ‘두만강’
김석우	‘서울사람들’, ‘찔레꽃 연가’, ‘빗물만 보았지요’
김선중	‘인동초’
김성민	‘사이다 같은 여자’, ‘마지막 카드’, ‘내마음 꾹꾹’
김성환	‘동동구루무’
김영광	‘어드바이스’
김영진	‘눈물비’
김영창	‘한강’
김 용	‘아! 평양아’
김재일	‘지금은 보낼 수 없어요’, ‘눈물로 지운 사랑’
김정태	‘찬찬찬’
김종길	‘히스토리’, ‘나이는 숫자’
김종완	‘인생은 이렇게’
김지훈	‘사랑의 기도’
김청도	‘0시의 터미널’
김태풍	‘서울뻐꾸기’, ‘보정의 황톳길’, ‘나그네 고향’, ‘월남 갔던 둘째 형님’, ‘웃으며 보낸 사나이’
김태화	‘왜 그래’
김한만	‘연변 나그네’. ‘내가 언제 울었습니까’
김 환	‘이별의 터미널’
김활선	‘나비의 꿈’, ‘만법귀일’, ‘해탈’
김흥국	‘물산달구름’
나광진	‘사랑의 포로’
나영수	‘지나’, ‘남자의 술잔’

가 수 명	곡　　　명
나종배	'고향 편지'
나훈아	'분교', '발코니에 앉아서'
남강수	'유유자적', '만가', '빈 조롱', '참선명', '허명'
남일해	'늘'
남진아	'정든 사람아'
도우성	'카페연가', '잊혀진 여자', '텅 빈 한나절'
두 현	'따봉', '내가 바보야'
류경옥	'기로'
류기진	'그 사람 찾으러 간다', '이겼다', '사랑도 모르면서', '원하지 않은 이별', '지킬 수 없는 사랑', '그랬다', '부엉이', '어차피 갈 거라면'
류민향	'나이대로 가는 열차'
명국환	'누운 소', '산은 산이고 물은 물이건만', '송별가'
명 진	'천번만번'
문 경	'아내의 마음'
민경민	'손목 한 번 못 잡고', '달래야'
민승아	'내 인생의 마지막 여인', '현실이더라'
민 호	'간발의 차이로'
박 건	'멍울'
박두복	'사랑의 종점'
박무현	'살아볼 만한 세상'
박영록	'길 잃은 바람', '사랑의 멍에'
박인수	'뭐라고 한 마디 해야 할 텐데', '겨울쏘나타'
박재권	'사연'
박찬국	'이별이 안단테'

노래로 연 나의 세상

가 수 명	곡　　　명
박풍우	'물무늬', '물어나 볼 꺼지'
박 현	'서울아 평양아'
박현민	'중년의 반란'
박해성	'하루 온종일'
박현빈	'고래'
박혜성	'도시의 피에로', '언젠가 때가 오면', '영스타', '레몬', '사랑이 남긴 대화', '이슬 소녀'
박흥수	'장대비'
방어진	'동동구루무', '그래서 결론은', '반야월'
배금성	'시계추', '밤에 울고 간 낙타', '쏠로의 전설', '진심이야', '제일 먼저'
배나성	'대구에서 만납시다', '독도에서 만납시다', '촌놈'
백승태	'타인의 둥지'
백영규	'처음이자 마지막인 말'
백일백	'사랑의 포로'
백형산	'재미있는 세상', '별'
변지훈	'사랑은 어디에'
삼천리	'무너진 만리성'
상 민	'잘해줄 꺼야'
서상억	'눈물 내지 마'
서수남	'사랑의 기도', '돌고 도는 돈'
서장원	'그림의 떡'
설운도	'다함께 차차차', '체면 때문에', '인생은 게임', '사나이룸바', '창 밖에는 오늘도 비'
소명 (소명호)	'어우렁동동', '사랑에서 이별까지', '감출 수 없는 눈물', '프로포즈' 외 2편

가 수 명	곡 명
송가수	'원하지 않는 나', '지금부터야', '벙어리장갑'
송대관	'큰소리 뻥뻥', '당신은 나를 몰라요'
송준하	'장보고', '흑심'
송창식	'우리는 간다'
송 해	'나팔꽃인생', '망향가'
신 송	'그 여인', '잊혀진 여자', '전화 받아', '거미줄', '검은 눈물'
신영균	'죽마고우'
신 웅	'남남으로 가는 당신', '예나르', '안녕이라 말해도', '미스로 있어주', '당신 남자이기에'
신유성	'줄긋는 여자'
신윤식	'이어도'
안동남	'선택', '순진한 남자'
안동음	'옥분이', '청춘계급장'
양진수	'원하지 않은 이별'
여해동	'금오산', '금호동의 봄', '대동강 추억', '마도로스 고향', '북한산', '상봉터미널'
예진형	'군대는 아무나 가나'
오균아	'노을 속으로 떠나간 사랑', '흑룡사의 봄'
오기택	'눈물로 잠든다 해도', '오열(신일동 곡)'
오목대	'우리의 한강'
오세근	'이제는', '첫 사랑 여인', '청포도 여인', '아직도 남은 미련', '한강', '서울민들레', '계절이 가는 길목에 서면', '철마는 달리고 싶다'
유두열	'사랑나귀'
유성민	'인생길'
유 찬	'사랑에서 이별까지'

노래로 연 나의 세상

가수명	곡 명
유 청	'만사형통'
유 통	'사랑의 포로'
윤달구	'낙동강아', '사랑의 기찻길'
윤재관	'나그네 브루스', '사랑의 강'
윤호만	'꽃 피고 새 울면'
원우진	'사랑의 탑', '치악산 산마루에', '인동초를 아세요'
이가수	'두 번 울기 싫어요'
이기윤	'어느새 내 나이', '산뜻한 인생', '들풀처럼'
이도영	'속없는 남자', '반쪽', '가는 그대 등 뒤로', '반환점'
이박사	'미스 리', '미스마'
이상만	'아직도 못다 버린 사랑', '계절이 가는 길'
이상번	'어머님 편지'
이상운	'동작 그만' 외 17편
이영재	'천년의 향기'
이영춘	'모란여인'
이예준	'우체국 앞에서'
이 원	'아담'
이창용	'비감'
이태호	'사는 동안', '애오라지', '잊으라면 잊어주마', '반지 하나'
이태환	'분교'
이현길	'추억의 정거장', '아니라고', '천둥산'
이홍열	'가타부타', '잊고 가오'
임동철	'진정한 세상'

가수명	곡 명
임 무	'수호천사', '초대합니다'
임석진	'마지막 카드'
임하룡	'다함께 차차차'
임형진	'먼저 우는 사람만 바보', '겨울보다 더 쓸쓸한 계절이 오면'
장계현	'나 없이도 행복해다오', '딸기 대신 물망초'
장 민	'마지막 카드'
장태민	'왼쪽 오른쪽'
전광진	
전영진	'아내'
전인호	'어머니'
전홍재	'모정의 강'
정 명	'돌아올 기약'
정수오	'더불어 가는 길'
정연찬	'이상무'
정 음	'버버리찰떡', '가슴에 사는 여자', '너를 믿는다'
정의송	'봉선화 홑잎 같은 그리움으로', '깃발'
정일송	'사람이 사는 이유를'
정철이	'턱 밑에 있는 그대'
정태웅	'사나이 눈물(정종택 곡)'
정 훈	'접시꽃(서승일 곡)'
제갈승	'창밖의 남자', '의성 이야기'
제 일	'추억에 젖어'
조선조	'유일한 여자', '팽'

노래로 연 나의 세상

가수명	곡명
조영남	'고독한 계절', '애루화'
조영식	'내 인생은 당신', '사랑보다 먼저 온 이별'
조항조	'사나이 눈물', '서글픈 인연', '짧은 사랑 긴 이별', '님의 노래(이호준 곡)', '경세가'
주영채(주용국)	'멀어서 그리운 사람아'
주용아	'심봤다', '깜부기', '이웃집여자', '그 사람', '열중 쉬어', '못난 미련' 외 5편
지 훈	'그런 줄도 모르고'
진 성	'안동역에서'
진송남	'부산 가시내', '그해 겨울의 연가', '오십보백보'(김다양 곡)
차 민	'사랑의 광고', '팔달산아', '갈매기 너마저'
채무진	'비겁한 이별', '상주곶감', '문장대야'
최동범	'그대 현주소'
최서호	'비가 된 당신'
최성은	'내 사랑의 첫 페이지'
최 홍	'짠짠 내 사랑'
최희현	'아픈 미련 속에서'
편승엽	'찬찬찬', '서울민들레', '그대와 함께', '감출 수 없는 눈물', '리모콘'
하나로	'옥이'
하동진	'그리운 하동', '마세요', '나 때문에', '너 혼자 꺾은 이별', '정 주고 마음 주고(장호광 곡)'
한 결	'나이대로 가는 열차'
한동엽	'검정고무신', '그래서 결론은', '내꺼야'
한우경	'별'
허범정	'파문', '한강', '먼저 우는 사람만 바보', '눈물 없이 보네리라', '부용대연가', '인생주막'

가 수 명	곡　　　명
허 송	'양수리'
허영근	'누구였길래', '사랑은 잠시 바람이어라'
현정수	'통일열차 사랑버스'
허준하	'세월 나그네'
현 당	'삼삼칠 박수', '망각의 세월', '타인', '안개도시'
현정수	
현 진	'눈물바람'
현 철	'서울아 평양아', '내 청춘의 한 페이지', '민들레 홀씨', '돌아서 가세요' '아낌없이 주리라', '우리 함께 춤을', '산데리아', '인동초', '산딸기 누이'

노래로 연 나의 세상

▣ 여자 가수

가 수 명	곡　　명
강다윤	'역부족'
강미선	'나만의 남자로'
강바다	'되풀이는 싫어'
강 숙	'글쎄', '세월의 마차'
경수미	'녹음기'
계은숙	'바람은 왜 불었나요', '여자의 촛불'
꽃님이	'노래방 가면'
구자경	'그날이 오면'
권선아	'미니샵에서', '오빠졸업'
길정화	'찬스'
김가희	'애증의 그림자'
김기례	'엄마의 길', '붕붕붕'
김미령	'열중쉬어', '슬픈 재회', '십자로', '이 순간'
김미성	'상처'
김미소	'깜빡 세월만'
김미영	'이제 와서'
김미화	'나의 119', '이대로'
김민서	'굿바이'
김보미	'잃어버린 날을 찾아'
김세레나	'이대로 영영', '문경새재'
김소연	'창 밖의 두 사람', '망설이다 그만'
김송희	'사랑의 빙점'

가수명	곡　　명
김수련	'사랑 참 쉽다', '무지개를 그리는 여자', '만추'
김수옥	'지금처럼'
김수정	'만경강'
김숙희	'나 때문에'
김승희	'자연과 나'
김신덕	'그날이 오면'
김연숙	'반문', '어느 날 혼자가 될 때', '예감', '하얀 손수건', '봉선화 홑잎 같은 그리움으로', '백야', '강변의 추억', '날마다 청춘', '빰빠라 빰빠라', '실연'
김연희	'당신의 간이역', '잊으려 해도', '잊을 수 없는 사랑', '창'
김 영	'사랑무정 타향무정'
김월녀	'사랑의 포로'
김용임	'스킨십이 좋아', '가을엔 혼자 있어요'
김유라	'삼강주막'
김유진	'두 번 울기 싫어요'
김유하림	'되풀이'
김윤정	'사랑의 자물쇠'
김정애	'만나면 시가 되고 노래가 되는'
김정은	'옹기 여인'
김정례	'동해물과 백두산이'
김정해	'만나면 시가 되고 노래가 되는'
김주아	'이러다', '가끔은'
김지애	'남남북녀'
김추자	'내 눈물의 반만큼'

노래로 연 나의 세상

가수명	곡 명
김태윤	'청계천 첫사랑'
김태현	'때로는 친구처럼', '절박한 사랑', '장미를 들고'
김태희	'사랑이란'
김혜연	'본능', '백두산 천지'
김혜주	'간이역', '용기 없는 남자', '성큼성큼'
나경아	'내 눈물의 반만큼'
나경화	'인생 유학생', '부여는 내 고향', '초야의 신부' 외 16편
나미애	'60점만', '오디오비디오'
다 다	'내 인생의 후반전'
도현아	'눈물은 왜 또또'
도화진	'난 너뿐이야'
리 화	'아자', '내일은 있다', '뭐든지'
문주혜	'당신은 나', '추억을 먹고 사는 여자'
문혜숙	'잊혀진 남자'
문희옥	'사랑이 남아 있을 때'
민 지	'대전은 내 사랑', '구봉산 메아리'
박윤경	'알리바이', '백번도 넘게'
박은희 (삐삐)	'여자의 촛불'
박혜령	'그대 내 인생의 시작이었네'
방수진	'길이 끝난 곳에서'
방실이	'괜찮아요', '돌고 도는 돈돈돈', '1년만의 외출', '슬픈 보헤미안', '사랑이 있는 날까지'
백지원	'능소화'

가 수 명	곡 명
백지현	'보고 싶어', '정답'
백현자	'묵묵부답', '부부', '삼천갑자 동방삭', '신혼여행' 외 14편
백혜영	'신혼여행', '당신은 나'
변해림	'애증의 그림자', '그 아픔 사랑이었네'
보라미	'바람은 왜'
서주경	'벤치', '분교'
서지숙	'내 사랑의 첫 페이지'
서 희	'두 번 안녕', '사랑나무 그늘 아래서', '서울 부르스'
설영휘	'진실을 주오'
성미옥	'무지개 세상'
성 희	'내 사랑의 첫 페이지', '이대로 잊을 수 없네'
세 희	'그날이 오면'
소 라	'소라의 추억', '행복하세요'
손지예	'활기찬 새 아침'
송 미	'애증의 그림자'
송주란	'허상', '서글픈 미련', '들메꽃'
수 연	'나는 당신의 여자'
숙 경	'고구려'
신보경	'님의 노래(김상욱 곡)'
신 혜	'나 좀 봐요'
안명옥	'탄금대 사연'
안소라	'장미의 눈물'
안지영	'갯마을 아낙네', '과객', '한때였나요', '덧없는 청춘', '돌배나무 넋두리', '명동신사', '메밀꽃 필 때면'

노래로 연 나의 세상

가 수 명	곡 명
엘 리	'능소화', '사랑의 간이역', '빙점'
연 아	'동인', '길 잃은 바람', '외로움의 무게가 힘들 때면'
염수연	'옹기', '두 번 울기 싫어요'
오백화	'내 인생은 당신'
오세희	'돌아보지마'
오은정	'여자의 마음', '달리는 인생', '오늘도 포도 익었다'
오은주	'사랑의 포로', '오늘도 무사히'
오현아	'생활개선회가'
유갑순	'내 가슴에 지는 노을', '옹기', '오빠는 내 남자', '이대로 타인', '나목', '겨울 국화', '백목련' 외 30편
유다현	'사실은'
유성화	'끝자리가 삼'
유지나	'오예', '그 사람' 외 5편
유해모	'정만 주면 어때서', '몰라', '내가 찾던 그 사람'
윤사월	'한눈에 반해서', '내 사랑 군위', '팔공산아'
윤소원	'아직도 혼자인가요', '백두산 천지', '옛날로 돌아가고 싶어요'
윤시내	'산들바'
윤정희	'서울뻐꾸기'(박춘석 곡)
윤초희	'내 사랑 다시 한 번 더'
이경미	'국제공항'
이마음	'천년만년', '점이 된 사람'
이명주	'짐이 된 사람', '오빠', '사랑이 가네', '추억의 도시락'
이미자	'편린', '타향 나그네'

가 수 명	곡 명
이상화	'삼류소설가'
이선주	'만나보고 싶어요'
이선희	'혼자 된 사랑'
이소이	'끝없는 사랑'
이수정	'정 주고 마음 주고'
이수진	'당신의 여자'
이순길	'끝없는 사랑', '그대 눈물 때문에', '그리운 정', '아파트의 연인들'
이승아	'검은 눈물', '뜸부기 사랑'
이영숙	'사랑의 빈잔'
이영화	'승복', '손들어도 붕'
이윤하	'새삼', '아까부터 그사람'
이자연	'장미를 따는 남자', '의성찬가'
이주영	'딴 여자', '몰라', '당신은 나의 태양', '물망초'
이지원	'사는 동안 한 번은', '여기 왔잖아'
이청아	'사랑의 기도'
이혜미	'도깨비 방망이'
이혜자	'사랑의 여로'
임부희	'접시꽃'
임수정	'그대의 침묵'
임영아	'커플반지'
임이자	'고향은 말이 없다'
임종임	'어쩔 수 없어'
임주리	'사랑한 후에'

노래로 연 나의 세상

가 수 명	곡　　명
임주연	'당신은'
임춘화	'내 고향 안동'
임현정	'미스타 두(백치 애인)'
장은숙	'사랑하는 내 곁에', '흔적'
전설아	'D데이'
전영미	'사랑한단 이유로'
전추영	'화초'
정기수	'내 눈가엔 아리도록 안개비가 내리고'
정기호	'돌아서도 종점', '황혼의 여로', '과거였나요', '내 인생 억새'
정선미	'남자'
정인숙	'있다 없다'
정해신	'눈물 내지 마'
정혜련	'혹시나'
정희라	'광주로 오시랑께', '보통사람들', '우린 서로 전부야', '자갈치 아지매'
조경희	'해당화 아바이', '송도의 몸부림' 외 18편
조백순	'애수이 명사십리'
조성자	'시시각각'
조아영	'괜찮아요'
주 란	'장미의 눈물'
주수련	'사람들아', '연고 3년생', '방갈로', '지금은 사랑할 때', '울음이 있는 풍경', '사랑하고 만 거야'
주정이	'사랑이 있는 날까지'
주현미	'그 다음은 나도 몰라요'
지은아	'눈이 번쩍'

가수명	곡 명
진미령	'이별가'
진 진	'청계천 첫사랑'
채 희	'여자'
최미미	'소설 같은 내 사랑', '건널목', '내 청춘의 간이역'
최미주	'바쁜 여자', '키쓰'
최 선	'아름다운 이별', '우리의 한강'
최수정	'당신의 앵무새', '내가 미워'
최영숙 (최영주)	'안아주고 싶은 남자'
최유나	'내 사랑의 첫 페이지'
최진희	'사랑의 빙점', '당신의 여자'
티나황	'서울의 한강'
하린다	'찬스'
하 빈	'백년 애인'
하순희	'양파 같은 여자'
하윤주	'춘몽', '내 영혼 님의 품 안에', '망중한', '맹세', '무심가', '묵상', '보리심', '허공'
하춘화	'막차'
한명숙	'낙화유수', '열반낙도'
한송이	'참선곡', '초파일찬가'
한송희	'당신은 지금 어디에'
한영주	'당신은 나의 태양'
한지수	'사랑의 흔적'
한혜경	'콩닥콩닥'

노래로 연 나의 세상

가수명	곡　　　명
한혜진	'승복할 수 없어요', '태우지도 못한 사랑'
혜림이	'오늘은 타인'
혜 미	'미스차이나'
혜 진	'메시지 두 줄'
현 숙	'홍도화'
홍인숙	'사랑이 노다지다'
홍주희	'나 하나의 사랑'
홍채연	'내가 주인공', '만나면 시가 되고 노래가 되는', '얼굴없는 세월'
황영희	'미스 리', '당신의 노크', '김기사의 콧노래', '서울의 아침'
황은자	'시시각각'
황정숙 (윤소원)	'애련', '동백꽃네', '아직도 혼자인가요', '여기는 종점', '백두산 천지', '마산아구찜', '춘천막국수'

◨ 중창

가수명	곡 명
국보자매	'님 생각', '막차', '마음 변해 갔어도'
나광진 이원재	'자야자야'
나이테	'바람 불어도', '슬픈 크리스머스데이', '너 혼자 나 혼자', '사랑의 F학점'
둘바라기	'둘바라기', '한강의 축제'
머루와다래	'만다라', '내 영혼 님의 품안에'
보이비스	'위험수위'
부부듀엣	'진이 엄마', '산딸기 누이'
빛과소금	'돌아와 주'
서울씨스터즈	'청춘열차'
오목대	'우리의 한강'
EGB	'찬찬찬'
TG	'홈바이야이야'
현이명이	'무궁화'
휘파람새	'몰라요', '핑계', '캠퍼스의 F학점', '그것만이 내 세상', '찬스', '비 개인 오후의 빨간 지붕처럼', '사랑할 때는', '주말열차'

♣ 메들리 음반으로 발표했던 작품 200여 편과 찬불가, 동요 등 150여 편, 기타 가요 외 당선작은 기재하지 않았으며, 누락된 일부 100여 편의 작품과 해당 가수들에게 양해를 구합니다.

작품수록 음반 쟈켓

※가, 나, 다 순 배열

기획 또는 작품한 음반 쟈켓

♪♪♫
노래로 연 나의 세상

김정애
Kim Jung ae

인생아 / 인생은 이별뿐 김종완
Kim jong wan

김주아
가끔은
KIM JU-A

김혜주
간이역
KIM HYE JOO

김재애
Mr. Yoa

김청도

때로는
친구처럼...
김태현
Kim Tae Hyun

팔도강산
유랑기
노래 : 김청탁

나병우

김·혜·연

NAMIE
Promise of love...

바람불어도 / 바람같은 여자

Na hoon a 빗

40주년
羅勳兒
40

南一海
누가 바보인가

NAM JIN A
남진아
정든 사람아
착한 아내
당신의 남자

다다
Da Da
내 인생의 후반전
파트너

대전의 노래
DAEJEON METROPOLITAN CITY
It's Daejeon

난 너뿐이야
자기와 함께 차차차
어것봐요
도화진 3rd album
Do hwa Jin

노래로 연 나의 세상

기획 또는 작품한 음반 쟈켓

노래로 연 나의 세상

기획 또는 작품한 음반 쟈켓

노래로 연 나의 세상

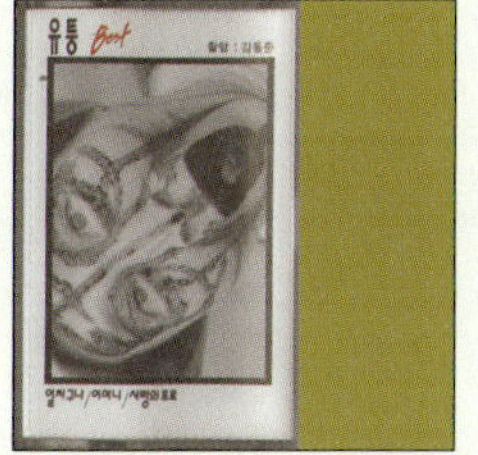

기획 또는 작품한 음반 쟈켓

노래로 연 나의 세상

기획 또는 작품한 음반 쟈켓

노래로 연 나의 세상

  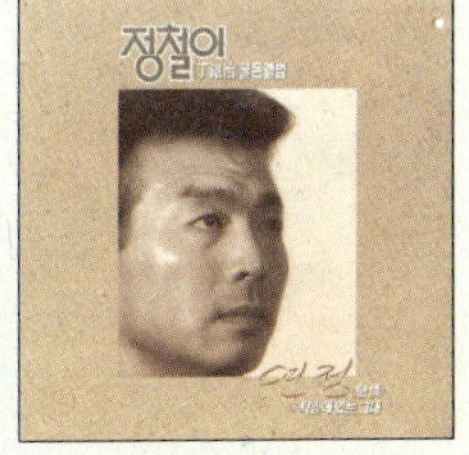 

신나는 디스코 파티
신나게 열나게 ①
노래 : 주옥아

주용아

주정이
Joo Jeong Yee
Best Album

周炫美

JEEHOO

고향가는 길

JIN SUNG
진성

Sweet
지은아
Ji Eun A

Jin Jin

김태윤

차민
Cha Min

진송남

극락세계

불자가수회

최미미

찬불가요
한송이 연꽃

최선 사랑할 수 있다면

최성운

최수정

최서호

노래로 연 나의 세상

기획 또는 작품한 음반 쟈켓

노래로 연 나의 세상

♣본문에 있는 일부 음반은 중복성을 피하기 위하여 싣지 않았습니다. 누락된 100여 음반은 자료를 확보하지 못하였음을 양해 바랍니다.

기획 또는 작품한 음반 쟈켓

11

최근의 활동, 후기

♣ 최근 활동 모습 (2009.12 ~ 2012. 12)

1. 義城郡 홍보대사 委囑(2009.12.8 재경의성군향우회 총회 및 송년회-마포 M팰리스)

2. 성동일보 창간1주년기념 人物大賞〈作詞大賞〉수상(2010.3.3 -성동구청)

3. 光州교통방송〈그노래그사연〉진행(2010.4 부터)

4. 사단법인 한국음악저작권협회 분배제도개선위원회 委員長 委囑(2010.5)

5. 在京 대구경북시도민회 副會長 委囑(2010.6)

6. 社團法人 世界文人協會 理事(2010.1)

7. 한국음악저작권협회〈作品加點制 施行에 관한 公聽會〉發題(2010.6.29 과학기술회관)

8. 〈현인가요제〉심사위원 (2010.8 부산시청,한국연예협회 부산지회-송도해수욕장)

9. 〈영남가요제〉심사위원 (2010.9 한국연예협회 安東支會-안동문화회관)

10. OBS〈전우노래자랑〉심사위원 (2010.7 한강공원 플로팅스테이지)

11. KBS TV〈전국노래자랑〉심사위원 컴백-대구광역시 달성군편 (2010.9.7)

12. 〈낙동가요제〉심사위원(2010.10,2 경상북도청, 한국연예협회 경북지회, 아이넷방송)

13. KBS TV〈전국노래자랑〉심사위원(2010.10.3 경상남도 거창군편)

14. 〈군위군민의 날〉축하공연 演出 (2010.10.8 군위군청-군위생활체육공원)

15. 〈제17회 대한민국연예예술상〉작사가상 수상 (2010.10.23 한국연예예술인협회-성남아트홀)

16. 〈뉴지엘 社歌〉作詞, 作曲 獻呈(2010.10.29)

17. 〈제4회 공무원음악대전〉심사위원 (2010.11.2 정부중앙청사, 11.13 지방행정연수원)

18. 藝總〈특별공로상〉수상-예총회장 이성림(2101,11,23 -가요창작인의 날-무학웨딩)

19. 〈박건호노랫말전국공모전〉심사위원(2010.11.18 강원일보, 원주시청, 박건호기념사업회)

20. 〈제2회 한국전통가요협회〉시상식 / 〈김병걸의 가요천국〉대구 송년의 밤 개최(2010.12.8 대구시 문화웨딩 5층 리젠시홀)

21. 〈제16회 노들가요제〉심사위원-동작문화복지센터대강당(2010,12,10.동작문화원.현대HCN방송)

22. 〈제11회 한국문화예술대상〉作詞家賞 수상(2010.12.21 한국문화예술신문, 대한기자협회-호텔엠버서더)

23. 〈모닥불文學會〉第3代 會長 推戴 (2010.12.28 송년회, 인사동카페 '순풍에 돛을 달고')

24. "2010년 한국문학을 빛낸 200인"에 選定(2010.12.28 월간 문학세계 선정위원회)

25. inet-TV〈제2회 대한민국 청소년트로트가요제〉決選 審査(2011.1.16 안양아트센터)

26. 〈한국불교청소년문화진흥회〉理事 위촉(2011,1,)

27. 〈모닥불문학회〉新年會 겸 第3代 金炳杰 會長 취임식(2011.2.22 이화예식장 3층)

28. 한국전통가요협회 경기도지부(지부장 정 음) 인준과 사무실 개소식(2011.3.1 동탄시)

29. 한국음악저작권협회(komca) 자문위원 위촉(2011.3)

30. 경희대학교 사회교육원 작사아카데미 강의 (2011.3.21)

31. 영남일보 주최〈한마음 걷기대회 노래자랑〉심사 (2011.5.1 대구월드컵경기장)

32. 제10회 전국청소년가요제 심사(2011.5.28 원주시 장미공원)

33. 在京順天市海龍面鄕友會 司會 및 노래자랑 審査(2011.6.2 상제리제뷔페)

34. 모닥불문학회 詩畵展 개최(2011.6.7 동대문역사박물관역)

35. 서서울TV '3시봉 특집공개방송 주민노래자랑' 심사(2011.6.19 홍제천 연가교)

노래로 연 나의 세상

36.‘KBS전국노래자랑’ 안동시편 심사위원(2011.6.24 녹화– 안동실내체육관. 8.21 방송)

37. 〈제5회 가요작가의날〉 2011작사상 수상–한국가요작가협회 (2011.11.24 케피탈호텔)

38. 〈제18회 대한민국연예예술상〉 연예발전공로상(국무총리상) 수상(2011.11.19 일산 아람
    누리극장)

39. 〈제26회가요창작인의날〉 2011올해의창작인상 수상 –연협가요창작위원회(2011.11.24 무
    학웨딩홀)

40. KBS전국노래자랑〈군위군〉편 심사위원 –2011.10.7 군위생활체육공원–10.30 방송

41. 사단법인 한국음악저작권협회 자문위원 위촉(2012.2)

42. KBS전국노래자랑〈산청군〉편 심사위원(2012.2.6 산청체육회관 녹화 – 2.13 방송)

43. KBS전국노래자랑〈고양시〉편 심사위원(2012.4.14 호수공원 녹화 –4.22 방송)

44. 제10회 대한민국 트로트가요제 심사위원(2012.4 용산구청 대극장 미르)

45. KBS전국노래자랑〈울산남구〉편 심사위원(2012.4.27 태화강 둔치 녹화–5.13 방송)

46. KBS전국노래자랑〈예산군〉편 심사위원(2012.4.29 충의사주차장 녹화 –5.20 방송)

47. 의성군 ‘단북면 체육대회’ 초대가수– 송해, 김병걸(2012.4.18 의성군 단북면복지회관)

48. 〈제21회 관악산철쭉노래자랑〉 심사위원(관악문화원주최) –(2012.5.12 관악산 만남의 광장)

49.‘제6회 신평왜가리축제’ 초대가수(2012.5.19 의성군 신평면 중률초등학교)

50. 월드이벤트TV ‘날좀보SHOW’ 출연(2012.5.21)

51.‘2012현인가요제’ 예선심사(2012.5.22 부산 MBC공개홀)

52. 월드이벤트TV ‘날좀보SHOW’ –‘오천만의 노래자랑’ 심사위원 (2012.5.28)

53.‘한국사진작가협회 예천지부 창립식’ 초대가수(2012.6.1 예천청소년수련관)

54. 월드이벤트TV ‘날좀보SHOW’ 심사위원(2012.6.4)

55. 상주곶감공원조성기념 2012 한여름밤의 음악회 초대가수공연(2012.7.21 상주외남면 상주
    곶감공원)

56. 실버TV 날좀보쇼 심사위원 출연(2012.7.23 –안양스튜디오)

57. 〈제9회 장승촌음악회〉 초대가수 공연(2012.7.28 안동화회 목석원)

58. 〈제10회 의성 안사면민체육대회〉 초대가수 겸 심사위원(2012.8.17 쌍호초등학교)

59. 대구시민을 위한 '사랑의 음악회' 초대가수(2012.8.26 두류공원 코오롱야외음악당)

60. 모닥불문학회(회장 김병걸) 시화전 및 시낭송회 개최(2012.9.11 서울시청역)

61. 〈제6회 컬러플가요제〉 심사위원(2012.9.12 대구 두류공원 코오롱야외음악당) 대한가수협

　　회 대구지회 주최

62. 〈제26회 성남시민가요제〉 심사위원(2012.9.15 성남시청)

63. 〈제17회 왕평가요제〉 심사위원(2012.9.23 영천 금호강 특설무대) 한국연협 영천지회

64. 〈제2회 미사리시민가요제〉 심사위원(2012 10.6 하남시청) 한국연예협회 하남지회

65. 〈제1회 예당호반가요제〉 심사위원(2012. 10.13 충남예산 예당저수지)

66. '시민과 함께하는 시낭송회' 개최 –〈모닥불문학회〉–2112. 11.19 서울메트로 대청역

67. 〈제19회 대한민국연예예술상〉 '작사상' 수상(2012.11.28 성남아트홀 오페라하우스)

68. 경찰청 특강 – "노래처럼 살자" (2012.11.28)

69. 〈제27회 가요창직인의 날〉 '2012 최고공로대상' 수상(2012.11.29 레노스블랑쉬)

70. 동산정보고등학교 8회 동창회 송년의 밤 초대가수)2012.12.1 리버사이드호텔)

71. 향토가요인협회 대구지부 송년회 공연(2012.12.8 대구유통센터 전저전시관)

72. 재경의성향우회 송년의 밤 –사회 및 초대 가수 공연(2012.12.12 마포 M팰리스)

노래로 연 나의 세상

후기

사람들은 저마다 자기 영역을 남기길 원한다. 가져야만 표시되고 가져야만 만족하는 객관적인 영역에 눈을 뜨고 보니 거기서 멀리 있는 나에게 실망했고 화가 났다.

사람마다 다르지만 어떤 이는 여기저기에 땅을 사서 맹수들마냥 오줌을 갈기며 영역을 표시하고 어떤 이는 빌딩을 세워 영역을 과시하고 어떤 이는 권세로 영역을 자랑한다.

나름 개척에 행복해 하며 땀 흘리는 세월이 인생이던가. 굳이 결과가 아니더라도 그 과정이 곧 인생이리라.

과정이 여의치를 않아 지우개로 싹싹 지우고 싶은 세월이 얼마나 많은가. 노래가 영역이란 생각을 해 본 적은 단 한 번도 없다. 친구들은 내게 나의 영역이 제일 광활하고 견고하다는 위로를 던지지만 작품이 영역이라고까지 말하기에는 나는 아직도 미욱하다. 그리고 언제든 버릴 수 있으니 영역은 아닌 것이 분명하다.

노래가 좋아서, 좋아도 너무 좋아서 미친 듯 달려온 작사가의 길. 사막이건 불바다건 차마고도茶馬古道건 가지 않으면 안 되는 숙명의 길. 그 숙명은 노래였고 노래를 찾아 떠나는 나의 행군은 차마고도를 순례하는 마방이다. 아니 마방을 존재케 하는 나귀다.

히말라야 나귀의 등엔 누군가의 목숨줄인 소금이 실리지만 나의 등짝엔 무엇이 실릴까? 나도 나귀처럼 명료한 순정을 나를 수 있을까? 안장과 편자를 살필 겨를도 없이 오늘도 나는 기꺼이 나귀가 된다.

내가 닿아 있던 것들의 무용함과 잡고 있던 것들의 무기력을 아프게 확인하면서 걷는 나의 우직한 길. 넝마 같은 풍악을 걸고 무명한 세월을 간다. 내가 단정해 질수록 내가 깊어질수록 절망은 보다 또렷해진다.

시와는 달리 노래가사는 훈련된 말이 필요했고 내가 고르고 빚은 말은 공산품이 되어 시장에 내어지고 입살 맞는 도마에 오르며 여러 시장을 도는 장돌뱅이가 된다.

최고의 가수를 만나는 건 작품자의 간망이리라. 노래는 누가 부르느냐에 따라 감동의 파장이 다르고 히트의 유무가 결정된다. 신인가수에게 또는 오랜 무명가수에게 작품을 주면 백에 아흔아홉은 실패한다. 이 단순한 답을 알고 있으면서도 작품을 발표한다. 혹시나 있을 가능성에 희망을 거는 것이 아니라 삶의 전부가 되어버린 그들의 순정한 이유가 너무도 처연해서다.

어차피 만들건 부르 건 노래라는 길에 나귀가 된 같은 처지이고 보니 무명가수의 눈물과 오랜 기다림에 익숙해진 나는 그 풍경 속으로 일상을 기꺼이 배치한다.

"선생님. 제 인생을 바꿔줄 노래 하나 주십시오."

눈물 묻은 말들이 나의 오선지에 맺힐 때마다 당신의 길이 막차마저 끊긴 길이 아니라고 말할 수 있기를 기도하며 내 작품이 미아가 되지 않고 당신의 꿈을 실어주는 첫차가 되기를 소망한다. 복화술腹話術을 부릴 재주는 없지만 귀가 먼 나귀가 되고 눈 먼 장돌뱅이가 되어 나의 노래는 오늘도 쉴 없다.

노래로 연 나의 세상

노래로 연 나의 세상

초판 1쇄 인쇄 2013년 4월 25일
초판 1쇄 발행 2013년 4월 30일

지은이 김병걸
펴낸이 이재욱
펴낸곳 (주)새로운사람들
마케팅 관리 김종림
디자인 LuneDesign

ⓒ 김병걸, 2013

등록일 1994년 10월 27일
등록번호 제 2-1825호
주소 서울시 도봉구 덕릉로 54가길 25(우 132-917)
전화 02-2237-3301, 02-2237-3316
팩시밀리 02-2237-3389
홈페이지 www.ssbooks. biz
e-mail ssbooks@chol.com

ISBN 978-89-8120-476-1 (03810)
*책값은 뒤표지에 씌어 있습니다.